Martina Kempff
Knochen im Kehricht

PIPER

Zu diesem Buch

Seit dem letzten Mord auf der Kehr sind schon zwei Jahre vergangen, und Katja Kleins Restaurant ist mittlerweile einigermaßen etabliert; und das, obwohl sie sich nach wie vor weigert, das gute alte Jägerschnitzel in ihre Speisekarte aufzunehmen. Und so geht alles seinen gewohnten Gang, bis Katja sich einen Kamin in ihr altes belgisches Privathaus einbauen lässt: In einem zugemauerten Hohlraum werden menschliche Knochen gefunden. Sie gehören zu einem Mann, der Ende der Fünfzigerjahre erschlagen wurde, jener Zeit, als jeder in diesem Grenzgebiet vom Schmuggel lebte. Auch Polizeiinspektor Marcel Langer geht zunächst von einem toten Schmuggler aus. Und Katja fürchtet, dass ihr längst verstorbener Vater, der damals in dem Haus lebte, ihm ins Jenseits verhalf. Doch dann gibt es eine neue Leiche, diesmal eine ganz frische. Entweder handelt es sich hier um einen komplett anderen Fall – oder Katjas Vater ist unschuldig, und der Mörder läuft noch immer frei herum …

Martina Kempff ist Autorin, Übersetzerin und freie Journalistin. Sie war Redakteurin bei der Berliner Morgenpost, Reporterin bei Welt und Bunte, bevor sie für mehrere Jahre nach Griechenland und später nach Amsterdam zog. Ihrer Fangemeinde war sie zunächst als Autorin erfolgreicher historischer Romane bekannt, bis sie sich auf Krimischreiben verlegte und nun auch in diesem Genre immer mehr begeisterte Leser findet. Nach acht Jahren in der Eifel lebt Martina Kempff heute wieder im Bergischen Land. »Knochen im Kehricht« ist bereits ihr vierter Eifel-Krimi um die kochende Kriminalistin Katja Klein.

Martina Kempff

KNOCHEN IM KEHRICHT

Ein Eifel-Krimi

Piper München Zürich

Mehr über unsere Autoren und Bücher:
www.piper.de

Von Martina Kempff liegen bei Piper vor:
Die Königmacherin
Die Rebellin von Mykonos
Die Beutefrau
Die Marketenderin
Die Schattenjägerin
Die Welfenkaiserin
Die Kathedrale der Ketzerin
Einkehr zum tödlichen Frieden
Pendelverkehr
Kehraus für eine Leiche
Knochen im Kehricht

FSC
www.fsc.org
MIX
Papier aus verantwortungsvollen Quellen
FSC® C083411

Originalausgabe
Januar 2013

Umschlaggestaltung: semper smile, München
Umschlagabbildung: Christoph Sagel/Corbis, mauritius images/ Prisma, flgraphics/stock.xchng
Satz: Satz für Satz. Barbara Reischmann, Leutkirch
Gesetzt aus der Scala
Papier: Munken Print von Arctic Paper Munkedals AB, Schweden
Druck und Bindung: CPI – Clausen & Bosse, Leck
Printed in Germany ISBN 978-3-492-30091-9

Ernst Moritz Arndt über die Eifel:

Vergangen ist nicht manches Jahr,
Da Eif'ler sein, nicht ruhmvoll war;
Sein Land, wie Petrus einst den Herrn,
Verleugnete der Eif'ler gern.

Denn Eifel hieß, was rauh und kalt,
Was öd und arm, von Sitten alt,
Was nicht geweckt, und was nicht fein;
Drum wollte niemand Eif'ler sein.

Die Zeiten haben sich geändert. Im Zeichen der Regionalmarke Eifel nennen sich heute selbst Zugezogene schnell Eifeler. Dennoch verleugnet eine Person in dieser Geschichte ihre Eifeler Herkunft ...

Für Alfred Heintges, den Freund für alle Fälle,
insbesondere für die schrägen

PROLOG oder DER ANFANG VOM ENDE

Der Dezembernebel hat die Grenze zwischen Deutschland und Belgien verwischt. Dennoch kann ich in der diffusen Beleuchtung vor der *Einkehr* drei fremde Fahrzeuge ausmachen. Ich widerstehe der Versuchung, mich mit dem geliehenen Allradmonster an diesem frühen Abend meines freien Tages danebenzustellen. Was mir sehr schwerfällt. Nicht, weil ich nachsehen will, ob Gudrun, David und Regine tatsächlich drei Wagenladungen voller Gäste bedienen, was bei solch garstigem Wetter zu so früher Stunde gar nicht schlecht wäre, sondern weil ich ganz gern die Stimmung zwischen ihnen peilen würde. Die war in den vergangenen Wochen nämlich ziemlich angespannt. Irgendetwas ist zwischen diesem Trio vorgefallen, das mehr als zwei Jahre lang reibungslos und freundschaftlich mit mir in meinem Laden zusammengearbeitet hat.

Nicht, dass plötzlich Streit ausgebrochen wäre, ganz im Gegenteil. Man geht ausgesucht höflich miteinander um, ein sehr bedenkliches Zeichen. Die üblichen Sticheleien bleiben aus. Ich vernehme keine dem Stress geschuldeten Bissigkeiten mehr, niemand knallt dem anderen irgendetwas hin oder vor, keiner tobt in der Küche, nicht einmal über Gäste wird gelästert, und alle tischen kommentarlos auf, was ich komponiere. Gerade das beunruhigt mich außerordentlich. Also ließ ich bei der letzten Menübesprechung einen Versuchsballon steigen und wurde sehr nachdenklich, als nicht ein Einziger Zeter und Mordio schrie. Ich hatte vorgeschlagen, *unser* – man beachte das beschwörende Gemeinschaftswort – Formenkünstler David solle ein Stück Schweinefleisch in Form eines erlegten Mannes mit Hut als Jägerschnitzel zurechtschnippeln, das man hübsch angerichtet mit Pilz-Ketchup-Soße und einem Karottengewehr an Petersilienmoos servieren könne.

David hat deutsch-englisch herumgestottert und Gudrun mir allen Ernstes erläutert, dass die Fasern des Fleisches keine Möglichkeiten zu solch künstlerischer Entfaltung böten. Regine merkte entschuldigend an, wenn ein totes Tier auf dem Teller wie ein toter Mensch aussähe, würde niemand einen Bissen runterkriegen, und dann müssten wir alles wegwerfen, was doch unserer Philosophie der Bewahrung entgegenstünde. Das letzte Fünkchen Humor ist wie weggefegt und das Lächeln meiner Bedienung so künstlich wie überall dort, wo ich nicht sein mag.

Alarmstufe Rot also. Was nur hat mein Dreierteam so aus der Fassung gebracht? Es gelingt mir nicht einmal, von der treuen Gudrun, die ansonsten nie etwas für sich behalten kann, ins Vertrauen gezogen zu werden. »Alles okay«, antwortet sie ständig; ein deutlicher Hinweis, dass überhaupt nichts okay ist. Meine Versuche, das vermutlich finstere Geheimnis dieser angespannten Freundlichkeit zu lüften, prallen an einer Wand des Entgegenkommens ab.

Die Atmosphäre in meinem kleinen Eifeler Gasthof an der Grenze zu Belgien erinnert mich an das Berlin, in das ich hineingeboren worden bin: Es herrscht Kalter Krieg, und zwischen den Menschen ist eine Mauer errichtet worden. Jeder geht seinen alltäglichen Verrichtungen nach, aber keiner scheint sich in seiner Haut wohl und sicher zu fühlen. Man belauert sich gegenseitig; fragt sich, ob man einfach abhauen kann oder ob der andere einen etwa im Stich lassen wird, weil er nicht auf neue Rosinenbomber vertrauen mag, die, wie man ja heute weiß, auch Napalm abwerfen könnten. Aber immerhin ist der Ami noch da, nämlich David. Der wird schon nicht zulassen, dass das Böse das neu Zusammengewachsene entzweit; er ist das Bindeglied zwischen den beiden Frauen, was eine vielleicht unglückliche, aber dadurch nicht weniger zutreffende Formulierung ist.

Da in meiner Gegenwart nichts ausgesprochen wird, bastele ich mir eine eigene Erklärung zurecht: David erwägt die Flucht aus einem Eifeler Leben, das er sich anfangs wohl angenehmer vorgestellt hat, Regine neidet ihm diese Freiheit und hat vielleicht gar Ansprüche angemeldet, während sich Gudrun vermeintlich behaglich eingerichtet hat, die Bedürfnisse der beiden anderen ignoriert und betet, dass sich bloß nichts ändern möge.

Mit Engelszungen habe ich vor zwei Jahren auf die drei eingesäuselt, um ihnen das Zusammenziehen auszureden. Es schaffe doch nur Unfrieden, Berufliches und Privates derart zu vermischen, hatte ich gesagt und musste mir dann gefallen lassen, ausgelacht zu werden. Was sie bei mir verdienten, reichte selbst in diesem abgelegenen kostengünstigen Teil der Schnee-Eifel, kurz Schneifel genannt, nicht für eigene Wohnungen. Warum sollte man sich den Kopf über ein anderes Dach machen, wenn man ein geräumiges leer stehendes Haus zur Verfügung habe – zugegeben, ein Haus mit einer sehr bösen Geschichte. Aber Gudrun ist darin aufgewachsen, und ihr Lebensgefährte David hat es geerbt. Regine, die Mutter seines Sohnes, der gerade in den USA das Studium der Tiermedizin aufgenommen hat – oder aufgeholt, wie sie als Eifelerin sagt –, kann darin auch noch ihren neuen Freund unterbringen; falls sich dieser je dazu aufraffen könnte, die Wohngemeinschaft mit seiner resoluten älteren Schwester Frieda in Buchet aufzugeben. Die im Übrigen darin auch noch Platz finden könnte, aber dann bestimmt das Kommando übernehmen würde. Schwer vorstellbar, dass sich Gudrun sagen lassen würde, wann die Fenster geputzt werden sollten.

Das Haus sei groß genug, um sich darin aus dem Weg gehen zu können, hatte David gesagt, als sie noch zu dritt waren. Und Regine hatte darauf hingewiesen, dass sie nur so ihr Geld zusammenhalten könnten. Unvorsichtigkeit bei privaten Ausgaben kann zu Mord und Totschlag führen. Das haben wir alle vor zwei Jahren hautnah miterlebt, vor allem Hein und Jupp. Die beiden sind erst heute Mittag von ihrem langen Mykonosaufenthalt zurückgekehrt und werden über den allgemeinen Stimmungsumschwung bestimmt genauso erschrocken sein.

Womöglich haben sie den sogar schon mitbekommen, als sie heute Mittag vor der *Einkehr* Heins Rote Zora abgeholt haben. Der Sportwagen, den sie mir während ihres Urlaubs wegen der Unzuverlässigkeit meines eigenen Uraltgefährts zur Verfügung gestellt haben, eignet sich allerdings nicht zum Transport von Weinkartons aus Cochem. Deshalb war ich zwar durchaus dankbar, als mir Karl-Heinz Jenniges gestern das Ungetüm zum mehrtägigen Probefahren vor die Tür gestellt hat, aber ich sagte ihm gleich, dass ich dieses Angeberauto nie im Leben kaufen würde. Karl-Heinz blieb unbeeindruckt. Vierradantrieb brauche man in diesem Teil der Eifel nicht zum Angeben, beteuerte er, sondern zum Durchkommen. Ich würde schon sehen. Für die nächsten Tage seien schließlich heftige Schneefälle angekündigt. Er könne es nicht mehr mit seinem Gewissen vereinbaren, meinem dem Tod geweihten alten Auto mit ständig neuen Ersatzteilen künstlich das Leben zu verlängern.

Zugegeben, in diesem Wagen ist die Fahrt nach Cochem so komfortabel gewesen, dass ich meinen Plan, dort zu übernachten, spontan über den Haufen geworfen habe. Auch weil Marcel nicht mitgekommen und Herbert in seinem Hotel mit einer Hochzeitsfeier zu beschäftigt gewesen ist, um Zeit für ein Schwätzchen zu haben. Ich lenkte also gleich nach meiner Einkaufstour das Monster wieder heimwärts.

Und biege jetzt links von der B 265 auf belgisches Hoheitsgebiet ein. Vor meinem alten Bruchsteinhaus stelle ich den Motor ab; immer noch unschlüssig, ob ich nicht doch die Bundesstraße überqueren und in Deutschland nach dem Rechten sehen sollte.

Dann fällt mir wieder ein, was mir Marcel gestern gesagt hat, als ich Zweifel äußerte, ob ich mir angesichts des unerfreulichen Betriebsklimas heute wirklich freinehmen sollte: »Du musst mal lernen, nicht immer alles kontrollieren zu wollen.«

Er hat recht. Den Wein aus Cochem kann ich auch morgen im Restaurant abladen; er braucht nach der langen Fahrt vermutlich genauso viel Ruhe wie Linus Auslauf. Der schwarze Riesenhund beginnt schon ungeduldig zu bellen. Während der ganzen Fahrt hat der Labrador mit den zusätzlichen Staffordshireterrier-Genen höchstens fröhlich gefiept, weil er neben mir sitzen durfte, womit ich fünfzig Euro Bußgeld und drei Punkte in der Verkehrssünderkartei Flensburg riskiert habe, dafür aber im Kofferraum mehr Weinkartons unterbringen und Linus beglücken konnte.

Während ich für den Privatgebrauch eine Flasche aus einem Karton ziehe, hebt der Hund kurz das Bein an meiner neu eingepflanzten Birke. Dann rennt er mir voraus, stößt mit der Schnauze die Tür auf und verschwindet im Haus. Ich schicke einen wütenden Blick über die Straße. Wer hat da wieder einmal nicht abgeschlossen? Und schlimmer noch, die Tür nicht einmal richtig zugezogen! Das ist ja wohl das Mindeste, was ich verlangen kann, wenn jemand in meiner Abwesenheit mein Haus betritt! Oder sollte der Ofenbauer doch gekommen sein und am Kamin arbeiten? Aber wo hat er sein Auto gelassen? Außerdem müsste dann im Haus Licht brennen.

Laut bellend stürmt Linus wieder hinaus. Er stößt mich fast um, als er wie vom Teufel gejagt über die Bundesstraße zur *Einkehr* hetzt. Was ist mit dem Tier los? Seit wann stürzt es sich nach einer Fahrt des Darbens nicht als Erstes auf die in der Küche bereitstehenden Leckerlis?

Noch beschleicht mich keine böse Ahnung. Die kommt erst auf, als ich sehe, dass die Wohnzimmertür sperrangelweit offen steht. Wegen der staubigen kleinen Baustelle halte ich sie jetzt immer verschlossen.

Ungehalten knipse ich das Licht an.

Schock überwältigt mich. Die Flasche rutscht mir aus der Hand und schlägt polternd auf die Holzdielen auf. Ich sinke ebenfalls zu Boden. Meine zitternden Knie können den Doppelzentner meines Leibes nicht mehr tragen. Ich versuche, mich aufzurichten, schaffe es aber nur auf alle viere, recke den Kopf weit vor und schnappe nach Luft.

Diese Schuhe, denke ich nur, warum müssen es ausgerechnet diese Schuhe sein?

Ich kann meinen Blick nicht von diesen Schuhen lösen. Sie lugen unter meiner großen weißen Mohairdecke hervor. Diese ist um einen menschlichen Körper gewickelt, mit Paketband fest verklebt und am Kopfende blutrot eingefärbt. Darunter gibt es kein Leben mehr.

Das tote Bündel liegt transportbereit vor dem Loch in der Wand. Da, wo mein Kamin hinkommen soll, da, wo wir vor vielen Wochen einen grausigen Fund gemacht, die Überreste eines Menschen entdeckt haben, der vor über einem halben Jahrhundert nach seiner Ermordung dort eingemauert worden ist.

Ich starre auf die Schuhe. Die hat kein fremder Unbekannter getragen. Einer von uns ist ermordet worden, einer aus meinem engsten Kreis. Ich kenne diese Schuhe.

Wie auch die Stimme aus dem Flur, die durch die Stille des Hauses peitscht: »Katja! Nicht in Cochem? Was machst du denn schon hier?«

Ich will schreien, aber ich bringe keinen Ton hervor.

BUCH 1_ VORHER

KAPITEL 1

Hühnersuppe
mit Karotten, feinen Lauchringen, Ingwer, Zitronengras, klein gehackten Zwiebeln, Koriander, Chilischoten, einem Hauch Knoblauch, braunem Zucker, Sherry, Kokosmilch, einer Prise Kreuzkümmel, Kurkuma und frischen Orangen

Oktober
Niemand weiß, wo die Gans hergekommen ist. Sie ist einfach da, steht frühmorgens keck erhobenen Hauptes auf den Stufen meines Restaurants und schnappt nach jedem, der sich der Tür nähert. Linus hat schon beim ersten Zischlaut seine Kampfhundgene vergessen und das Weite gesucht.

»Freches Biest«, beschimpft Gudrun den Entenvogel und wagt beherzt einen weiteren Vorstoß. Doch auch die landwirtschaftlich Geschickteste unter uns muss sich wieder zurückziehen. Unter dem Triumphgeschnatter einer Gans, die weiß ist und viel wilder als all ihre grauen Artgenossen, die uns Konrad Lorenz nahegebracht hat.

»Wir sollten den Jäger anrufen«, schlägt Hein vor, was Jupp zum Glück nicht hört, da er mit dem Handy am Ohr zur Seite getreten ist, um sich bei den Bauern der Nachbarschaft nach einer abgängigen Gans zu erkundigen.

»Hol lieber einen Besen!«, schnauzt ihn Gudrun an.

»In zwei Monaten ist Weihnachten«, fährt Hein fort. »Wir könnten sie einfrieren …«

»Mit einer Kugel im Kopf?«, fragt Regine empört. »Wir müssen geduldig sein. Die Gans kann nichts dafür, dass sie eine Gans ist. Sie glaubt, dass sie dieses Haus bewachen muss.«

»Wir sind hier doch nicht im alten Rom«, werfe ich ein.

»Was hat das damit zu tun?«, fragt Regine.

»Da haben Gänse das Kapitol bewacht.« Meine Allgemeinbildung trägt zwar nicht dazu bei, unser praktisches Problem zu lösen, untermauert aber hoffentlich meine Autorität. Diese wird von dem Federvieh vor dem Eingang auf eine harte Probe gestellt. Also setze ich noch einen drauf: »Und für die alten Ägypter war die Gans ein Bote, der zwischen Himmel und Erde vermittelte.«

»Was du alles weißt.« Gudrun erbleicht. »Vielleicht will uns Heins Vater aus dem Jenseits etwas ausrichten lassen?«, flüstert sie erschauernd. »Dass hier wieder was Schlimmes passieren wird? Vielleicht ist die Gans ein schlechtes Zeichen?«

»Wir sind hier nicht im alten Ägypten«, sagt David und legt ihr schützend einen Arm um die Schulter.

»Die Zeiten sind zum Glück vorbei«, erkläre ich und meine damit nicht das alte Ägypten. »Heute steht die Gans für Harmonie; sie symbolisiert friedliches Zusammenleben unter Freunden.«

Das habe ich zwar gerade erst erfunden, aber Zeichen entstehen bekanntlich durch ihre Deutung. Es kann nicht schaden, meinen Mitarbeiterfreunden ein friedliches Zusammenleben zu prophezeien.

»Ganz lieb sein«, säuselt Regine plötzlich. Sie hat sich in respektvollem Abstand vor die drei Stufen hingehockt und leise zu singen begonnen. »Schöne Nicolina, feine Nicolina, brave Nicolina.«

»Die spinnt, die Regine!«, bemerkt Hein anerkennend, als die Frau mit dem feurigen Haar immer weiter singend näher an die Gans heranrückt. Wir sind alle ganz still.

»Keine Gans bei niemand weg!«, ruft Jupp uns plötzlich laut zu.

»Psscht!«, fahren wir ihn an. Regine befindet sich jetzt auf gefährlicher Augenhöhe mit der Gans. Die hat das Schnattern eingestellt, sieht Regine aus ihren Knopfaugen geradezu treuherzig an und beginnt sich leicht im Takt zu wiegen.

»Schöne Nicolina, süße Nicolina, weiße Nicolina, treue Nicolina ...«

Regine streckt die Arme langsam aus. In der Hocke nimmt sie erst die drei Stufen und dann sehr behutsam die Gans auf den Arm.

»... meine Nicolina!«, beendet sie ihr Lied und streichelt das weiße Tier. Es sieht jetzt so harmlos aus, dass wir uns alle in Grund und Boden schämen.

»Du hast ihr einen Namen gegeben«, bemerkt Hein vorwurfsvoll. »Jetzt können wir sie nicht mehr essen. Warum Nicolina?«

»Klingt nach Gans.«

»Vielleicht ist es ja ein Ganter?«

»Schau doch nach.«

Regine hält ihm die Gans hin.

Hein lehnt dankend ab.

»Was machen wir jetzt mit ihr?«, frage ich und deute auf die Straße. »Wir können sie nicht frei rumlaufen lassen, sonst wird sie von rasenden Belgiern plattgemacht.«

Jupp bietet sich an, in dem abgezäunten Teil hinter meinem Haus einen kleinen Unterstand für Nicolina zu bauen und eine Zinkwanne herbeizuschaffen.

»Gänse brauchen Wasser. Lass jetzt bloß immer den Deckel auf deinem Whirlpool.«

»Gänse sind wie Schwäne«, sagt Gudrun später in der Küche. »Sie bleiben einander bis zum Tode treu.«

»Und die einsam Hinterbliebene sucht sich ausgerechnet mein Restaurant aus, um ihr Klagelied anzustimmen.«

»Es ist schlimm, wenn der Partner stirbt.« Gudrun drückt bedeutungsvoll die Finger in den Teig für die Dattel-Roquefort-Pizza mit Speck. »Wahrscheinlich ist sie vor Kummer fortgeflogen. Sonst hätten wir ja zwei Gänse. Aber es ist schon ein großes Glück, überhaupt einen Mann gehabt zu haben, Regine.«

»Unsinn«, widerspricht die. »Ich zum Beispiel brauche keinen Mann.«

»Doch. Du willst es nur nicht zugeben. Es ist nicht gut, wenn der Mensch allein ist. Das gilt auch für dich, Regine. Du musst deinem Glück auf die Sprünge helfen. Manchmal kommt es nicht von allein.«

Sie nickt beseligt zum Küchenfenster hinüber, vor dem sich David immer noch vergeblich müht, meinem uralten Wagen auf die Sprünge zu helfen. Mit dem wage ich mich schon gar nicht mehr in die Werkstatt von Karl-Heinz, weil er mir inzwischen jedes Mal zu einem Allradmonster rät, das mich garantiert nicht im Stich lassen, sondern zuverlässig durch den kommenden Eifelwinter schleusen würde. Aber so ein Ding kommt mir nicht vors Haus.

»Der Richtige«, fährt Gudrun fort, »schneit eben nicht jedem so wie mir einfach ins Haus.«

Sie klatscht den Teig auf die Anrichte, greift zur Nudelrolle und walkt die Masse, was das Zeug hält.

Gefährliches Terrain, denke ich, schließlich muss Regine David einst auch für den Richtigen gehalten haben. Bis er sich vor sehr vielen Jahren aus dem Eifeler Staub wieder nach Texas aufgemacht hat, allerdings ohne zu wissen, dass Regine sein Kind erwartete, den inzwischen erwachsenen Daniel.

Als die feuerhaarige Regine vor mehr als zwei Jahren bei uns auf der Kehr auftauchte, war allerdings schon viel Wasser die Kyll hinuntergeflossen. Sie stellte David seinen Sohn vor und weiter keinerlei Ansprüche an den Mann, der damals mit Gudrun in einer Hinterkammer meines Restaurants lebte. Er übernahm Verantwortung für Daniel und schickte ihn nach den fürchterlichen Ereignissen rund um den einstigen Gnadenhof auf der Kehr zur Großmutter nach Texas. Dort hat der Junge auf dem College seinen Schulabschluss gemacht und widmet sich jetzt dem Studium der Tiermedizin, um aus seiner Leidenschaft irgendwann einen Beruf zu machen.

Jene dramatischen Ereignisse haben Regine, David, Gudrun, Hein, Jupp und mich damals zusammengeschweißt. Die Arbeit in meinem Restaurant verschaffte uns allen ein bescheidenes Auskommen, und alles war gut. So gut, dass sich Gudrun, David und Regine in dem frei gewordenen Hof von Davids Vorfahren, der übrigens auch einmal Gudruns Vater gehört hatte, zu einer Wohngemeinschaft zusammenschlossen.

Zwei Frauen und ein Mann. Der sich mit der einen ein Kind und mit der anderen das Bett teilt. Bei aller Freundschaft hielt ich das für eine bedenkliche Konstellation und mit meiner Meinung nicht hinter dem Berg.

»So kleinkariert sind wir nicht«, zwitscherte Gudrun unter dem Beifall der beiden anderen. Die zwei Frauen, die nie aus der Schneifel herausgekommen waren, und der Mann aus dem Herzen von Texas musterten mich wie das konservierte Relikt einer versunkenen Werterepublik und versicherten, keiner von ihnen hätte mit dieser Situation auch nur das geringste Problem. Also wurde, wie in solchen Fällen üblich, ein gewichtiges hervorgerufen: Für Regine musste ein Mann her, fand Gudrun, und zwar schnell.

Aus Gründen des Proporzes oder der Prophylaxe? Das frage ich mich, aber natürlich nicht sie. Gudrun würde niemals zugeben, sich ihres Texaners so lange nicht sicher zu sein, wie sich das Wörtchen Heirat seinem Deutsch verweigert. Da es Regine aber ablehnt, Trierer, Prümer oder Bitburger Discos sowie Floh-, Wochen- und Mittelaltermärkte abzugrasen, hat Gudrun eine eigene *Frau-sucht-Bauern*-Castingshow eröffnet. Seitdem scheucht sie alle willigen Junggesellen im näheren Umkreis in die *Einkehr*. Was den Umsatz kaum mehr steigert als Regines Lust. Keiner der Kandidaten – ganz gleich, wie groß Hof, Mann oder Begeisterung für das Projekt – hat ihr bislang ein Lächeln ins Gesicht zu zaubern vermocht. Ihre Widerborstigkeit verschlägt jedem den Appetit, und so bleibt es bei einem hastig heruntergestürzten Bier und einer in ihrer Mission gescheiterten Gudrun.

»Wenn ein Mann Glückssache ist, bleibe ich doch lieber solo«, spricht mir jetzt Regine aus dem Herzen. Ich selbst bin zwar nur eingeschränkt solo, aber mit der Massenware, zu der die Sache Glück inzwischen am Bahnhofsbuchständer verkommen ist, hat meine Beziehung zu Marcel nichts zu tun.

»Keine Männer mehr, Gudrun!«, schnaubt Regine. »Den nächsten jage ich gleich vom Hof!« Drohend hebt sie das Messer, mit dem sie gerade Kalbsleber in Streifen schneidet. Ein blutiger Schnitz fällt ab, als sie zum Fenster blickt und überrascht ruft: »Nanu, wer ist das denn?«

Wir folgen ihrem Blick. Ein fremder grauhaariger Mann redet neben der offenen Motorhaube eindringlich auf David ein.

»Viel zu alt für dich«, antwortet Gudrun automatisch.

»Aber nicht für unseren Mittagstisch.« Regine wirft das Messer auf die Anrichte und rückt näher ans Fenster heran. »Schaut mal, er hat sogar eine ganze Reisegruppe mitgebracht! Ist wohl der Fahrer und will was mit David aushandeln.«

Zu meinem Entsetzen sehe ich David bedauernd die Schultern heben und den Kopf schütteln. Dann beugen sich beide Männer wieder über den Motorraum meines alten Autos. Ich reiße rasch das Fenster auf.

»Warte!«, rufe ich. »Das regele ich!«

David richtet sich auf und sieht mich rätselnd an. Seine seltsame Bemerkung: »Wir haben doch gar kein Diesel!« registriere ich kaum, dafür aber die herrliche Tatsache, dass einem kleinen mintgrünen Oldtimer-Reisebus, der vor der *Einkehr* haltgemacht hat, ganz langsam vergleichbar bejahrte Passagiere entsteigen. Umständlich, aber stetig.

Hühnersuppe.

Senioren lieben Hühnersuppe am Mittag. Von meiner werden sie begeistert sein, allerdings sollten Gudrun und Regine vor dem Servieren sicherheitshalber die hauchdünn geschnittenen Orangenscheiben herausfischen. Das Auge isst mit. Obstschalen im herzhaften Allheilmittelgericht kann man nur wenigen Menschen in einer gewissen Lebensphase mit dem Begriff Bio schmackhaft machen.

Auf diesen Tag hat die extra angeschaffte Kühltruhe im Nebenraum gewartet. Bis oben hin ist sie mit Würfeln tiefgefrorener Hühnersuppe vollgestopft. Die ich vor ziemlich langer Zeit in einem Anfall von Notwendigkeit und Trauerbewältigung gekocht habe. Die Schar mir persönlich bekannter namenloser Hühner habe ich nicht selbst umgebracht. Ich habe das Gemetzel ausgesourct, wie man neudeutsch sagt, meine Hühner aber nach ihrer Enthauptung voller Ehrfurcht gerupft, abgeflämmt, überbrüht, von Häuten befreit und ihnen auf würdevolle Weise das letzte Geleit gegeben. Mit Ingwer, Zitronengras, Karotten, Lauchringen, Zwiebeln, braunem Zucker, Koriander, Chili, einem Hauch Knoblauch, Sojasoße, Sherry, Kokosmilch, einer Prise Kreuzkümmel, Kurkuma sowie ebenjenen Orangenscheiben und einer großen Liebe, die gar nichts mit Glück, sondern mit dem zu tun hat, was geschehen kann, wenn man es mit ihm verwechselt. Aber das ist eine ganz andere Geschichte, die ich den Gästen bestimmt nicht erzählen werde, die jetzt auf die *Einkehr* zustreben. In ihren Gesichtern lese ich freudige Erwartung.

Die ist möglicherweise auf den wundervollen neuen Internetauftritt zurückzuführen, den Hein für unser Restaurant gestaltet hat.

Dass heutzutage jedes vernünftige Unternehmen auf einer eigenen Homepage seine Unverwechselbarkeit propagieren sollte, habe ich eingesehen. Ein Bekenntnis zu Facebook, wie es mir Hein auch aufdrängen wollte, lehne ich allerdings kategorisch ab. Nicht mit mir.

»Wer sich in den Achtzigern gegen die Volkszählung aufgelehnt hat, verwirkt jedes Recht auf Glaubwürdigkeit, wenn er sich Facebook ausliefert«, habe ich ihm gesagt und nur Kopfschütteln geerntet.

»Wir sind inzwischen ein Jahrtausend weiter, Katja. Heute geht es um Präsenz. Das ist doch gut fürs Geschäft. Wir erfinden tolle Namen für deine schrägen Gerichte. Deine Followers werden in Scharen herströmen. Um auszuprobieren, ob man wirklich essen kann, was du da aufschreibst. Das glaubt dir doch keiner. Außerdem kannst du selbst bestimmen, was du von dir preisgibst.«

»Und ich muss mir gefallen lassen, was sogenannte Freunde und Followers von mir preisgeben. Nein danke.«

»Mensch, Katja, was hast du denn schon zu verbergen?«

Dieser blöde Satz. Den hat meine Mutter damals auch geäußert und mich gedrängt, bloß nicht dadurch aufzufallen, dass ich mich der Befragung durch den Staat verweigere. »*Ich* habe nichts zu verbergen«, hatte sie erklärt. Was übrigens eine eklatante Lüge war, wie ich bei meiner Ankunft in ihrer heimatlichen Eifel drastisch erfahren durfte. Es wäre sehr hilfreich gewesen, wenn sie früher weniger verborgen gehalten hätte. Nicht vor der Welt, sondern vor mir, ihrer Tochter. Selbst wenn es damals schon Facebook gegeben hätte und sie dort Mitglied gewesen wäre, hätte ich mit Bestimmtheit keinen Deut mehr über ihr Vorleben erfahren, nur alles über ihre Vorlieben, die ich ohnehin kannte. Bis auf die nicht ganz Unwesentliche für den verheirateten Mann in der Eifel, den ich nie kennengelernt habe, aber dessen Tochter ich bin und dessen Haus mir heute gehört. Dessen Existenz schon erloschen war, als ich von ihr erfahren hatte. Was ich nicht wusste, als ich in Vor-Facebook-Zeiten meinen Erzeuger in der Eifel aufsuchen wollte und über die Leiche eines Mannes gestolpert bin, der mein Halbbruder gewesen sein soll. Fürchterliche Erinnerungen prägen meine Ankunft in der Eifel. Wie hätte ich damals ahnen können, dass die Pflanze meiner Zukunft auf dem Dung der alten Zeit so wohl gedeihen würde! Auch wenn ich später unter Tränen Hühnersuppe brauen sollte. Die heute ihren Auftritt haben wird.

Ich trete vor die Tür und brauche kein künstliches Lächeln aufzusetzen. Ich bin in Hochstimmung. Ein Reisebus! Wenn sich erst mal rumgesprochen hat, wie phantasievoll wir hier fast im Verborgenen kochen, werde ich mich mit Parkplatzproblemen konfrontiert sehen! Wie viel würde es wohl kosten, den Vorhof meines Privathauses auf der belgischen Seite zu einem Parkgelände umzubauen?

»Guten Tag«, begrüße ich eine stämmige weißhaarige Dame, die erheblich flotter als die hinter ihr Gehenden bereits bei den Stufen angekommen ist und sehr ausgehungert aussieht.

»Ist das ein Gasthaus?«, fragt sie knapp und öffnet den obersten Knopf ihrer grünen Lodenjacke.

»Sie sind herzlich willkommen.« Ich breite die Arme zu einer einladenden Geste aus.

Ein Strahlen fliegt über ihr faltiges Puppengesicht.

»Gott sei Dank! Dann habt Ihr wenigstens eine Toilette.«

Bevor ich diese Bemerkung verdaut habe, ist sie schon an mir vorbei ins Haus gestürmt. Drei weitere Frauen sind ihr auf den Fersen, dahinter ein Mann mit gequältem Gesicht.

»Der Bus hat eine Panne«, sagt David.

»Panne?«

Meine Stimme klingt mir sehr schrill in den Ohren.

»Ja, entschuldigen Sie bitte«, meldet sich der Grauhaarige neben ihm und deutet auf die Schar der Strömenden. »Ich bin der Busfahrer, und meinem Setra ist leider der Diesel ausgegangen. Wir sitzen fest.«

»Hier?«

»Ja.«

Er nickt zum Bus hinüber, aus dem gerade sehr umständlich ein Rollator herausgehievt wird. »Genau vor Ihrer Tür, und jetzt wollte ich fragen ...«

»Nur *ein* Damenklo!«, gellt eine klagende Stimme aus dem Haus. »Ich halte das nicht mehr aus!«

»Dann geh eben auf Männer«, dröhnt ein Bass, »da ist auch eine Kabine.«

»Und noch peinlichere Keramik, ogottogott ... Herbert, das geht wirklich nicht, nein ...«

Eine andere Stimme: »Schnell! Ich muss wirklich dringend.«

»Nun mach schon!«

Der Grauhaarige mit den witzigen Doppelgrübchen im Kinn schüttelt verzweifelt den Kopf. »Tut mir so leid, junge Frau! Dass ich Ihnen solche Umstände mache. Ausgerechnet auf meiner ersten Kaffeefahrt ...«

»Kaffeefahrt!«, töne ich voller Verachtung. »Arme alte Leute stundenlang herumfahren, um ihnen bei einer Plörre namens Kaffee überteuerte Heizdecken und Migränebrillen anzudrehen! Wundermittel gegen Harndrang haben Sie wohl nicht im Angebot?«

Er hört, was ich höre; den Mann, der am Eingang zur *Einkehr* umstandslos fragt: »Wo ist Ihr Garten?«

Gudrun: »Wieso?«

Regine: »Danke, aber unser Gemüse düngen wir schon selbst! Warten Sie bitte, bis Sie an der Reihe sind. Setzen Sie sich erst mal. Möchten Sie was trinken?«

»Kein Busch, nirgendwo?«

»Hühnersuppe!«, trällert Gudrun. »Beruhigt die Nerven. Hilft beim Zusammenreißen!«

»Wo ist Ihr Animateur?«, belle ich den Busfahrer an. »Irgendjemand muss das hier doch koordinieren. Eine Kaffeefahrt ...«

»Nein, nein.« Abwehrend hebt er die Hände. »Das ist was anderes. Wir sind eine anständige Kaffeefahrt. Wir wollen in Belgien Kaffee kaufen. Den Grenzmarkt besuchen, die Krippana und die Eisenbahnausstellung. Alles ganz ehrlich. Kein Aminatör mit Heizdecken oder so.«

»Diese Wasserrechnung wird mich ruinieren!«

»In Belgien ist Diesel billiger«, wirft David ein.

»Ich muss knapp kalkulieren«, vertraut mir der Fremde an, »und da dachte ich, dass ich es bis zur Tankstelle gerade noch schaffe ...«

Aus dem Inneren meines Restaurants dringen Stöhnen und Eifeler Flüche, die ich inzwischen verstehen kann. Es drängt bei allen. Aber es gibt nur zwei Toiletten. Und eine ganze Kühltruhe voller herrlicher Hühnersuppe ...

»Wir führen keinen Sprit. Jedenfalls keinen, der Ihren Bus antreiben könnte.«

»Ja, ja, deswegen habe ich gerade mit Ihrem Mechaniker gesprochen.« Er nickt unglücklich zu David hin, der diese unzutreffende Berufsbezeichnung unwidersprochen lässt. »Es sind ja nur noch ein paar Hundert Meter bis zur Zapfsäule. Ob ich mit Ihrem Wagen meinen Kanister ...«

»Der Wagen geht nicht, und deshalb *gehen* Sie lieber«, verkünde ich so hochnäsig, wie es einer Frau eben möglich ist, die Essen an Leute bringen will, die sehr hörbar anderswo Verzehrtes bei ihr loswerden wollen.

»Geht *doch*«, murmelt David.

»Geht doch?«, wiederhole ich verwirrt.

»*Geht* doch!«, ruft uns Regine fröhlich zur Tür hinaus zu.

»Alles unter Kontrolle. Die Herrschaften wünschen Hühnersuppe.«

»Der Mann versteht was von Lichtmaschinen«, sagt David. »Dein Wagen geht wieder, Katja. Dafür könnten wir Herrn ...«

Er sieht den Grauhaarigen fragend an.

»Kerschenbach«, stellt der sich eilig vor und kratzt sich am Zwillingsgrübchen, »Kerschenbach, Hermann.«

»... Herrn Kerschmann doch entgegenkommen, oder?«

Tellerklappern und Besteckklirren übertönen jetzt das Schlagen der Toilettentüren. Das ist Musik in meinen Ohren.

»Geh schon«, sage ich zu David. »Fahr den Mann runter zur Tankstelle.«

Ich umarme ihn und flüstere ihm ins Ohr: »Lasst euch Zeit. Alte Leute essen langsam. Außerdem möchten sie bestimmt einen Nachtisch. Komm also bloß nicht in Lichtgeschwindigkeit zurück.«

Mit einer solchen stürzt Linus über die Straße. Jupp hinterher.

»Katja«, japst er. »Dein Takenschaaf, da haben wir was gefunden.«

Wie auf Kommando legt Linus einen Knochen vor mir ab.

Hermann Kerschenbach beugt sich vor.

»Da sind noch mehr«, ächzt Jupp. »Der Kaminbauer hat so was noch nie gesehen. Ich auch nicht. Marcel soll sofort herkommen. Ruf ihn an, Katja. Mach schon! Das ist ganz furchtbar!«

Ich verstehe überhaupt nichts. Linus buddelt dauernd Dinge aus und hat mir schon unendlich viele unansehnliche graue Knochen vorgesetzt. Er lässt zu, dass der Busfahrer den für mich bestimmten aufhebt.

»Ich könnte mich irren«, sagt Hermann Kerschenbach langsam, »aber ...«

»Aber was?!«

Er reicht mir das Stück so vorsichtig, als bestünde es aus Porzellan. »Für mich sieht das nach einem Unterschenkelknochen aus.«

»Na und? Von was für einem Tier? Sitz, Linus!«

Der Busfahrer wechselt einen Blick mit Jupp.

»Kein Tier«, sagt Jupp heiser und ringt die riesigen Hände, ohne die weder mein Restaurant in Deutschland noch mein Privathaus in Belgien auskommen können.

»Den Schädel haben wir auch gefunden. Im Schutt von der Wand, Katja, da, wo du deinen Kamin hinhaben willst.«

»Was sagst du da?«

»Hier schwimmt eine Apfelsinenschale«, höre ich es aus dem Restaurant greinen und gleich darauf Regines beschwichtigende Stimme: »Die können Sie essen. Die hebt das Aroma.«

»Eierlikör«, meldet sich eine Frauenstimme. »Haben Sie denn keinen Eierlikör?«

Jupps Antwort hebt meine Stimmung nicht.

»Ein Skelett, Katja. In deiner Wand. Jemand ist da begraben worden.«

»Offenbar eingemauert«, sagt der Busfahrer finster.

Ich weiche zurück. Vor dem Knochen, vor dem Fremden, vor der ungeheuerlichen Behauptung, die da aufgestellt worden ist. Und vor dem Gedanken, jahrelang mit einer Leiche zusammengelebt zu haben.

KAPITEL 2

Wildfond vom Knochen
mit Knollensellerie, Möhren, Zwiebeln, Knoblauch, Johannisbeergelee, Sternanis, Piment, Sojasoße, Zartbitterschokolade und Portwein bei schwacher Hitze köcheln lassen

Eine Woche später
»Du hast wirklich geglaubt, dass die Knochen beim Bau des Hauses aus Versehen mit eingemauert wurden?«, fragt mich Hein fassungslos. Wir alle haben uns an diesem frühen Morgen um den großen runden Tisch im Gastraum versammelt und löchern Marcel mit Fragen.

Vor genau einer Woche haben Jupp und der Kaminbauer die Überreste eines Menschen in der Wand meines Wohnzimmers gefunden. Die Knochen lagen zwischen dem Bauschutt in jenem ehemaligen Hohlraum, durch den einst die Herdwärme von der Küche, abgetrennt durch die eiserne Takenplatte, in die gute Stube geleitet wurde. Von der Existenz dieses sogenannten Takenschranks, oder, wie Jupp sagt, *Takenschaafs* in der Wand hatten wir keine Ahnung gehabt, als wir planten, unter dem alten Schornstein meinen neuen Kamin zu bauen. Auf den ich jetzt gar keine Lust mehr habe.

Wie sollte vor ihm jemals Gemütlichkeit aufkommen können? Es würde mich eher frösteln, in romantisch flackerndes Feuer auf genau jenes Loch zu blicken, in dem einst ein Mensch eingemauert worden war. Und zwar leider nicht vor mehr als hundert Jahren, wie ich gehofft, was aber der belgische Gerichtsmediziner nach nur einem Blick schon bezweifelt hatte. Aus den Überresten konnte er sogar schon herauslesen, dass dem armen Opfer zuvor der Schädel mit einem breiten, stumpfen Gegenstand eingeschlagen worden war. Möglicherweise mit einer kleinen gusseisernen Bratpfanne, sagte er, aber darauf wollte er sich noch nicht festlegen.

Letzte Woche hat der belgische Polizeiinspektor Marcel Langer also gleich nach seinem Eintreffen den Fundort abgesichert, das heißt, mein Wohnzimmer mit hässlichem Absperrband unzugänglich gemacht und die Staatsanwaltschaft, die FKP – die Föderale Kriminalpolizei Belgiens – sowie den Gerichtsmediziner aus Lüttich herbeigerufen.

Mich scheuchte er ins Restaurant zurück, wo unter den Kaffeefahrern große Aufregung herrschte. Die Sache mit den Knochen hatte sich auf mir unbegreifliche Weise schnell herumgesprochen. Allerdings dezimierte die Nachricht vom aktuellen Leichenfund und die verblüffend lang dauernde Abwesenheit des Busfahrers unseren Vorrat an Eifeler Bränden erfreulich schnell. Auch Regine und Gudrun hatten sich auf den Schreck bereits je ein Glas Williamsbirne genehmigt. Mindestens. Ich widerstand der Versuchung, mir zur Nervenberuhigung gleichfalls einen Klaren zu schütten, wie der Eifeler sagt. Irgendjemand würde bei der Abrechnung schließlich einen klaren Kopf behalten müssen.

»Das muss man erst mal verdauen«, hörte ich nicht nur an allen Tischen, sondern vor allem von den Fenstern, vor denen eine große Gästeschar den freien Blick über die Straße nach Belgien genoss. Außer sanft geschwungenen Hügeln mit Feldern, Wäldern, Windrädern und meinem ererbten Gebäude gab es da eigentlich nichts zu sehen, da noch nicht einmal Marcel mit dem Polizeijeep aus Sankt Vith eingetroffen war. Aber mein schäbiges Eifeler Bruchsteinhaus war quasi vor aller Augen zum gruseligen Beinhaus mutiert und somit in den Rang einer Sehenswürdigkeit aufgestiegen.

Zu meinem Entsetzen sah ich, wie an einem dieser Logenplätze der Knochen, den mir Linus vor die Füße gelegt hatte, von Hand zu Hand wanderte. Der Hund selbst hatte sich mit dem Verlust seiner Beute abgefunden und sie gegen den Knochen einer Kuh ausgetauscht. Die hatte erst vor wenigen Tagen ihr friedliches Grasen auf der Weide nebenan einstellen müssen, weil sie keine Milch mehr hergab. Einen ihrer Knochen hatte Regine aus der kalten Rinderbrühe gefischt – es wurde tatsächlich nur Hühnersuppe bestellt – und Linus damit beglückt. Angesichts des aktuellen Geschehens hatte ich den Gästen die nicht ganz geleerten Suppenteller nachgesehen und mir die alte Gastwirtregel ins Gedächtnis gerufen: *Sie essen dich arm, und sie trinken dich reich.*

Aber Nachsicht hat ihre Grenzen.

Ich schob mich durchs Lokal zu den Fenstern hin und wollte einem alten Herrn mit schütterem Haar und wachen blauen Augen den Knochen entreißen. Er hielt ihn so fest, dass die Knöchel seiner Hand weiß hervortraten.

»Das ist Beweismaterial!«

Er lächelte mich freundlich an.

»Natürlich«, sagte er. »Sehr interessant. Dies ist eindeutig ein menschlicher Unterschenkelknochen. Kann ich als Medizinstudent sofort erkennen. Ja, da staunen Sie, was? Ich mache demnächst mein Erstes Staatsexamen. Man muss im Alter nicht nur Karten spielen, Kreuzworträtsel oder Sudokus lösen und mit dem Bus herumfahren, das werden Sie irgendwann auch noch erfahren. Bitte, darf ich Ihnen eine sehr persönliche Frage stellen?«

»Geben Sie mir jetzt den Knochen!«

»Da habe ich meine Frage aber höflicher gestellt«, sagte er vorwurfsvoll, starrte auf die Finger meiner rechten Hand, die den Knochen umklammerten, und stellte mit freudiger Stimme fest: »Wie schön, Sie sind nicht verheiratet!«

Der Knochen fiel zu Boden. Von der Bemerkung erschreckt, war mir entgangen, dass auch der Mann das Beweisstück losgelassen hatte. Der bejahrte Medizinstudent bückte sich erstaunlich schnell, hob ihn auf und reichte ihn mir mit einer tiefen Verbeugung. »Konrad Meissner. Ich stehe Ihnen jederzeit zu Diensten, schöne Frau. Wollen Sie sich nicht ein wenig zu mir setzen, damit wir einander besser kennenlernen können? Vielleicht stellt sich ja heraus, dass wir Gemeinsamkeiten haben.«

Ich biss mir auf die Unterlippe, um ihr Zucken nicht sichtbar werden zu lassen. Mit Anfang fünfzig muss man sich wohl gefallen lassen, von Greisen angemacht zu werden, dachte ich. Vielleicht müsste ich sogar dankbar sein, dass mich überhaupt noch einer als Sexualobjekt wahrnimmt – zu einer Zeit, in der uralte Schriftsteller die moderne Literatur mit Geschichten über die mir unverständliche Leidenschaft blutjunger geiler Frauen zu Großvaterfiguren bereichern.

Mit hoch erhobenem Knochen stürmte ich zu Jupp zurück.

»Wie kommt der Knochen ins Restaurant?«, fuhr ich den vierschrötigen Mann an, der unglücklich an die Wand gelehnt stand und dessen zitternde Hände ausnahmsweise mal zu nichts zu gebrauchen waren. »Der ist doch Beweismaterial, den müssen wir der Polizei aushändigen!«

»Liegen doch noch genug Knochen drüben rum«, murmelte er, griff dann aber doch nach dem grauen Beweisstück und schob von dannen.

Ich atmete tief durch, sah und hörte mich um. Schlecht gelaunt und unter mächtigem Druck hatte diese Reisegruppe mein Lokal gestürmt; jetzt, nachdem sie sich erleichtert und den Knochen der Endlichkeit herumgereicht hatte, erfüllte sie die *Einkehr* mit Leben.

Gudrun verteilte emsig Dessertkarten, und Regine wollte ihr hingehaltene Gläser gerade wahlweise mit einer neuen Ladung Schlehenlikör oder Eifelbrand füllen. Da nahm ihr die stämmige alte Dame mit dem faltigen Puppengesicht sanft die Flaschen ab und stellte sie hinter sich auf den Tisch.

»Es reicht«, sagte sie laut.

Gehorsam wurden die Gläser zurückgezogen. Offenbar akzeptierten alle, dass diese Frau in Ermanglung eines Animateurs und des Busfahrers die Leitung übernahm. Sie forderte die Herrschaften höflich auf, sich ab jetzt zurückzuhalten, da man ja noch ein Programm in Belgien zu absolvieren habe. Und dieses möglichst nüchtern.

Dass Gaststätten dem Alkoholismus Vorschub leisten, ist nicht meine Erfindung. Aber unter anderem bestreite ich davon meinen Lebensunterhalt, so wie die Ärzte in Suchtkliniken den ihren ja auch. Deshalb schritt ich ein.

»Es kann noch eine Weile dauern, bis Herr Kerschenbach mit dem Diesel zurück ist«, erklärte ich laut, hob aufmunternd die Flaschen und setzte hinzu: »Uns geht der Sprit eben nicht so schnell aus. Der Kaffee übrigens auch nicht, falls jemand noch eine Tasse bestellen will. Herr Kerschenbach wird vor der Weiterfahrt bestimmt auch einen haben wollen.«

»Er trinkt grundsätzlich nur Tee.«

Ich sah die Dame fragend an.

»Ich bin Frau Kerschenbach.«

»Ach, Ihr seid seine Mutter!«, erklärte Regine überrascht.

Der schmale Mund wurde noch ein bisschen schmaler, entließ aber Worte in einem überaus herzlichen Ton: »Nein, nein, ich bin seine Schwester.«

»Entschuldigung«, stotterte Regine.

»Ich weiß, mein Kind«, Frau Kerschenbach tätschelte ihr die Wange, »Hermann war ein Nachzügler. Es ist an mir, mich zu entschuldigen. Weil ich es nicht lassen kann, mich für meinen kleinen Bruder verantwortlich zu fühlen. In diesem Fall für sein neues Reiseunternehmen.« Sie hob die Stimme: »Bitte keinen Alkohol mehr. Es geht gleich weiter.«

Dann wandte sie sich wieder mir zu.

»Eure Hühnersuppe ist ausgezeichnet, Frau ...«

»Klein«, nannte ich meinen Namen, der mir selten zuvor so passend erschienen war. Schon gar nicht in meinem eigenen Herrschaftsbereich.

»Frau Klein. Nicht das, was man sonst darunter versteht, aber sie hat eine aparte schmackhafte Würze. Aus frischen Zutaten bereitet, ohne künstliche Aromen und Zusatzstoffe, nicht wahr?«

»Selbstverständlich!«, versicherte ich eilig.

»Sehr bekömmlich. Darauf muss man in unserem Alter achten. Wir sollten bei unserer nächsten Tour hier wieder haltmachen. Können Sie uns vielleicht ein Arrangement anbieten?«

Ich hätte das faltige Puppengesicht küssen können. Und vergaß zumindest einen schönen Augenblick lang, welche Entdeckung diesem Angebot vorausgegangen war.

Natürlich wird unser Freund als Polizeiinspektor die Ermittlungen nicht leiten dürfen, aber da er als Erster vor Ort war, die Kehr und uns alle bestens kennt, dient er, wie schon bei früheren Fällen, als Bindeglied und Mittelsmann zwischen den zuständigen belgischen Behörden und uns, der betroffenen Bevölkerung.

Eigentlich müsste er für die Befragung meiner Freunde erst die Genehmigung der deutschen Polizei einholen, für Jupp und Hein, die in Nordrhein-Westfalen wohnen, also in Euskirchen vorstellig werden und für das Trio, dessen WG sich ein paar Meter weiter in Rheinland-Pfalz befindet, bei den Ordnungshütern in Prüm oder Trier. Aber da sind wir in unserer winzigen Dreiländerortschaft nicht so kleinlich; wir wollen von ihm ja auch wissen, was die Belgier herausgefunden haben. Soeben hat uns Marcel über die ersten forensischen Erkenntnisse der Gerichtsmedizin Lüttich informiert. Demnach war der etwa zwanzigjährige Mann keinesfalls vor, sondern erst nach dem Zweiten Weltkrieg eingemauert worden. Also nicht beim Bau des Hauses.

Ich hebe die Schultern.

»Hätt ja sein können«, flüstere ich, nicht sonderlich beschämt über meine Vorstellung von schlampig arbeitenden belgischen Maurern zu Beginn des zwanzigsten Jahrhunderts. Im Königreich ist man nicht so pingelig wie in Deutschland und die Bauaufsicht bestimmt erheblich gnädiger; eine Annahme, zu welcher der Anblick manch eines Gehöfts in den belgischen Ardennen durchaus verleiten könnte. Jupp hat mir zudem erzählt, dass er bei Renovierungsarbeiten in alten Bruchsteinhäusern immer wieder auf die seltsamsten Verfüllungen zwischen den dicken Mauern gestoßen sei. Jede Menge Schutt und Unrat sei da früher als Dämmmaterial entsorgt worden. Er habe auch schon mal Knochen rausgezogen, von Hühnern, Rindern oder Schafen. Und andere irre Dinge. Aber natürlich nie etwas so Grausiges wie ein komplettes menschliches Skelett.

Das nun gar nicht so lange wie erhofft dort lag. Wer seit mehr als hundert Jahren tot ist, wird von niemandem mehr betrauert. Und was in diesem Fall für mich wichtiger gewesen wäre: Ein Mord in so ferner Vergangenheit entzieht sich polizeilicher Ermittlung und kann keinem Lebenden angelastet werden. Und keine Tochter müsste sich dann mit finsteren Gedanken abquälen, ob ihr Vater ein Mörder gewesen sein könnte. Bedauerlicherweise widersprechen die kriminaltechnischen Erkenntnisse meinen archäologischen Spekulationen. Die ich nach wie vor nicht absurd finde, schließlich kann es gerade in Erdbebengebieten vulkanischen Ursprungs bestimmt auch zu Bodenverschiebungen kommen: »Bei der Kirche hat es sicher irgendwann mal einen Friedhof gegeben ...«

»... von dem aus der Knochenmann dann über die Straße gewandert ist und als Kalkzusatz in die Wand verbracht wurde!« Hein springt hoch, reißt Augen und Mund weit auf, wankt wie ein Zombie mit ausgebreiteten Armen und steifen Knien durch den Raum.

Marcel schlägt mit der Faust auf den Tisch. Wir erstarren alle, einen derartigen Temperamentsausbruch von diesem Mann der leisen Töne nicht gewöhnt. Mit welch sanfter Stimme der belgische Polizeiinspektor selbst die beinhärtesten Verhöre führt, habe ich einst am eigenen Leib erfahren dürfen.

»Verdammt noch mal, die Sache ist überhaupt nicht komisch, Hein!«

»Na... natürlich nicht«, stottert der Gemaßregelte. Er schleicht zu seinem Stuhl zurück, hockt sich auf dessen Kante und tastet nach der Hand seines Lebensgefährten Jupp.

»Der junge Mann ist brutal erschlagen und dann im Takenschaaf eingemauert worden«, fährt Marcel fort, »und zwar zu einer Zeit, wo einige von uns schon auf der Welt gewesen sein könnten.«

»Oder auch nicht«, wirft Jupp ein. »Du hast doch gesagt, es dauert noch, bis man das so genau weiß.«

»Die Radiokarbonmethode hat ergeben, dass der Mann keinesfalls vor hundert Jahren erschlagen wurde, sondern wahrscheinlich eher vor fünfzig.«

»Das ist doch auch schon furchtbar lange her«, bemerkt Gudrun versöhnlich. »Der Mörder ist bestimmt längst tot und begraben. Wie bestattet man eigentlich Knochen, die keiner kennt? Vielleicht war es ja ein Deserteur, der im Krieg vor der Wehrmacht im Takenschrank versteckt wurde? Ein unbekannter Soldat der Alliierten? Vielleicht ein Amerikaner wie David? Dann könnten wir an Katjas Haus eine Gedenktafel anbringen. Das wäre doch schön.«

Ja, es wäre erheblich schöner, mit Vorfahren aufzutrumpfen, die sich der Nazidiktatur widersetzt hatten. Dagegen steht nur die mir auf der Kehr von älteren Bewohnern zugeflüsterte Tatsache, dass ebendiese meine Ahnen unter großem Jubel als Erste im Ort die deutsche Reichsflagge gehisst hätten, während Hitlers Truppen in Belgien einmarschierten.

»Nein, Gudrun, es gibt keinen Hinweis darauf, dass er Soldat war, keine Marke oder was Ähnliches«, sagt Marcel, der mit Gudrun immer viel geduldiger als mit uns anderen umgeht.

»Schade«, sagt Gudrun. »Trotzdem sollten wir in der Kapelle für seine Seele ein Gesätz vom Rosenkranz beten und Kerzen anzünden.«

»Gute Idee«, stimmt Regine zu.

»Von uns kann es jedenfalls keiner gewesen sein«, flüstert Jupp.

»Deshalb erzähle ich euch das alles nicht«, fährt Marcel fort, »sondern weil ihr alle, außer Regine, von hier seid ...«

»Ich nicht«, werfe ich ein.

»Du auch«, widerspricht Marcel. »Selbst wenn du das vor ein paar Jahren noch nicht gewusst hast. Aber du lebst im Haus von dem Mann, der dein Vater war. Und hast dort zum Glück noch immer nicht jede Ecke ausgemistet, vor allem nicht den Speicher. Überlass das jetzt bitte uns, und damit meine ich die belgische Polizei. Vielleicht finden wir da noch einen Hinweis, der uns weiterführt. Und ihr anderen: Denkt mal bitte gründlich darüber nach, ob ihr früher was gehört habt, von euren Eltern oder Nachbarn, über jemanden, der plötzlich verschwunden ist ...«

»Ein Schmuggler!«, ruft Hein. »Könnte doch sein, dass der mehr als nur Kaffee bei sich hatte, Wertsachen zum Beispiel, und dann wegen der Beute eins übergebraten bekommen hat ...«

Er bricht ab. Alle sehen mich an. Und alle denken das Gleiche.

»Entschuldigung«, bringt Hein hervor, »ich wollte damit nicht sagen, dass ...«

»Ich habe meinen Vater nicht einmal gekannt«, unterbreche ich ihn flüsternd.

»Alles ist möglich.« Marcel streichelt mir mitfühlend die Hand und setzt hinzu: »Große Armut kann solche Verzweiflungstaten hervorrufen.« Er blickt vielsagend in die Runde. »Keiner von uns hat sich seine Eltern ausgesucht.«

»Mein Vater war auch nicht wirklich nett«, steht mir Gudrun bei.

»Und meinen habt ihr ja fast alle gekannt«, setzt Hein finster hinzu. »Mehr habe ich zu diesem Thema nicht zu sagen.«

»Meiner war ganz in Ordnung«, sagt Jupp, wozu David nickt: »Meiner auch.«

»Und deiner?«, frage ich Marcel.

»Der steht hier jetzt nicht zur Debatte, Katja. Bevor wir ermitteln können, wer schuld am Tod dieses Mannes ist, müssen wir wissen, wer das Opfer gewesen ist.«

»Er könnte ja Zöllner gewesen sein«, wirft Gudrun ein.

Beifälliges Nicken. Das wäre nicht ganz so schlimm. Schließlich hat fast jeder auf der Kehr jahrelang durch den Schmuggel überlebt. Da war der Zöllner ein natürlicher Feind. Den man allerdings eher um sein Erfolgserlebnis als um die Ecke brachte. Und Kunde über einen verschwundenen Zöllner wäre garantiert an die nächste Generation weitergegeben worden.

»Was ist mit alten Vermisstenfällen?«, frage ich hilflos.

»Der Sache gehen wir gerade nach, Katja, aber es wird dauern. So lange ...«

So lange werden mich die anderen als die Tochter eines Mannes betrachten, der im günstigsten Fall einen Zöllner erschlagen hat, denke ich und erhebe mich mühsam. »Ich mache mich jetzt an den Fond für das Wildschwein.«

Gudrun steht ebenfalls auf.

»Soll ich dir die Knochen zerhacken?«, bietet sie eilfertig an.

Mir läuft ein Schauer über den Rücken.

Ein paar Stunden später

Gudrun und Hein sitzen vor dem aufgeklappten Notebook in einer fernen Ecke des Restaurants und kichern vor sich hin.

»Was ist denn so lustig?«, will ich wissen, während ich das Besteck am Nebentisch nachpoliere. Ich rechne auch an diesem Abend nicht mit vielen Gästen. Die Herbstferien, die zumindest einige Wanderer in unsere abgelegene Gegend verschlagen haben, sind längst vorbei. Es ist kühl geworden, und gelegentlich schneit es ein wenig, aber längst noch nicht genug, dass man die Loipe am Schwarzen Mann spuren oder ich mit hungrigen Wintersportlern rechnen könnte. Auch die Schneekanonen für die Abfahrt in der Wolfsschlucht sind noch nicht angeschmissen worden.

»Was macht Regine gerade?«, fragt Gudrun flüsternd.

»Hat eben altes Brot zu Nicolina rübergebracht. Wieso?«

Gudrun winkt mich mit einer verschwörerischen Handbewegung zu sich hinüber.

»Schau her, Katja, wie gefällt dir dieser Typ?«

Ich beuge mich vor und sehe auf dem Bildschirm das Foto eines adretten Mittvierzigers vor dem Kölner Dom unter dem Logo einer Partnerbörse.

»Du gibst wohl nie auf«, seufze ich.

»Hein hat völlig recht«, erwidert Gudrun. »Wie blöd von mir, für Regine Männer anzuschleppen, die vorher schon keine andere Frau haben wollte, wenn es doch das Internet gibt.«

»Radius und Angebot sind sehr viel größer«, sagt Hein.

»Habt ihr Regine etwa bei einer Partnervermittlung angemeldet?«

»Ja«, erklärt Gudrun freudig.

»Nicht direkt«, murmelt Hein.

»Was heißt das?«

»Gudrun hat sich angemeldet. Sie spielt Regine. Und wir haben schon ganz interessante Reaktionen.«

»Die von Regine kann ich mir vorstellen.« Kopfschüttelnd klopfe ich Gudrun auf die Schulter. »Du hast doch gehört, was sie gesagt hat. Sie will solo bleiben. Kannst du das nicht respektieren?«

»Manche Leute muss man eben zu ihrem Glück zwingen. Kein Mensch will in Wirklichkeit allein bleiben. Auch Regine nicht.«

»Sie hat doch uns.«

»Du hast Marcel, Hein hat Jupp, ich habe David ...« Gudrun macht eine bedeutungsvolle Pause. »... aber Regine hat niemanden. Außer Nicolina. Aber eine Gans ersetzt keinen Mann. Der da würde ihr bestimmt gefallen. Und wenn nicht, haben wir immer noch genügend Auswahl.«

»Wir haben schon vorsortiert«, sagt Hein. »Über zwanzig Kandidaten, die zu Regines Profil ganz gut passen. Leider haben wir nicht von allen Fotos.«

»Und wie soll das ablaufen? Wollt ihr hier etwa einen nach dem anderen antanzen und von Regine abkanzeln lassen?«

Gudrun sieht Hein flehentlich an. »Ich würde sie mir ja einzeln vorholen, aber Hein hat sich was anderes ausgedacht. Das wird dir nicht gefallen.«

Hein denkt sich oft Dinge aus, die mir nicht gefallen. Ich hake nach, aber er schüttelt den Kopf.

»Reden wir später drüber. Der Moment ist ungünstig, nach all dem, was letzte Woche passiert ist und was uns Marcel heute Morgen erzählt hat.«

»Was hat das denn damit zu tun?«, frage ich ungehalten.

»Hat mein Restaurant plötzlich einen schlechten Ruf, weil bei mir zu Hause ein altes Gerippe in der Wand gefunden wurde?«

»Er will sie alle auf einmal hierher einladen«, platzt Gudrun heraus.

»Einladen! – Da hast du recht. Das gefällt mir überhaupt nicht. Die sollen ihren Verzehr gefälligst selbst bezahlen! Ich füttere doch nicht zwanzig einsame Kerle durch!«

»Sollst du doch auch nicht«, sagt Hein. »Natürlich werden die für ihre Party zahlen.«

Ich muss nicht lange nachrechnen. Wenn ein knappes Dutzend Männer auf Freiersfüßen eine längere Anfahrt in Kauf nimmt, wird es in der Kasse klingeln.

»Na gut, dann habe ich nichts dagegen. Nur kann ich mir nicht so recht vorstellen, wie ein solcher Abend ablaufen soll. Etwa Speed-Dating?«

»Was ist das?«, fragt Gudrun beunruhigt.

»Dass sich Regine fünf Minuten zu jedem an den Tisch setzt und den Typen peilt«, erklärt Hein. »Nein, das wäre zu unromantisch und ...«

»... Regine zu unberechenbar«, setze ich nickend hinzu. »Wenn die Wind von der Sache kriegt, und das wird sie wohl müssen, nimmt sie glatt den Hinterausgang, und wir sitzen mit einer Horde angeschmierter Männer da. «

»Genau!«, ruft Hein. »Deswegen schmeißen wir eine richtige Party, die wir unter ein Motto stellen, unter eins, das jetzt ganz groß in Mode ist.«

»Das wird dir nicht gefallen«, murmelt Gudrun wieder.

»Als ehemaliger Eventmanager wird Hein schon wissen, was bei den Leuten ankommt. Also wie soll das Motto für diese Partnerparty lauten?«

Hein schweigt eine ganze Weile. Dann stößt er einen tiefen Seufzer aus und sagt: »Krimidinner.«

Gudrun hat recht. Das gefällt mir überhaupt nicht.

KAPITEL 3

Falscher Hase
aus Lammhack mit Schafskäsefüllung, Zwiebeln, Knoblauch, einem Hauch Minze, Majoran, Thymian, Zimt, getrockneten Tomaten und Oliven

Wieder eine Woche später
Mein Leben ist sehr ungemütlich geworden. Lauter fremde Spurensucher marschieren durch mein Haus, klopfen die Wände ab, als ob sie überall Hohlräume voller Knochen vermuteten, poltern mit Kisten und Krempel die Leiter vom Dachboden runter, sehen hinter jedes Bild, schütteln alle alten Bücher aus und erlauben mir immer noch nicht, mein Wohnzimmer zu benutzen. Dabei haben die Belgier inzwischen jeden Knochen und Sandkrümel aus dem einstigen Takenschrank entfernt. Das blau-weiße Absperrband mit dem Logo der belgischen Polizei vor der Tür aber noch nicht.

Ich habe schon erwogen, Nicolina aus dem Gatter zu lassen und in mein Haus zu schaffen, damit sie die Polizisten so einschüchtert wie uns vor zwei Wochen. Aber die zuvor so renitente Gans ist erstaunlich friedfertig geworden. Sie fühlt sich offensichtlich wohl in ihrer neuen Umgebung. Sogar Linus hat seine Angst vor ihr verloren.

»Hab Geduld«, bittet mich Marcel am Telefon. »Dein Haus ist unser wichtigster Anhaltspunkt, für diesen Mord endlich aufzuklären.«

Dann erkundigt er sich nach Wertgegenständen, die ich bei meinem Einzug vorgefunden hätte.

»Die habt ihr doch schon damals alle aufgelistet!«

Ich fühle mich Jahre zurückversetzt, in eine Zeit, da mich dieser belgische Polizeiinspektor mit dem schief gestutzten Schnurrbart, der auch schon mal verschiedenfarbige Socken trägt und sich ständig das Hemd verknöpft, völlig unsinnigerweise eines Mordes verdächtigte. Übrigens genau in diesem Haus.

»Hast du irgendwas verkauft, verschenkt oder außer Hauses gebracht?«

»Das wäre ja wohl meine Sache gewesen.« Ich drücke ihn kurzerhand aus der Leitung.

Ich habe keine Ahnung. Überwältigt von all dem ererbten Krimskrams, der sich im Laufe der vielen Jahrzehnte in meinem Erzeugerhaus angesammelt hatte, habe ich Jupp irgendwann grünes Licht gegeben. Er sollte sich selbst umsehen und alles, was ich nicht benutzte und er loswerden könnte, auf den Flohmärkten der Umgebung anbieten. Wirklich Wertvolles ist meines Wissens nicht darunter gewesen; den Schmuck seiner vor ihm verstorbenen Frau, wenn sie denn überhaupt welchen gehabt hatte, wird mein Vater vermutlich in jenen schlechten Zeiten versetzt haben, die ihn gezwungen hatten, auch seine Rinder zu verkaufen. Sein Sohn ist zwar später zu Geld gekommen, hat es aber nicht in Wertgegenstände umgesetzt, wie die Polizei herausbekam, als ich nach seinem Tod in das Haus auf der Kehr zog.

Jupp hat mit dem üblichen Hausrat, der Sammlung bunter Römergläser, den Zinntellern, Hirschgeweihen, Stickbildern, silbernen Sammellöffeln mit Emaillewappen, der alten Leinenwäsche und diversen bäuerlichen Gerätschaften, tatsächlich noch fast einen Tausender zusammengekriegt. Das Geld habe ich natürlich sofort in mein Restaurant gesteckt.

Den mit Kisten, Truhen, Kleinmöbeln, verrosteten Stangengebilden sowie losen Brettern und Stoffhaufen zugemüllten Dachboden haben wir bisher ausgespart. Jedes Mal, wenn ich mit Jupp die Leiter nach oben geklettert bin, haben wir uns nur kurz angesehen, den Kopf geschüttelt und dann ganz schnell die Klappe wieder zugemacht.

»Wir heben uns das Durchforsten für später auf«, vertröstete ich uns dann immer. Für eine Zeit, in der wir mal viel von ihr haben würden. Die stiehlt uns jetzt die belgische Polizei mit ihrem unsinnigen Aktionismus.

Ich habe mich schon bei Marcel darüber beschwert, dass mich seine Kollegen belästigten, worauf er natürlich antwortete, dass sie nur ihre Arbeit täten. Wie er übrigens auch, weshalb er sich leider nicht persönlich um alles kümmern könne.

In dieses Alles bin ich offenbar eingeschlossen, denn der Herr Polizeiinspektor hat sich seit Tagen nicht auf der Kehr blicken lassen.

Auch deshalb habe ich ihn soeben am Telefon abgewürgt. Ich finde es ungehörig, mich mit allen Fragen, die schließlich mein Haus und meine Vorfahren betreffen, allein und über den Stand der Ermittlungen im Unklaren zu lassen. In diesem Fall dürfte er sehr wohl eine Ausnahme von seinem ehernen Gesetz des Schweigens machen. Weder ich noch die Menschen, die zu uns gehören, können aus biologischen Gründen etwas mit diesem Mord zu tun haben. Aber möglicherweise hält der Polizeiinspektor der Deutschsprachigen Gemeinschaft Belgiens den bislang gepflegten speziellen persönlichen Umgang mit der Tochter eines mutmaßlichen Mörders derzeit nicht für opportun. Das tut weh.

Als ich wenig später Nicolina schnattern und ein Auto in meinen Hof einfahren höre, hüpft mein Herz. Manchmal, denke ich, kann eine schroffe Abfuhr eine schnelle Anfahrt zustande bringen.

Leider sind es nur Hein und Jupp. Die beiden möchten sich abmelden.

»Wir haben ewig keinen Urlaub mehr gemacht«, sagt Hein.

»Wo wollt ihr denn hin?«, frage ich, als ich sie in meine Küche bitte und kurz zusammenzucke, weil mal wieder einer der belgischen Beamten mit einer Kiste die letzten Sprossen von der Leiter heruntergerutscht ist.

»Wie viel Zeug ist da oben bloß?«, fragt Hein verwundert.

Jupp und ich sehen einander an.

»Viel«, sagen wir gleichzeitig.

»Ich hätte früher ausmisten sollen.« Jupp starrt betreten auf die Spitzen seiner schwarzen Riesenschuhe.

»Das nimmt uns jetzt die Polizei ab«, sage ich. »Du solltest es positiv sehen. Wetten, dass wir alles schön geordnet zurückbekommen und eine Auflistung über jeden Stofffetzen kriegen?«

»Oh je«, sagt Jupp erleichtert. »Eine Scheißarbeit.«

»Während ihr Urlaub macht. Wo eigentlich?«

»Auf Mykonos.« Hein lächelt sehnsuchtsvoll. »Da haben wir vor sehr vielen Jahren mal tolle Wochen verbracht. Und jetzt wird's Zeit, dass auch wir den armen Griechen mal unter die Arme greifen; fährt ja sonst niemand mehr hin. Ich weiß allerdings nicht, wie es Anfang Winter da so ist. Falls das Hotel keine Kohle für Öl hat, werde ich wenigstens warme Füße haben.« Er präsentiert mir seine neuen fellgefütterten Purpurstiefelchen.

Mir ist völlig klar, warum sich die beiden gerade jetzt so weit weg wie möglich verkrümeln wollen. Jupp, zwar körperlich der Mächtigste, aber ansonsten das Sensibelchen unserer kleinen Gemeinschaft, kann es nicht so einfach wegstecken, dass ausgerechnet er das Beweisstück für einen Mord auf der Kehr zutage gefördert hat. Das Verbrechen mag zwar lange zurückliegen, aber in ihm dürfte es Erinnerungen an aktuellere Gewalttaten geweckt haben. Ich verstehe sehr gut, dass er jetzt einen gewissen Abstand zu diesem mörderischen Ort braucht.

»An deinem Haus kann ich jetzt sowieso nicht weiterarbeiten«, erklärt er hastig. »Im Frühjahr werde ich mir das Dach vorholen und endlich die alten Stahlplatten wegmachen.«

Den letzten Teil des Satzes spricht er im Flüsterton. Er kann sich wohl noch gut an mein Entsetzen erinnern, als er mir von den Bunker-Stahlplatten erzählte, mit denen ein Teil meines Dachs geflickt worden ist. Wie auch so manches Gebäude auf deutscher Seite, das ebenfalls unmittelbar an Hitlers sogenanntem Westwall steht, in jenem Eifeler Grenzgebiet, das nach dem Krieg als Rote Zone galt. Dieser war damals von den Landesregierungen Rheinland-Pfalz und Nordrhein-Westfalen Aufbauhilfe zugesagt worden, aber es blieb größtenteils bei dem Versprechen. Also mussten sich die Bewohner des malträtierten Landstrichs eben selbst helfen. Ohne den klammheimlich in Särgen, Kinderwagen und anderen Behältern über die Grenze gebrachten Kaffee aus Belgien wären Wiederaufbau und Überleben kaum möglich gewesen. Erst der Schmuggel ermöglichte den Anwohnern dieses von sämtlichen Regierungen vergessenen Ödlands, sich Vieh, Traktoren, Werkzeuge und Baustoffe anzuschaffen. Marcel zeigt mir auf unseren Ausflügen durch die Dörfer immer wieder solche *Kaffeehäuser*, wie er sie heute noch nennt. Oder *Mokkakirchen*, Gotteshäuser, die dem Schmuggel ihre Existenz verdanken.

Not machte auch in dieser Gegend sehr erfinderisch. Reinen trockenen Sand für den Hausbau gibt die Westeifel nicht her. Aber er war in Mengen von der Wehrmacht herangekarrt worden, um die Notausgänge der unzähligen Bunker entlang dem Westwall zu füllen. Nach dem Krieg konnten die Leute mit diesem Sand ihre Häuser bewerfen. Und später die zerschossenen Dächer mit den Stahlplatten der alten Bunker abdecken.

»Niete saß da an Niete. Unsere Großeltern haben die in

monatelanger Arbeit abgeschlagen«, hatte Jupp mir erläutert. Die Löcher wurden mit Blei abgedichtet. Da im Wald jede Menge Schrapnellkugeln herumlagen, wurden Kinder losgeschickt, um diese einzusammeln, damit sie eingeschmolzen werden konnten. Natürlich zogen nur die kleineren Kinder los, jene, die von den Erwachsenen noch nicht zum Kaffeeschmuggel über die verminten Felder gescheucht wurden. Ohne den Beitrag der gerade noch minderjährigen Schmuggler wäre es mit dem Wiederaufbau der Westeifel nicht so flott vorangegangen. Wenn diese Kinder Zöllnern in die Hände fielen, konnten sie juristisch nicht belangt werden, dafür aber sofort wieder die Arbeit aufnehmen.

Das waren die wirklich kriminellen Zeiten.

»Wir sind ganz bestimmt rechtzeitig zur Skisaison wieder hier«, verspricht Hein und katapultiert mich damit zurück in eine Gegenwart, aus der wir Gewinn ziehen, wenn im Verkehrsbericht von Schneechaos die Rede ist.

»Ja, aber was wird jetzt aus deiner Partnersuche für Regine? Soll *ich* die etwa übernehmen?«

»Kümmert sich Gudrun weiter drum«, erklärt er mit schiefem Grinsen. »Lässt die Kerle nacheinander in die *Einkehr* kommen. Der Erste soll morgen Abend auftauchen. Das mit dem Krimidinner war wirklich eine blöde Idee. Ich dachte nur daran, wie schön es wäre, wenn wir den Laden einmal so richtig voll kriegen könnten.«

»Jetzt kriegen wir ihn dank Herrn Kerschenbach einmal in der Woche voll«, winke ich ab. »Morgen Mittag kommt er mit einer neuen Gruppe Kaffeefahrer.«

Für die ich diesmal meinen speziellen falschen Hasen aus Lammhack vorbereiten werde. Mir ist sehr wohl bewusst, welch ein Risiko ich damit eingehe. Nicht jedermann schätzt auf seinem Teller hervorragend verarbeitete Teile eines gehäuteten Wolllieferanten. Aber ich sehe es als meine Mission an, Menschen ihrer vertrauten Alltagsküche zu entreißen und sie an Ungewohntes heranzuführen. Der Mensch lernt, solang er lebt. Üblicherweise endet beides gleichzeitig. Außer, wenn man dem Buddhismus anhängt, aber das ist in dieser Ecke eher unüblich.

Zum Auftakt werde ich also winzige Hackbällchen herumreichen, damit sich alle davon überzeugen können, dass hier keine Erinnerungen an alte Hammel aufgewärmt werden.

Nachdem ich die beiden Griechenlandurlauber mit guten Wünschen verabschiedet habe, begebe ich mich mit Linus ins Restaurant.

Ich genieße das Alleinsein. Gudrun und David sind zum Einkaufen nach Jünkerath gefahren, und Regine hat sich bei der türkischen Friseurin in Stadtkyll angemeldet, die das Rot auf ihrem Kopf noch intensiver zum Leuchten und ihre Augenbrauen in die rechte Form bringen soll.

Ich stelle das Radio an. Wie schön, nicht über die Auswahl des Senders diskutieren zu müssen! Ich bin älter als meine Mitarbeiter und habe Ende der Neunziger aufgehört, mich für die Charts zu interessieren. Aber bei unseren Auseinandersetzungen um die Frequenzen geht es nicht um den jeweiligen Musikgeschmack, sondern um die regionale Herkunft der internationalen Einheitskost. Die Staats- und Landesgrenzen, die von irgendwelchen Regierungen willkürlich durch unsere winzige Ortschaft gezogen wurden, haben auch den Äther geteilt. Gudrun besteht auf dem SWR, weil ihr da zwischen Klangbeiträgen häppchenweise serviert wird, was in ihrem Heimatland Rheinland-Pfalz los ist. Mir geht das Gedudel, das ihr so gute Laune verschafft, unglaublich auf den Senkel. Genau wie die Musik im WDR, von der ich mich berieseln lassen muss, wenn Jupp oder Hein bei mir Arbeiten verrichtet. Meine Bitte, wenn schon WDR, dann bitte das fünfte Programm mit den interessanten Wortbeiträgen, wird von allen empört zurückgewiesen: »Da läuft doch nur langweiliges Gequatsche!« Froh, zumindest nicht WDR 4 ertragen zu müssen, plädiere ich als Neubelgierin für den Belgischen Rundfunk, das Programm der Deutschsprachigen Gemeinschaft. Aber dann stöhnen alle anderen auf und verdrehen die Augen: »Wen interessiert schon Eupen!«

Im Takt zu Gilbert Bécauds Chanson *Nathalie,* der gerade im BRF läuft, wiege ich mich in den Knien und verknete versonnen die Gewürze im Hack. Plötzlich klopft es laut gegen die offene Küchentür. Zum Glück habe ich gerade kein Messer in der Hand.

»Mein Gott, haben Sie mich erschreckt!«, fahre ich Hermann Kerschenbach an.

»Entschuldigung.« Er errötet unter seinem grauen Schopf, legt einen großen Strauß Herbstblumen auf die Anrichte und kratzt sichtlich verlegen sein Zwillingsgrübchen. »Die Haustür war offen, und die Klingel habe ich nicht gefunden.«

»Wollten Sie nicht erst morgen kommen?«, frage ich jetzt richtig erschrocken. Habe ich mich etwa im Tag geirrt? Ich renne zum Fenster. Da steht zum Glück kein Oldtimerbus, sondern nur ein kleiner leerer Lastwagen. Auf Hochglanz poliert, kann er trotzdem nicht darüber hinwegtäuschen, vor sehr langer Zeit sehr viel bessere Tage gesehen zu haben.

»Nein, nein, schon richtig, die Kaffeefahrt ist erst morgen. Heute bin ich allein gekommen.« Er sieht sich suchend um.

»Ich bin auch allein«, sage ich, während ich mir die Hände wasche und das Radio leiser stelle. »Möchten Sie einen grünen Tee?«

»Wenn es keine Umstände macht.« Er senkt seine Stimme. »Ich dachte, die Frau Seifenbach ist heute hier.«

Ich muss mich setzen. Mein Gesicht kurz abwenden. Damit er mein großes Grinsen nicht sieht.

Deshalb also hatte es Regine heute so eilig, sich verschönern zu lassen! Mir war überhaupt nicht aufgefallen, dass zwischen ihr und dem Busfahrer vergangene Woche etwas Zartes aufgeblüht ist. Gudrun, die sonst die Petersilie wachsen hört, muss dieses Pflänzchen auch entgangen sein. Kerschenbach und Seifenbach. Sollten die zu einem Strom zusammenfließen, wäre das erheblich romantischer als das Herumwuseln auf der Datenautobahn. All die liebe Internetmühe umsonst.

Was Gudrun wohl egal sein wird. Hauptsache, Regine ist sexuell ausgelastet und kommt nicht irgendwann auf die Idee, mit David, dem Vater ihres Sohnes Daniel, an alte Zeiten anzuknüpfen und ihr den Ami wegzunehmen.

Zu alt für dich, hatte Gudrun vorige Woche beim Blick aus dem Fenster zu Regine gesagt, aber so betagt ist der Busfahrer nun auch nicht, höchstens fünfzehn Jahre älter als Regine, schätze ich. Und stelle bestürzt fest, dass der Altersunterschied zwischen mir und dem späten Medizinstudenten Konrad Meissner womöglich auch nicht sehr viel größer ist. Dennoch hatte ich ihn der vorangegangenen Generation zugeordnet. Er ist ein alter Mann, aber ich betrachte mich keinesfalls als alte Frau. Die ich für Dreißigjährige natürlich bin. Wann fängt das Alter rein objektiv gesehen eigentlich an? Vor dem Spiegel scheint es sich manchmal heimtückisch anzuschleichen, aber dann hebe ich Kinn, Augenbrauen und Mundwinkel und finde, dass ich gar nicht so anders aussehe als vor zwanzig Jahren. Zumal ich zu gut gepolstert bin, als dass Runzeln Entfaltungsmöglichkeit gegeben wäre. Nicht alles ist schlecht am Übergewicht.

Über das Hermann Kerschenbach nicht klagen kann. Er wirkt recht sportlich. Fast ein wenig jungenhaft, trotz der grauen Haare über einem gut geschnittenen Gesicht mit Zwillingsgrübchen, gerader Nase und etwas zu nah beieinanderstehenden Augen. Vor allem, wenn er so verlegen lächelt wie jetzt.

»Regine müsste gleich kommen«, sage ich sachlich. »Sind Sie mit ihr verabredet?«

»Sie hat sich letzte Woche so nett um meine Schwester gekümmert«, weicht er aus und deutet auf den Blumenstrauß. »Da wollte ich mich bedanken.«

Auch das war mir entgangen. Ich erinnere mich eher an eine kleine Konfrontation zwischen den Damen. Daran, wie die Frau mit dem faltigen Puppengesicht das Heft in die Hand und Regine die Schnapsflaschen abgenommen hatte. Aber vielleicht war es später zu einer freundlichen Annäherung gekommen. Nachdem ich Gudrun und Regine den Gastraum überlassen und Marcel zu dem Loch in meiner Wand geführt, Knochen und vor allem Schädel gesehen hatte, war mir die Atmosphäre in der *Einkehr* genauso gleichgültig gewesen wie die frühere Befürchtung, ob meine beiden Mitarbeiterinnen einigermaßen nüchtern würden abrechnen können. Das galt auch noch für den nächsten Tag. Die *Einkehr* hat noch nie so profitabel gearbeitet. Und ich habe wieder Platz in der Gefriertruhe, die bislang der Erinnerung an Hühner eines untergegangenen Gnadenhofes geweiht war.

»Wie geht es Ihrer Schwester?«, erkundige ich mich. »Sie schien mir rüstiger als die meisten anderen in Ihrem Bus.«

»Sie ist eine sehr starke Frau. Ich verdanke ihr alles.«

Ich biete ihm den hohen Hocker vor der Anrichte an. Als ich ihm die Tasse Tee hinstelle, steigt mir der Duft edlen Rasierwassers mit leichter Bittermandelnote in die Nase. Verstohlen sehe ich mir den Mann genauer an und stelle verwundert fest, dass er ziemlich teure Schuhe trägt. Kein Zweifel, er hat sich auf ein Rendezvous vorbereitet, von dem er sich einiges verspricht.

Während er seinen Tee trinkt und sich über Davids Brownies hermacht, fordere ich ihn freundlich auf, mir etwas von sich zu erzählen. Die Erfahrung hat mich gelehrt, jenen

Fremden auf der Kehr mit Vorsicht zu begegnen, die beabsichtigen, hier bald keine mehr zu sein.

Er will wohl einen guten Eindruck auf mich machen, denn für einen Eifeler gibt er erstaunlich bereitwillig Auskunft. Ich erfahre, dass er bei seiner Schwester aufgewachsen ist und immer noch mit ihr zusammenlebt. Seine Eltern habe er nie kennengelernt, da sie kurz nach seiner Geburt bei einem Autounfall in Italien ums Leben gekommen seien. Seine Schwester Frieda sei damals erst vierzehn gewesen.

»Zwei Kinder allein? Das haben die Behörden zugelassen?«, frage ich ungläubig.

Er hebt die Schultern. »Die hatten Mitte der Fünfziger wohl anderes zu tun und waren froh, sich nicht auch noch um zwei Waisen kümmern zu müssen. Weil wir ja Herrn und Frau Meissner hatten.«

»Doch nicht Konrad Meissner, der Medizinstudent?«

Er sieht mich verwundert an.

»Woher kennen Sie den denn?«

»Er hat sich mir vorgestellt. Als Sie den Diesel geholt haben.«

»Das sieht ihm ähnlich. Sie sind genau sein Typ.«

»Ach ja? Wie das?«

»Seine Frau war auch …«

Ich erspare ihm die Wortsuche.

»Ausladend?«, schlage ich vor.

Er nickt erleichtert.

»Genau. Aber nicht nur das. Sie sehen Tante Helga überhaupt ziemlich ähnlich. Die Meissners waren frisch verheiratet und haben uns damals aufgenommen. Onkel Konrad war ein Freund unserer Eltern. Und als seine Frau gestorben ist, hat ihm meine Schwester einige Jahre lang den Haushalt geführt. Ansonsten hatten wir immer nur uns beide.«

»Hat Frieda denn nie geheiratet?«

Er schüttelt den Kopf. »Es gab immer wieder mal Männer, die das wollten, aber sie hat jeden in die Wüste geschickt.«

Wie Regine bisher, denke ich und erkundige mich, wo die beiden leben.

»In Buchet, einem Dorf nahe Bleialf«, sagt er. »Tiefste Schneifel. Sie sollten wirklich mal hinfahren. Es ist sehr schön da.«

»Davon bin ich überzeugt. Aber können Sie in der Ecke wirklich genügend Gäste für Ihre Kaffeefahrten auftreiben?«

»In den Dörfern rundum gibt es viele einsame alte Leute, die froh sind, wenn sie mal rauskommen können. Die freuen sich auf meine Touren. Weil sie mich kennen und wissen, dass ich sie nicht abzocke. Und weil sie es toll finden, wieder Kaffee aus Belgien zu holen. Wie früher, als sie Kinder waren.«

»Damals war es illegal.«

Er lacht. »Sie sollten mal mitfahren und sich die Schmugglergeschichten anhören, die sie sich unterwegs erzählen. Zum Beispiel der mit dem Holzbein ...«

»Mine.«

»Richtig.«

Er schaut mich anerkennend an.

»Der ist so was von stolz ...«

Seine Stimme verliert sich. »Jedenfalls kann ich später auch Touristen aufgabeln, vor allem Holländer, davon gibt es viele bei uns.«

»Die bringen ihren Kaffee im Wohnwagen aber selbst mit. Was, wenn es Ihren Kaffeefahrern langweilig werden wird, jede Woche die gleiche Tour zu machen?«

»Ich werde auch andere Fahrten anbieten«, erwidert er. »Morgen fahren wir zuerst zur Prümer Basilika, essen dann bei Ihnen, dann geht's zum Kaffeekaufen in den Grenzmarkt. Wenn die Leute wollen, können wir danach noch einen Abstecher nach Kronenburg machen.«

Langfristig plane er Ausflüge nach Bad Münstereifel, zum Aachener und vielleicht auch mal zum Kölner Dom. Letzteres werde ich ihm ausreden. Der Weg dorthin führt nicht an meinem Restaurant vorbei.

»Aber Ihr Hauptberuf ist das nicht?«

Er schüttelt den Kopf.

»Eigentlich bin ich Schrotthändler. Aber das ist momentan nicht mehr so lukrativ.«

»Machen Ihnen etwa die Freiberufler das Geschäft kaputt, die aus den alten Trassen die letzten Eisenbahnschienen rausreißen?«

»Die Zeiten sind vorbei.« Es klingt fast sehnsüchtig. »Buntmetalle bringen noch was ein. Kupfer, Messing, Blei, Aluminium, Zink oder Kabel, aber es ist sehr mühsam, den seit Kurzem geforderten Nachweis über jedes Teil zu beschaffen. Mich hat das so genervt, dass ich mir vor ein paar Jahren ein Hobby zugelegt habe.«

Nämlich den alten Bus, der bei einem Nachbarn auf der Weide herumrostete, wieder fahrtüchtig zu machen.

»Ein Setra S6 aus den Fünfzigerjahren – mein Baby.«

»Sie haben wohl keine Kinder?«

»Wie? Nein, natürlich nicht!«, erwidert er schnell. »So nannte man den Setra früher, Baby, weil er eben so klein war. Höchstens fünfundzwanzig Leute passen da rein. War einer der ersten Omnibusse mit Dieselmotor, Vierzylinder, hat Henschel für Kässbohrer entwickelt. Baby ist ein toller Vollschwingachser, verstehen Sie?«

»Voll und ganz«, beteure ich.

»Hat nämlich eine Einzelradaufhängung mit Schwingachsen vorn und hinten. Die Achsträger mit den beiden Dreiecklenkern sind also mit dem Aufbau verbunden …«

»Bestimmt außerordentlich nützlich.«

»Klar, für die Federung«, bestätigt er. »War damals revolutionär, dieser Kleinbus mit der selbsttragenden Karosserie.«

»Der was?«

»Der Setra. Selbsttragende Karosserie. Deswegen heißt Baby doch so. War ganz schön schwer, an alle Ersatzteile ranzukommen. Aber ich habe es geschafft!«

Wonach er seine Bastelarbeit spaßeshalber dem TÜV vorgeführt und zu seinem Erstaunen eine Plakette bekommen hatte.

»Was nun, dachte ich. Der Bus war fertig, mein Hobby weg, und so kam ich auf die Idee mit der Kaffeefahrt.«

»Gute Idee!«, erklingt es.

Ich sauge die Luft ein. Alle Zweifel verfliegen. An der Tür steht ein rotes Ausrufezeichen. Regines Haare leuchten in Fuchsia wie auch ihre Lippen. Der schmale neue Wollmantel ist nur unwesentlich gedämpfter eingefärbt. Passende Schuhe hat sie in Stadtkyll anscheinend nicht auftreiben können, weshalb wohl auf ihren schwarzen Pumps dunkelrote Schleifen kleben. Die rostfarbenen Augenbrauen haben einen dramatischen Schwung erhalten.

Hermann Kerschenbach springt so schnell auf, dass sein Hocker beinahe umfällt. Er stabilisiert ihn und sich, greift dann den Herbststrauß von der Anrichte und hält ihn Regine mit ausgestrecktem Arm hin.

»Meine Schwester hat ihn selbst gepflückt«, sagt er. »Sie lässt Euch herzlich grüßen.«

»Danke«, sagt Regine und wirft das neu erglänzte Haar in den Nacken. Sie zieht einen Weinkühler vom Regal, stopft die Blumen lieblos hinein und fragt sachlich: »Kriejensenen Tee, Hermann?«

»Hat er schon gekriegt«, sage ich, neugierig, wie so ein spätherbstliches Rendezvous in einer Gegend ablaufen wird, wo nirgendwo ein lauschiges Plätzchen zum Näherkennenlernen einlädt.

»Linus braucht Bewegung«, erklärt Regine und reißt die Leine vom Nagel. »Wir besuchen Nicolina, gehen dann um die Häscht und gucken uns an, wie das alte Windrad neue Flügel angepasst kriegt.«

Sie wendet sich mir zu. »Wenn sie schon die ganze Straße von Hallschlag zur Kehr für so einen Flügeltransport sperren, will ich was für meinen Umweg haben.«

»Psscht«, fahre ich sie an. Ich stelle das Radio lauter. Habe ich da nicht eben *Kehr* gehört?

Unser Reporter Stephan Pesch ist in Eupen vor Ort.

»Eupen«, stöhnt Regine. Sie krallt fuchsiarote Fingernägel in das Sonntagsjackett des Busfahrers.

»Kommense, Hermann.«

Ja, meldet sich mit angenehmer Stimme Stephan Pesch, *die Pressekonferenz, zu der die Prokuratorin des Königs, Andrea Tilgenkamp, ins Eupener Gerichtsgebäude geladen hat, ist gerade zu Ende gegangen. Aber das Rätselraten geht weiter. Wenn auch nicht über die Identität des Toten. Die ist von der Vermisstenzelle, der* celulle de disparition, *in Brüssel ermittelt und durch eine Genanalyse einwandfrei bestätigt worden. Und hat eine große Überraschung zutage gefördert. Der hinter vorgehaltener Hand gemunkelten Vermutung, vor langer Zeit sei offenbar ein Schmuggler oder Zöllner in Kehr eingemauert worden, ist damit der Bo...*

»... auf der Kehr«, verbessere ich laut und verpasse durch diese Intoleranz den nächsten Satz, ... *Briefträger, der damals auch die Renten zustellte. War es also ein Verbrechen aus Habgier? Oder aus bitterer Not? Das Verschwinden des Briefträgers ...*

Briefträger? Was für ein Briefträger?

... zu den Akten gelegt. Man hatte, wie sich nach den jüngsten Erkenntnissen herausgestellt hat, den Postboten damals zu Unrecht verdächtigt, sich mit Geldern und Wertsachen über die Grenze nach Deutschland abgesetzt zu haben. Sind ihm in Kehr etwa solche Wertsachen zum Verhängnis geworden? Die damaligen Bewohner des Hauses, in dem vor einer Woche seine Knochen gefunden wurden, kann man dazu nicht mehr befragen ...

»Die Heutigen auch nicht«, knurre ich.

Auch wenn das Verbrechen schon weit über ein halbes Jahrhundert zurückliegt, ist nicht ausgeschlossen, dass der Mörder noch lebt …

Vielleicht war es nicht mein Vater, sondern seine Frau? Die ist erst kurz danach ums Leben gekommen, übrigens ebenfalls unter scheußlichen Umständen, wie ich bei meiner Ankunft in der Eifel erfuhr. Der Briefträger wird doch auch damals tagsüber die Post gebracht haben, zu einer Zeit, da die Männer auf den Feldern waren. Vielleicht bin ich doch nicht die Tochter eines Mörders.

Das Ende der Fünfziger des vergangenen Jahrhunderts markiert auch das Ende der großen Schmuggelzeit …

Was hat das denn damit zu tun?

Jedenfalls werden uns die Knochen im Kehricht des baufälligen Schmugglerhauses in der abgelegenen Ortschaft Kehr bestimmt noch eine Weile beschäftigen. – Das war Stephan Pesch aus Eupen.

Nichts als Unwahrheiten. Mein Haus ist nicht hübsch, aber fern von baufällig. Die Knochen lagen im Takenschrank und nicht im Kehricht. Welch ein altmodisches Wort. Was soll das überhaupt heißen? Etwa, dass es bei mir dreckig ist? Welche Baustelle ist schon sauber? Ich wollte doch nur einen Kamin haben.

Wütend blicke ich die Herbstblumen an. Ich reiße sie aus dem Weinkühler, verberge ihre unansehnlichen dunklen Stängel in einer weißen Vase und führe ihnen Nahrung in Form von klarem Wasser zu. Mir selbst gönne ich auch einen Schluck. Ich muss den bitteren Geschmack im Mund loswerden. Weil ich wichtige Informationen über den Leichenfund in meinem Haus vom BRF erfahre und nicht von dem Menschen, der mir am nächsten steht. Und der lange vor Stephan Pesch vor Ort war, weil wir ihn in unserer Verzweiflung gerufen haben. Ich greife zum Telefon.

»Gut, dass du dich endlich meldest«, sagt Marcel.

»Briefträger!«, fahre ich ihn an.

»Ja, das ist schon komisch. Vielleicht war es eine Verwechslung. Ich kann mich noch gut erinnern, dass damals die Uniformen der Briefträger fast so aussahen wie die der Zöllner ...«

»Warum erfahre ich das aus dem Radio?«

»Ich wollte es dir grad sagen, aber dann hast du mich so mir nichts, dir nichts einfach abgehängt. Katja ...«

»Hast du mir etwa noch etwas mitzuteilen?«

»Ja, wenn du erlaubst.«

»Und was?«

»Darf ich morgen bei dich kommen?«

Ich hole tief und sehr hörbar Luft, schweige aber sogar zu der belgischen Grammatik.

»Ich würde nicht allein kommen.«

»Etwa mit einem *Briefträger*?«, frage ich bissig.

»Nein. Mit seinem Bruder.«

Ich schweige bestürzt. Dass die Knochen im Kehricht eine Familie haben könnten, ist mir bisher noch nicht eingefallen.

»Katja?«

»Ja?«

»Geht das für dich? Ich meine, wenn der Mann morgen in dein Haus kommt und sich die Stelle ansieht, wo sein Bruder gestorben ist? Er möchte da ein Gebet sprechen.«

Ich kann immer noch nichts sagen.

»Herr Perings kommt extra aus Brüssel angereist«, sagt Marcel. »Es ist ihm sehr wichtig. Die Familie hat nie Abschied nehmen können, weißt du, die dachte, der Junge hat sich einfach vom Acker gemacht. Mit den Pensionen. Weil er der Jüngere war und den Hof nicht geerbt hat. Der Vater war gerade gestorben. Jetzt fühlt sich der ältere Bruder schuldig.«

Ich blicke auf die Herbstblumen, die Regine so lieblos in den Weinkühler geknallt hat und die in der weißen Vase sehr würdig aussehen. Chrysanthemen, Astern und zwei rote Rosen. Ich werde mit ihnen dem belgischen Absperrband vor meiner Wohnzimmertür trotzen und sie vor das Loch in meiner Wand stellen.

KAPITEL 4

Kalbsmedaillons

im Mandelmantel auf Zwiebel-Apfel-Kompott mit Sahnereis

Am nächsten Tag

Eine gespenstische Szene. Gudrun fegt mit einem langen Reisigbesen lauter graue Knochen aus dem Kamin. Die fügen sich auf dem Holzboden ganz von selbst zu einem fertigen Skelett. »Das muss weg, wenn der Briefträger kommt!«, schreie ich. Regine nimmt vorsichtig jeden Knochen einzeln auf und reicht Hermann Kerschenbach einen nach dem anderen. Der wirft sie Jupp zu, der an der Tür steht und sie in einem blauen Müllsack versenkt. Hein hüpft in seinen Fellstiefelchen hin und her und versucht, die Knochen mit seinem aufgeklappten Notebook abzufangen. Einige verschwinden im Monitor. Nicolina schnappt sich die anderen. Marcel notiert auf einer altmodischen Schiefertafel den Punktestand, den Konrad Meissner immer wieder durchstreicht. David ist von alledem ungerührt. Entzückt starrt er auf Frieda Kerschenbach, die mit einem angestaubten Rüschenrock als Porzellanpuppe auf dem Kaminsims sitzt, und erklärt: »Schöne Frau. Die nehme ich nach USA mit.«

Gudrun wirft den Besen weg. Bellen und lautes Klingeln übertönen ihr Klagegeheul. Das muss der Briefträger sein. Warum macht ihm niemand auf? Es schellt immer weiter. Der schrille Ton brennt sich mir schmerzlich in die Ohren. Wo ist mein Kissen? Linus, halt die Klappe und lass mich weiterschlafen!

Aber jetzt bin ich wirklich wach. Jemand steht vor meiner

Haustür und nimmt den Finger nicht vom Klingelknopf. Halb neun Uhr morgens, und der Terror eines neuen Tages hat begonnen.

»Entschuldigung«, sagt die kleine alte Frau, als ich die Tür aufreiße. »Die Schelle klemmt.«

Ich drücke selbst noch einmal drauf. Der Knopf löst sich. Linus stellt das Bellen ein. Es herrscht himmlische Ruhe. Nebelschwaden ziehen über die Kehr, ein Radfahrer vom Team Gerolsteiner summt vorbei, und über Deutschland geht gerade die Sonne auf.

Ich atme tief durch. Ich glaube, ich lächele sogar.

Ich kenne die stämmige alte Frau nicht, die vor mir steht. Sie hält mir eine Zeitung hin, von der ich ohne Lesebrille nur *Grenz-Echo* identifizieren kann, und fragt: »Sie sind doch Frau Klein?«

Ich nicke. Die Szene erscheint mir genauso unwirklich wie die meines Traumes; ich bin mir noch nicht einmal sicher, ob sie nicht auch noch dazugehört.

»Was ist los?«, frage ich.

»Darf ich reinkommen?«

»Warum?«

»Ich bin Frau Schröder. Aus Krewinkel. Aber wenn das da ...«, sie deutet auf einen Artikel, »... nicht gewesen wäre, dann wäre ich heute Frau Backes. Darum bin ich hier, Frau Klein. Ich muss unbedingt mit Ihnen sprechen.«

»Bitte, Frau Backes ...«

»Frau Schröder. Das ist ja das Schlimme.«

»Frau Schröder. Ich muss erst mal wach werden.«

»Es ... ist ... gleich ... neun.«

Sie sieht mich aus harten kleinen Augen an und weicht nicht von der Stelle. »Sie haben vielleicht etwas. Was mir gehört. Das muss ich wissen.«

Am liebsten würde ich ihr die Tür vor der Nase zuknallen, mich wieder in mein Nest begeben und mein Unterbewusstsein auffordern, mich im nächsten Traum in eine mir gänzlich unbekannte mordfreie Gegend zu versetzen, zum Beispiel auf eine griechische Insel. Ach, wie ich Hein und Jupp beneide! Seltsam, dass Nicolina nicht schnattert. Sonst gibt sie immer Laut, wenn sich jemand meinem Grundstück nähert.

»Hallo, Katja!«, höre ich Regine von der anderen Straßenseite. Sie hebt fröhlich einen Arm und stiefelt unerträglich energiegeladen auf die *Einkehr* zu. Wieso schon so früh? Jetzt erst fällt mir ein, dass wir heute einen großen Mittagstisch haben.

Hermann Kerschenbach und seine Kaffeefahrer.

»Ich habe wirklich nicht viel Zeit«, sage ich. »Um was geht es?«

Linus stupst die Tür weiter auf. Frau Schröder betrachtet dies als Einladung, schiebt sich neben mir einfach in den Flur und krault unbekümmert meinen höllisch aussehenden Riesenhund am Kopf.

»Um den Briefträger«, antwortet sie. »Der verschwunden ist. Jetzt, wo hier steht, dass er nie von der Kehr weggekommen ist, möchte ich mein Medalljong wiederhaben. Der Mörder hat es ihm ja bestimmt abgeholt.«

»Er hat es ihm abgeholt?«, wiederhole ich verständnislos. Jetzt lebe ich schon so lange in der Eifel, weiß längst, dass hier alles *geholt*, was woanders *genommen* wird, und verstehe doch kein Wort.

Ich brauche einen Kaffee.

»Genau. Deshalb ist es ja vielleicht noch hier. Dann muss ich es unbedingt zurückhaben.«

»Bitte, Frau Schröder«, sage ich. »Da drüben ist die Küche. Machen Sie uns doch einen Kaffee. Ich ziehe mich inzwischen an.«

Es ist eine sehr traurige Geschichte, die ich wenig später zu hören bekomme, eine Geschichte, wie sie nur in diesem gebeutelten Landstrich der Westeifel geschrieben werden kann. Die in einer Zeit spielt, als zum zweiten Mal in einem Jahrhundert an dieser Grenze eine belgische Militärregierung herrschte, einer Zeit, in der die Menschen nicht wussten, ob sie Belgier oder Deutsche waren, und das Gefühl hatten, von beiden Ländern im Stich gelassen worden zu sein. Neun Jahre lang war das der Kehr benachbarte Losheim Niemandsland. Die Bewohner entrichteten ihre Steuern an den belgischen Staat, der sich aber weigerte, ihnen Kredite für den Wiederaufbau zu geben. Die Stromrechnung bezahlte man nach Deutschland, das nichts unternahm, um das schlechte Lichtnetz zu verbessern, weshalb man die Abende oft bei Kerzenlicht verbringen musste. Als eine schnelle Verkehrsverbindung von Aachen nach Trier eingerichtet wurde, durfte der Bus in Losheim nicht halten. Er durchfuhr den Ort im Transit und hielt erst an der Zollschranke bei uns auf der Kehr. Nur hier konnten die Losheimer aus- und einsteigen.

»Das waren schlimme Zeiten«, sagt Petronella Schröder, die damals Henkes hieß und einen Verehrer in Losheim hatte, den von vielen Damen begehrten Landwirt Josef Backes. Ein Mann, dem alle Frauen hinterherliefen, weswegen sich das Fräulein Henkes gezielt rarmachte. »Für mich richtig interessant zu machen«, wie sie mir erzählt. Es funktionierte. Alle heiratsfähigen Frauen waren hinter dem Mann her, aber er wollte nur sie. »Und ich ihn auch. Was er aber nicht wusste. Leider. Ich war jung, eingebildet und übermütig. Und habe ihm gesagt, er muss erst eine Prüfung machen, für sicherzugehen.«

Die Prüfung bestand aus mehreren Teilen, deren letzter ein Bekenntnis zu Belgien sein sollte, unverrückbarer als die schwammige Grenze. »Ich konnte doch keinen Deutschen heiraten«, sagt die Krewinklerin.

Man schrieb das Jahr 1958. Die Bewohner Losheims sollten aus der belgischen Auftragsregierung entlassen und der

Bundesrepublik Deutschland angegliedert werden. Wer Belgier sein beziehungsweise bleiben wollte, musste ins Königreich übersiedeln, was in vielen Fällen bedeutete, sich ein paar hundert Meter weiter westlich niederzulassen. Zu jener Zeit gab es einen regen Austausch von Ländereien.

»Aus Liebe zu mir wollte er Belgier werden und den Teil seines Hofes verkaufen, der auf deutscher Seite lag«, sagt Frau Schröder stolz.

Aber jetzt stellte der Mann eine Bedingung.

»Was ja normal ist. Damit ihm die Frau später nicht auch noch auf der Nase rumtanzt«, verteidigt sie seine Aufforderung, nun habe sie sich ihrerseits einer Prüfung zu unterwerfen.

»Er hat mir einen Brief geschrieben. Wenn ich wirklich seine Frau werden wollte, sollte ich dem Briefträger genau an dem Tag, bevor Losheim deutsch wird, mein Medalljong mit einem Bild und einer Locke von mir mitgeben. Keinen Tag später.«

Die kleinen Augen der mindestens Siebzigjährigen füllen sich mit Tränen.

An jenem Mittwoch nahm der Briefträger das liebevoll verpackte Päckchen in Krewinkel mit und fuhr mit dem Rad zur Kehr hinauf. Das Medaillon kam nie in Losheim an. Herr Backes zog daraus erst die Konsequenz und kurz danach tiefer in die Ardennen hinein, wo er seinen neuen Hof bewirtschaftete und vermutlich eine Frau ehelichte, die pünktlich ihren Pflichten nachkam.

Fräulein Henkes heiratete aus Trotz den Herrn Schröder, den sie nicht liebte und der sie bis zu seinem Tod schlecht behandelte.

»Und alles wegen einem Medalljong«, schluchzt sie.

Wenn ich eines herbeizaubern könnte, würde ich es tun. Das wäre mir lieber, als wenn die belgische Polizei das schicksalsschwere Schmuckstück aus einer dieser Dachbodenkisten herausgräbt. Dann wäre kein Zweifel mehr möglich, und die Schuld meines Vaters oder seiner Frau stünde außer Frage.

»Warum hat der Herr Backes nicht selbst bei Ihnen nachgefragt?«, will ich wissen. »Als der Briefträger verschwunden ist, hätte er sich doch denken können ...«

»Dass der Briefträger verschwunden ist, haben wir alle doch erst viel später erfahren. Vor allem, weil das gar nicht der normale Briefträger war, sondern eine Aushilfe. Der Perings-Jung aus Berterath, der Siegfried. Er hat mir hoch und heilig versprochen, das Paket Herrn Backes persönlich zu übergeben.« Sie wischt sich die Augen. »Ich habe mich nicht an die Abmachung gehalten. Nur das zählt. Mein Medalljong kam nicht pünktlich an.« Sie stößt einen tiefen Seufzer aus. »Er war eben doch sehr deutsch.« Und dann setzt sie flüsternd hinzu: »Deswegen werde ich den 28. August 1958 nie vergessen. Und nicht etwa, weil Losheim an dem Tag deutsch wurde, das können Sie mir glauben!«

Wir sind bei der zweiten Tasse Kaffee. Hirn und Sinne sind wieder hellwach. Ich höre ein Auto in meinen Hof einfahren, stürze, von Linus gefolgt, hinaus und rufe Marcel atemlos zu: »Der Briefträger ist am 27. August 1958 ermordet worden!«

»Ich weiß«, sagt Marcel leise, geht um den belgischen Polizeijeep herum, öffnet die Beifahrertür und hilft einem älteren Herrn mit beeindruckend weißem Schopf beim Aussteigen.

»Mein Bruder war kein Briefträger«, sagt der Mann freundlich. »Er hat nur an diesem einen Tag Vertretung gemacht.«

»Ich weiß.« Ich reiche ihm die Hand. »Es tut mir so leid, Herr Perings.«

»Mir auch«, schaltet sich Petronella Schröder ein, die jetzt auch aus dem Haus kommt. »Jakob, Jung, boss du dat?«

»Nellchen?«

Während Herr Perings und Frau Schröder einander erst lange bemustern und dann zu einer Bewegung ansetzen, die ein Eifelfremder nie als die herzliche Begrüßung erkennen würde, die sie war, rücke ich Marcels Uniformjacke gerade und lasse mir gefallen, dass er mir die Haare hinter die Ohren streicht. Ich blicke zu Boden und warte auf seine Frage, woher ich den Todestag des Briefträgers so genau weiß. Als er nicht nachfragt, spreche ich.

»Neue Schuhe? – War aber auch Zeit.«

»Zeit ist das Thema«, antwortet er. »Es ist so viel Zeit vergangen. Endlich kann Herr Perings seinen Bruder begraben.«

Frau Schröder nickt uns allen kurz zu und verschwindet. Sehr beeindruckend, die alte Frau ist den ganzen Weg von Krewinkel zu Fuß auf die Kehr gekommen.

»Brauchst du mich hier noch?«, frage ich Marcel. Meine Stimme klingt selbst in meinen Ohren zaghaft. Aber wie kann ich mein Wohnzimmer jemals wieder normal nutzen, wenn ich es als Andachtsraum für einen dort Ermordeten erleben soll?

»Nein«, sagt er. »Ich hätte lieber, du würdest rübergehen. Wir kommen später nach. Und hol bitte Linus mit.«

In der *Einkehr* herrscht große Emsigkeit. Es wird geschnippelt und gebrutzelt, was das Zeug hält.

»Mein falscher Hase ist doch schon fertig«, sage ich ungehalten, während ich die Tür zum Nebenraum öffne, wo sich Linus immer aufhält, wenn es in der Küche hektisch wird oder Besuch von einer Behörde wie dem Gesundheitsamt ansteht. Der Hund springt freudig hinein, weiß er doch, dass dort ein Napf mit Leckereien auf ihn wartet.

»Gudrun hält es für besser, wenn wir eine Alternative anbieten«, sagt Regine. Ihre Stimme klingt ungewohnt schnippisch.

»Dicke Luft?«, frage ich geradeheraus.

»Ich weiß nicht, wie man in so hohen Schuhen überhaupt bedienen kann«, sagt Gudrun und nickt zu Regine hin, die heute weiße High Heels aus Lackleder trägt. Die Schuhe passen zwar bestens zu ihrem kurzen gerüschten weißen Rock, wirken aber wie das gesamte Outfit in einer Restaurantküche recht befremdlich. Hermann Kerschenbach wird seinen Blick nicht von diesen wohlgeformten Beinen nehmen können.

Ich sehe David an.

»Regine ist sauer wegen dem Internetmann.«

»Ach, ihr habt es ihr also erzählt?«

»Schön, dass du auch im Bild bist«, schnappt Regine. »Was habt ihr euch eigentlich dabei gedacht? Mich über meinen Kopf hinweg an wildfremde Männer zu verkuppeln?« Sie knallt Gudrun ein großes Stück Kalbsfilet hin.

»Meine Worte«, sage ich. »Schneid das Filet in feine Scheiben, Gudrun, wir bieten als Alternative Kalbsmedaillons an. Hauchdünn mit Mandeln paniert, mit Sahnereis auf Zwiebel-Apfel-Kompott, davon haben wir noch genug.«

Es wird Zeit, dass mein Personal begreift, wer hier den Kochlöffel in der Hand hat.

»Arm und alt«, schnaubt Gudrun. »Was willst du mit so einem Mann? Den musst du in ein paar Jahren wenden und kannst dich freuen, wenn du von der Kasse was dazukriegst. Was ist denn das für eine Zukunft? Schau dir den Mann aus Heins Internet wenigstens mal an, den Robert. Der hat Kohle, ist Beamter und dazu noch flott und jung …«

»Das reicht!« Ich nehme Gudrun das Messer ab. »Deine Scheiben sind viel zu dick. So kommen wir nie auf unsere Kosten. Ich schneide weiter. Und Hermann Kerschenbach ist ein sehr netter Mann.«

»Die Schwester heiratet sie aber mit.«

»Die trägt wenigstens schickere Schuhe als du«, erwidert

Regine und richtet ihr Messer auf Gudruns Birkenstocksandalen.

»Ich decke die Tische«, bietet David an, bereit zur Flucht in den Gastraum.

Der Setra taucht Punkt zwölf Uhr auf.

»Donnerwetter«, begrüße ich Hermann Kerschenbach, »und Sie waren zu so früher Stunde schon in Prüm?«

»Ja.«

Erwartungsvoll blickt er an mir vorbei in den Gastraum. Regine wird er da nicht sehen können; die ist in die Damentoilette gestürzt, als der Bus vor der *Einkehr* parkte. »Für sich nachzuschminken«, hatte Gudrun pikiert angemerkt. »Reine Verschwendung von Rohstoffen.«

Auch Hermann Kerschenbach sieht sehr präsentabel aus.

»Wir sind um acht Uhr losgefahren«, sagt er. »Einigen war das sogar schon zu spät. Frau Rolef vom Geschichtsverein hat uns eine sehr eindrucksvolle Führung durch die Basilika gegeben. Wussten Sie, dass Karl der Große in Prüm geboren wurde und sein Enkel, Kaiser Lothar, dort bestattet ist?«

»Sein Sohn Pippin der Bucklige soll da auch liegen«, gebe ich mit meinem in der Eifel erworbenen Wissen an. »Prüm ist eben eine wahre Karolingerstadt.«

»Eine ehemalige Abteistadt«, antwortet er. »Das steht auf den Schildern an der Autobahn.«

Darüber habe ich mich in der Tat auch schon mehrfach gewundert. Wo es in Deutschland von noch bestehenden Abteien nur so wimmelt, wirbt man in Prüm für eine längst untergegangene.

»Was kann man von der Abtei denn da noch besichtigen?«, fragt jetzt auch Hermann Kerschenbach. »Wieso sollten Leute an einem Ort haltmachen, wenn nichts von dem mehr da ist, wofür die Stadt auf dem Schild Reklame macht? Ehemalig …«

»Ehe?« Gudrun taucht aus der Küche auf und wirft Hermann Kerschenbach einen vernichtenden Blick zu. »Wer spricht hier von Ehe?«

»Ehemalig«, beruhige ich sie. »Wir sprechen über die historische Bedeutung der ehemaligen Abteistadt Prüm. Und dass man sie besser Karolingerstadt nennen sollte.«

»Ach so«, sagt sie, »Karolinger. Karl der Große. Kaiser Lothar. Die alten Knochen.«

»Knochen? Knochen! Sind etwa noch mehr Knochen gefunden worden?«

Es sind mehrere Stimmen. Hinter Hermann Kerschenbach drängen sich die Gäste ins Restaurant und stürzen auf das Stichwort Knochen sofort wieder an die Logenplätze der vergangenen Woche.

»Willkommen!«, begrüße ich die Schar und unterdrücke die Worte, die mir als Erstes in den Sinn kommen. *Nein, heute kann ich Ihnen leider keinen neuen sensationellen Leichenfund bieten, nur falschen Hasen aus Lammfleisch und als Alternative mandelpanierte Kalbsmedaillons und noch etwas Hühnersuppe.*

Ich spüre Atem in meinem Nacken, trete einen Schritt vor und drehe mich um.

»Ich hatte recht, schöne Frau, nicht wahr?«, fragt Konrad Meissner. »Es war doch ein Unterschenkelknochen?«

»Ja«, sage ich, »studieren Sie nur fleißig weiter.«

Bitte sofort, anstatt mich zu belästigen, würde ich gern hinzufügen.

»Das tue ich gerade.« Er rückt wieder näher an mich heran und flüstert mir ins Ohr: »Aber am liebsten am lebenden Objekt. Was haben Sie zu verlieren, Frau Klein? Wir sind doch beide erwachsene Menschen. Ich sag das jetzt einfach mal so ganz freiheraus: Ich bete Sie an, Katja Klein. Und wäre der glücklichste Mensch der Welt, wenn Sie mir eine klitzekleine Chance gäben. Ich möchte Sie fragen: Darf ich wenigstens hoffen?«

»Konrad, lass Frau Klein in Ruhe«, ertönt jetzt Frieda Kerschenbachs Stimme. Mir fällt zum ersten Mal auf, dass sie die Konsonanten nicht ganz so hart ausspricht wie ihr Bruder, bei dem Buchet wie Puchet und Regine nach Rekine klingt. Ich hielt das für eine persönliche Eigenheit, bis mich Gudrun aufklärte, alle Leute zwischen Winterspelt und Bleialf bis runter nach Prüm seien mit diesem kleinen Sprachfehler ausgestattet. Vielleicht mag Gudrun den Busfahrer nur deshalb nicht, weil er sie Kutrun nennt. Meine Abneigung gegen Konrad Meissner hat jedenfalls nichts mit seiner harten Aussprache zu tun.

Jetzt hebt er entschuldigend die Schultern.

»Bitte verzeihen Sie, ich möchte mich Ihnen keinesfalls aufdrängen.« Er legt mir eine Hand an die Taille. »Aber in unserem Alter darf man keine Zeit vergeuden. Das bisschen, das wir davon noch haben, sollten wir sinnvoll nutzen, bevor wir zu Staub zerfallen.«

Ich reiße mich los. Was für eine Anmache! Jetzt droht er mir schon mit dem Tod!

»Jeder sollte das«, philosophiert ein anderer Mann und deutet zum Fenster. »Es kann einen in jedem Alter treffen. Der Briefträger war ja erst zwanzig. Heute wäre er auch ein alter Mann. Was der alles verpasst hat.«

Das wird jetzt im Einzelnen diskutiert. Alle haben noch vor ihrer Tour den *Trierischen Volksfreund* gelesen und sind bestens über den Stand der Ermittlungen informiert. Der Gruselfaktor meines Restaurants ist offenbar schmackhafter als jedes Gericht, das ich auftischen könnte.

Ich überlege, wie ich Marcel und Herrn Perings nachher so unterbringe, dass sie keine dieser Gesprächsfetzen mitbekommen, bitte dann David, einen der beiden Gartentische vor dem Haus hereinzutragen und etwas abseits direkt vor die Küche zu stellen. Gudrun wehrt sich.

»Wenn wir mit den Platten ...«

»Dann passt eben auf!«, fahre ich sie an. »Der Mann kommt frisch aus dem Mausoleum.«

»Frische Maus?«, fragt sie verwirrt.

»Der Mann kommt aus meinem Haus.« Ich hole tief Luft und bemühe mich um die gleiche Geduld mit ihr, die Marcel immer für sie aufbringt. »Der will seines toten Bruders gedenken und nicht wissen, dass dessen Unterschenkelknochen letzte Woche hier wie ein Hors d'œuvre herumgereicht wurde. Wo bleibt der Begrüßungssekt?«

Gudrun blickt vielsagend in jene Ecke, wo Regines Hände eine Flasche wärmen, während die des Busfahrers auf ihren Schultern liegen.

»Bitte, Gudrun, jetzt hör damit endlich auf! Freu dich doch, dass Regine einen Kerl hat. Genau das wolltest du doch die ganze Zeit!«

»Aber nicht den«, erwidert Gudrun, stapft in ihren Birkenstocksandalen auf Regine zu, entreißt ihr die Flasche und zischt ihr etwas zu, das ich zum Glück nicht verstehen kann.

Ich blicke aus dem Fenster und sehe, wie Marcel den alten Herrn fürsorglich über die Straße geleitet.

»Stell noch ein Blümchen auf den Tisch«, raune ich David zu und gehe dann selbst vor die Tür, um dem Bruder des in meinem Haus Ermordeten die Ehre zu erweisen.

»Es ist schön, dass es auf der Kehr wieder eine Wirtschaft gibt.« Jakob Perings lächelt mich freundlich an.

Ich meide Marcels Blick. Eine andere Gaststätte auf der Kehr hatte sein eigenes Lokal in Krewinkel einst in den Ruin getrieben.

»In Krewinkel gab es auch einmal eine«, sagt Herr Perings prompt. »Die war viel näher für uns junge Leute aus Berterath.«

»Das war vor meiner Zeit«, murmelt Marcel mit zusammengebissenen Zähnen.

»Natürlich. Ihr beide seid ja noch so herrlich jung.«

Eine Bemerkung, die mir gerade jetzt ausgesprochen wohltut. Herr Perings ist im Alter Konrad Meissners. Und er benimmt sich auch so.

»Ich wünsche, wir wären uns unter anderen Umständen begegnet.« Und ich meine jedes Wort. Vor mir steht ein alter Herr, der diese Bezeichnung verdient. Wir sind inzwischen im Haus, und ich deute auf den von David schnell und schön gedeckten Tisch. Wie immer ist das Besteck akkurat ausgerichtet.

»Die Umstände, Frau Klein, können wir uns nie aussuchen. Danke, dass Sie Blumen vor das Takenschaaf gestellt haben.«

Marcels Lippen werden schmal, öffnen sich aber nicht. Den Rüffel, das Absperrband ignoriert zu haben, hebt er sich aus Pietät wohl für später auf.

Ich frage Herrn Perings, ob er etwas essen möchte.

»Gern etwas Hühnersuppe, falls Sie die im Angebot führen.« Er blickt sich um. »Ich sehe, Ihr Geschäft läuft gut. Das freut mich ...« Seine Stimme verliert sich. Ich folge seinem Blick.

Der ruht voller Erschütterung auf Hermann Kerschenbach.

»Mein Gott!«, flüstert Perings und sinkt auf den Stuhl.

»Was ist los?«, fragen Marcel und ich gleichzeitig.

Der alte Herr atmet schwer. Er hebt einen zitternden Finger. »Bitte, wer ist das?«

»Herr Kerschenbach, ein Busfahrer aus Buchet«, sage ich verwundert.

Jakob Perings beginnt zu husten.

»Ein Glas Wasser«, ruft Marcel in den Raum. Regine reißt sich von der Seite des Busfahrers los und eilt in die Küche.

»Buchet?«, bringt Jakob Perings hervor. »*Impossible.* Das kann nicht sein. Er muss aus Belgien sein. Er ist ...«

Wir erfahren nicht, wen Jakob Perings in Hermann Kerschenbach zu erkennen geglaubt hat. Da der alte Mann seit einem halben Jahrhundert in Brüssel lebt, kann er dem Busfahrer aus einem kleinen Grenzörtchen in der Westeifel wohl kaum je begegnet sein.

Aber das ist jetzt völlig unwichtig.

Als Regine ihm das Glas Wasser hinstellt, rutscht er ganz langsam vom Stuhl. Wir können ihn nicht aufhalten. Warum sollten wir auch? Auf seinem Gesicht liegt ein Lächeln voll einer dankbaren Glückseligkeit, die ihn im besten Sinne unberührbar macht. Als wäre ihm jemand erschienen, den er unbedingt noch einmal sehen wollte, bevor er sich von dieser Welt in die nächste verabschiedet. Jakob Perings stirbt vor unseren Augen. Ein gewaltfreier glücklicher Tod auf der Kehr, das haben wir schon lange nicht erlebt.

Die Kaffeefahrer erheben sich langsam von ihren Stühlen. Alle sehen, was soeben geschehen ist. Alle sind dankbar, dass es nicht sie erwischt hat. Alle sind beeindruckt, wie schnell und schön es gehen kann. Sie werden alle wiederkommen.

KAPITEL 5

Heiße Feigen auf Pistazieneis
in Portwein, mit Aceto balsamico, Zimt, Sternanis, Kardamom, fein gehackten Chilis und Minzblättern

Wir lösen uns nur langsam aus dieser seltsam verzückten Erstarrung, in die uns der sanfte Tod eines Menschen versetzt hat.

»Ein Arzt!«, ruft Marcel in den Gastraum. Er streckt den Körper von Jakob Perings rasch aus, legt ihm seine Uniformjacke unter den Kopf, beugt sich über ihn, drückt seine Hände rhythmisch in den Brustkorb des Mannes, der jetzt nicht mehr friedlich lächelt. »Ist-ein-Arzt-hier?«

Alle, bis auf Gudrun, die gerade den Notruf wählt, sehen zu Konrad Meissner hin. Der hebt die Augenbrauen, leert sein Schnapsglas in einem Zug und schiebt sich dann von seinem Logenplatz nach vorn.

»Tabletten«, sage ich, »vielleicht hat der Mann Tabletten bei sich.«

»Wie willst du ihm die jetzt einflö…?«, beginnt Regine, bricht aber ab, weil sie genauso erschrocken ist wie ich. Etwas bislang Unerhörtes geschieht: Marcel hat plötzlich angefangen zu singen.

»*Stayin' alive, stayin' alive. Stayin' alive, stayin' ali' hive …*«, Im Takt zu diesem verstaubten Bee-Gees-Song drückt der belgische Polizeiinspektor dem alten Mann resolut seine Hände in die Brust.

»*Music loud and women warm. I've been kicked around since I was born.*«

»Der ist ja völlig verrückt geworden«, tönt Konrad Meissner. Er hockt sich mit knackenden Gliedern neben Marcel und versucht, ihn zur Seite zu schieben. »Lassen Sie mich mal ran.«

»Aha, ha, ha, stayin' alive. Stayin' alive. Ah, ha, ha, ha, stayin' alive.«

Der alte Medizinstudent rüttelt Marcel an den Schultern.

»Sind Sie ein Arzt? Sind Sie ein Arzt?«, singt Marcel im Takt zu seiner Wiederbelebungsaktion. *»Stayin' alive, stayin' alive, aha, ha, ha ...«*

»Nein, noch nicht, aber ...«

»Gehen Sie weg, gehen Sie weg, *aha, ha ha, stayin' alive!*«

Marcel setzt mit dem Singen aus, holt tief Luft und beginnt mit der Mund-zu-Mund-Beatmung.

»Er kriegt wieder Farbe!«, ruft eine Frau.

Marcel hebt den Kopf, betastet Jakob Perings' Hals und nickt.

»Das Herz schlägt«, sagt er erleichtert und beugt sich wieder nahe an das Gesicht heran. »Und er atmet wieder.«

Konrad Meissner lehnt sich zurück. Empört, wie mir scheint. Ich atme erleichtert aus. Welch ein Segen, dass nicht noch ein Perings auf meinem Grund und Boden sein endgültiges Ende gefunden hat!

Die Prümer Ambulanz trifft ein. Nachdem die Sanitäter eine Sauerstoffnasensonde und eine Infusion gelegt haben, öffnet Jakob Perings die Augen einen Spalt.

»Ich fahre mit«, sagt Marcel.

»Nein«, flüstert der Mann, hebt schwach die Hand und deutet auf Hermann Kerschenbach. »Bitte. Bei mir bleiben. Nicht weggehen.«

Der Busfahrer sieht ratlos aus.

»Sind Sie verwandt?«, fragt der Sanitäter.

Hermann Kerschenbach schüttelt den Kopf. »Ich kenne den Mann gar nicht«, flüstert er.

»Fahren Sie unbedingt mit«, drängt der Sanitäter. »Das

habe ich noch nie erlebt, dass da einer was sagen kann, nach einer solchen Herzrhythmusstörung, muss ihm wirklich sehr wichtig sein …«

»Fahr schon«, sagt Regine. »Wir kümmern uns um deine Leute.«

»Aber das geht nicht«, protestiert Frieda Kerschenbach, die weiter hinten steht und wahrscheinlich nicht alles mitbekommen hat. »Wir wollten doch noch …«

»Ich fahre mit«, entscheidet Hermann Kerschenbach. »Auch wenn ich das alles nicht verstehe.«

»Ich schon.« Regine schiebt sich an seine Seite und gibt ihm vor allen Leuten einen Kuss mitten auf den Mund. »Du bist eben was Besonderes, Hermännche, das habe ich gleich gesehen.« Sie wirft Gudrun einen triumphierenden Blick zu.

»Ihr habt ihn ins Leben zurückgesungen!« Ehrfürchtig ergreift eine Frau Marcels Hand.

»Das war aber kein Kirchenlied«, meldet sich eine andere weibliche Stimme mit unterdrücktem Vorwurf.

»Nein«, sagt Marcel, »da gibt es leider noch keins mit dem richtigen Rhythmus.«

»Wieso die Bee Gees?«, frage ich.

»Das haben wir im Erste-Hilfe-Kurs beim Roten Kreuz gelernt. Einhundertdrei Schläge pro Minute. Ideal für eine Herz-Lungen-Wiederbelebung. Wir haben uns damals kaputtgelacht. Aber es ist wirklich sehr nützlich.«

Nicht einmal Frieda Kerschenbach protestiert, als Regine die Flaschen mit Hochprozentigem wieder hervorholt. Sie nimmt sogar selbst ein Glas zu sich, keinen Likör, sondern den alkoholintensiven Sommerbrand. Sie kippt ihn, in tiefes Nachdenken versunken, für sich allein, während alle anderen aufgeregt durcheinanderreden. Wahrscheinlich fragt sie sich, ob sie den Bus selbst steuern kann.

»Whisky?«, frage ich Marcel mit vielsagendem Blick.

Er schüttelt den Kopf. »Bin noch im Dienst.«

»Du bist doch in Deutschland ...« Ich breche ab, entsetzt über mich selbst. Natürlich habe ich mich den Gebräuchen der Eifel angepasst, aber so weit, dass ich den Leuten am helllichten Tag Hochprozentiges geradezu aufdränge, wollte ich es eigentlich niemals kommen lassen. Doch das ist jetzt eine Ausnahmesituation. In der das wahre Ich zutage tritt, wie ich irgendwo gelesen habe. Sehr erschreckend.

»Kaffee«, bittet Marcel und strahlt Gudrun an, die ihm in diesem Augenblick eine Tasse hinstellt. Wir alle kennen sein Lebenselixier. Er greift begierig danach.

»Das habt Ihr gut gemacht.« Konrad Meissner schlägt ihm anerkennend auf die Schulter.

Heißer Kaffee ergießt sich über die Uniformhose. Marcel springt auf.

»Nu die schü!«

Au nom de dieu, in Gottes Namen, übersetze ich still den mir inzwischen wohlvertrauten Wutschrei dieses deutschsprachigen Belgiers.

Ich schraube schnell die Mineralwasserflasche auf und schicke dem Kaffee einen kühlenden und reinigenden Sprudelstrahl hinterher.

»Katja! Hör auf! Lass mich in Ruhe!«

Er reißt die Stoffserviette vom Tisch. Wenn ich mich nach seinem Rat gerichtet hätte, läge da eine schäbige Papierserviette. Mit der würde er sich nicht so gut abtrocknen können und hinterher hässliche Fuseln auf seiner Hose wegschrubben müssen. Aber das ist jetzt wirklich nicht der Augenblick, ihn diskret an die Pleite seiner eigenen Kneipe zu erinnern, zu der Papierservietten bestimmt auch beigetragen haben. Er hat soeben ein Leben gerettet.

»Wie reden Sie mit Frau Klein?«, empört sich Konrad Meissner und legt mir wieder eine Hand an die Taille.

Marcels Augen verengen sich. Er vergisst seine klatschnasse Hose.

»Wenn Sie die Güte hätten, Frau Klein loszulassen?« Seine Stimme ist gefährlich leise.

»Nur wenn sie es wünscht«, gurrt Konrad Meissner. »Und daran habe ich berechtigte Zweifel, nicht wahr, meine Schöne?«

Ich reiße mich los.

»Schluss mit dem Unsinn. Herr Meissner, Frau Kerschenbach sitzt ganz allein da drüben.«

»Frieda ist gern allein«, erwidert er ungerührt, greift nach meiner Hand und hätte sie an seine Lippen geführt, wenn ich sie ihm nicht unwirsch entzogen hätte. »Was ich von mir nicht behaupten kann, wie Sie sehr wohl wissen, Sie köstliches, widerspenstiges, immens verführerisch rundes Geschöpf.«

Bei seinen letzten Worten habe ich ihm schon den Rücken zugekehrt, aber ein gewaltiges Poltern lässt mich herumwirbeln. Konrad Meissner liegt am Boden und hat bei seinem Niedergang einen Stuhl mitgenommen. Marcel wischt sich angelegentlich die Hose.

Konrad Meissner hebt einen Finger, während er sich aufrappelt. Seine Nase blutet. »Das ...«, zischt er Marcel zu, »... werden Sie bereuen!«

»Niemals«, sagt Marcel ruhig.

»Oh doch. Ich werde Sie anzeigen!«

»Wie lautet die Anklage?«

»Sie haben mich geschlagen!«

»Sie sind über Ihre eigenen Beine gestolpert.« Marcel schaut in den Gastraum. »Oder hat jemand was anderes gesehen?«

Alle schütteln den Kopf. Niemand will den Lebensretter des Tages zum Wirtshausschläger degradiert sehen. Allerdings werde ich später mit diesem Helden ein Wörtchen zu reden haben. Wir sind hier nicht in einer Krewinkler Kneipe. Wo es zu den Papierservietten wahrscheinlich Pappbecher gab, um den Schaden in Grenzen zu halten. An Grenzen denkt jetzt auch Konrad Meissner.

»Sie halten sich in belgischer Polizeiuniform in Deutschland auf, Herr Polizeiinspektor!«

Marcel lächelt.

»Jetzt nicht mehr«, sagt er.

Bis zu diesem Augenblick habe ich mir nicht vorstellen können, wie sich ein Mann seine Hose würdevoll ausziehen kann. Marcel schafft dies. Er faltet das feuchte Gebilde ordentlich zusammen, legt es sich über den Arm und marschiert in seinen Boxershorts hoch erhobenen Hauptes in meine Küche.

Applaus brandet auf.

Ich werfe mich auf den Stuhl neben Frieda Kerschenbach.

»Ausnehmend schöne Beine für einen Mann«, bemerkt sie lächelnd.

»Bitte wirken Sie auf ihn ein«, bitte ich sie und meine natürlich nicht Marcel.

»Ist er Ihr Freund?«

»Ja, und schon deshalb soll mich Herr Meissner nicht mehr belästigen.«

»Ich glaube, wir haben jetzt alle andere Sorgen«, sagt sie. »Meinen Sie, der alte Mann kommt durch?«

»Herr Perings«, sage ich betroffen. »Sie haben völlig recht, Frau Kerschenbach, es gibt Wichtigeres.«

»Warum mein Bruder? Weshalb sollte ausgerechnet mein Bruder mit ihm ins Krankenhaus fahren? Er kennt ihn doch gar nicht.«

»Ich weiß es nicht«, antworte ich. »Bevor er ...«

»... vom Stuhl gerutscht ist?«

»Ja. Da hat er nach Ihrem Bruder gefragt. Und gesagt, der muss aus Belgien kommen ...«

»Hermann fährt manchmal nach Belgien. Früher wurde

er auch da manchen Schrott los. Aber wir kommen aus Buchet.«

»Vielleicht hatte Herr Perings auch mit Schrott zu tun?«

Frieda Kerschenbach hebt die Schultern.

»Ich kenne die Geschäftskontakte meines Bruders nicht. Wahrscheinlich ist es eine Verwechslung.«

»Bestimmt.«

»Was machen wir jetzt mit dem Bus, Frau Klein? Ich meine, ich weiß ja nicht, wie lange es da in Prüm dauert. Wann der Hermann wieder zurück ist. Die Leute wollen doch Kaffee kaufen. Das ganze Programm ist jetzt über den Haufen geworfen. Ohne Busfahrer kann es nicht weitergehen.«

»Erst mal in Ruhe essen«, sage ich. »Es gibt auch noch einen köstlichen Nachtisch, Frau Kerschenbach, extra für diesen Tag kreiert. Heiße Feigen in Portwein mit Balsamico und Pistazieneis. Danach empfehle ich einen Verdauungsspaziergang, vielleicht entlang der Höckerlinie und der Bunker?«

Frieda Kerschenbach schüttelt den Kopf. »Das interessiert hier doch keinen. Außerdem sind die meisten nicht so gut zu Fuß.«

»Frau Klein?«, ruft ein Mann vom Nachbartisch. Ich drehe mich um.

»Wir haben eine Frage, aber wir möchten Sie nicht belästigen, ich meine …«

Ich sehe, dass er seinen falschen Hasen kaum angerührt hat.

»Schmeckt es Ihnen nicht?«, frage ich so liebenswert wie möglich. »Wenn Sie wollen, kann ich Ihnen …«

»Nein, nein, es ist wie immer vorzüglich.« Er greift zur Gabel.

»Es geht nicht ums Essen«, vermittelt Konrad Meissner, dessen Nase zum Glück jetzt nicht mehr blutet. »Es geht um die Knochen von letzter Woche.«

»Die sind weg.«

»Nichts ist weg«, meldet sich Gudrun, die gerade Wein nachschenkt. »Wer will noch Nachschlag?«

»Eierlikör«, ruft eine Frau.

»Alle wollen gern die Stelle sehen«, sagt Konrad Meissner.

»Welche Stelle?«

»Wo die Knochen …«

»Jetzt gehst du aber wirklich zu weit, Konrad!«, schimpft Frieda Kerschenbach. »Merkst du nicht, was du Frau Klein da zumutest?«

Sie spricht mir aus dem Herzen. Nicht einmal ich bin so korrumpiert, dass ich um des guten Geschäftes willen wildfremde Leute in meinem Wohnzimmer das Loch in der Wand anstarren lassen würde, wo die Knochen des Bruders von Herrn Perings gefunden wurden.

»Kein Nachschlag«, murmelt Gudrun. »Umso besser. Regine ist nämlich auch weg.«

»Entschuldigung«, sage ich zu Frieda Kerschenbach und stehe auf. Ich muss mich um meinen Betrieb kümmern.

»Wie weg?«, fahre ich Gudrun an. »Die ist doch nicht etwa auch im Krankenwagen mitgefahren?«

Gudrun schüttelt den Kopf.

»Nein, nein, da war sie noch da. Und dann plötzlich weg. Wahrscheinlich ist sie auf ihren hohen Schuhen umgeknickt und holt sich jetzt bequemere.«

Ein Raunen geht durch den Raum. Ich blicke zur Tür.

»Da ist sie ja!«, sage ich zu Gudrun. »In Joggingschuhen. Aber was will sie mit der Gans?«

Regine hält Nicolina im Arm.

»So frisch muss mein Gänsebraten nicht sein«, höre ich jemanden sagen.

»Versteht hier jemand was von Gänsen?«, ruft Regine in den Saal. »Das ist meine Nicolina. Sie ist krank.«

Ich sinke sofort wieder auf den Stuhl neben Frieda Kerschenbach. Die Gans, die hinter meinem Haus lebt und da von Regine versorgt wird, hat mich bisher herzlich wenig interessiert. Daran konnten auch Geschichten über den Mann, den seine Gänse begleiteten, wenn er sich im Leichtflieger in die Lüfte schwang, ebenso wenig ändern wie die über das Schwimmen mit Gänsen im Forellenweiher.

»Hier sind doch Landwirte, oder?«, fragt Regine. »Nicolina frisst seit zwei Tagen nichts, trinkt und schläft viel und wird irgendwie immer schwächer. Was hat sie?«

Die Gans, die uns vor zwei Wochen noch terrorisiert hat, wirkt in der Tat schlachtreif. Sie lässt teilnahmslos den Kopf hängen.

»Das werden wir gleich haben.« Konrad Meissner tritt auf Regine zu, sieht die Gans prüfend an und erklärt: »Wurmbefall.«

Zustimmendes Gemurmel.

Konrad Meissner streichelt mit einer Hand die Gans, mit der anderen Regines Schulter und empfiehlt ihr lautstark, sofort mit der Wurmkur anzufangen.

Guten Appetit. Würmer im Restaurant! Und jetzt versucht Konrad Meissner auch noch, das Hinterteil der Gans anzuheben. Ganz nahe bei unserem runden Tisch. Nicht auszudenken, wenn jetzt etwas aus der Gans heraus und auf den falschen Hasen fällt! Ich springe auf.

»Lassen Sie sofort die Gans los!«

»Entschuldigung«, sagt Meissner. »Ich wollte nur nachschauen, ob es vielleicht ein Ganter ist.«

»Oh ja, tun Sie das«, jubelt Regine. »Wir haben das bis jetzt noch nicht herausgefunden.«

»Ist bei diesen Tieren für den Laien ja auch nicht einfach festzustellen.«

Ich klopfe Konrad Meissner auf den Arm. Er lässt die Gans los und schenkt mir ein besonders weißes Strahlen. Entweder hat er sich in der vergangenen Woche ein neues Gebiss zugelegt oder sich das alte bleichen lassen.

»Das Männchen«, doziert er, »hat rechts und links an den Innenbeinen …« Er weist auf die Stelle an seinem eigenen Körper. »… Fettpolster, während das Weibchen …« Er streckt die Hände wieder nach mir aus, aber ich trete einen Schritt zurück. »… einen kugelrunden Bauch hat.« Er starrt auf meinen Bauch. »Das macht sie nicht nur für den Ganter attraktiv, sondern ist auch nützlich, weil sie darin ihre Eier trägt.«

Wenigstens das kann er von mir nicht erwarten. Ich fordere Regine auf, die Gans augenblicklich zu unserer Tierärztin Sarah um die Ecke nach Ormont zu bringen. Bloß raus mit dem verwurmten Tier!

Und dann stürze ich in die Küche. Niemand kann so gut unter Druck arbeiten wie Gudrun und David, aber jetzt muss ich sie entlasten. Was Marcel bereits tut. Er dekoriert gerade sorgsam Feigen-Pistazieneis-Teller mit Minzblättern. Frau Kerschenbach hat recht; seine Beine sind wirklich schön. Käme die Frau jetzt in die Küche, könnte sie die Haare auf seiner Brust zählen. Denn außer seinen Boxershorts trägt der belgische Polizeiinspektor nichts.

»Da waren auch Flecken auf dem Hemd«, sagt er, ohne sich umzudrehen. »Ich habe sie rausgewaschen und alles in den Trockner gesteckt. Wird bald fertig sein. Dann fahre ich nach Prüm ins Krankenhaus und hole den Hermann ab. Sieht doch hübsch aus, *n'est-ce pas*?«

Er hebt einen Teller und wendet sich mir zu.

»Sehr hübsch«, sage ich verloren.

Am liebsten würde ich weinen. Da muss erst ein lästiger Gast Kaffee verschütten, damit der Mann, den ich liebe, seine Uniform auszieht. Wann habe ich ihn das letzte Mal von Klamotten befreit gesehen? Wann haben wir zuletzt Zeit füreinander und Lust aufeinander gehabt?

In der Nacht vor dem Knochenfund.

Ich hatte da von künftigem romantischen Kaminfeuer gesprochen, und Marcel hatte mich allen Ernstes gefragt, ob ich ein schönes Fell davorlegen wolle. Schließlich habe er gute Verbindungen zu belgischen Jägern.

»Da kommt nichts hin, was mal geblutet hat«, habe ich geantwortet, und am nächsten Tag zeugten an jener Stelle graue Knochen von einer viel entsetzlicheren Bluttat. Hätte ich mich mit meinem alten Kaminofen zufriedengegeben, wären aus dem Kehricht keine Knochen auferstanden und wir alle glücklich geblieben. Nein, nicht alle. Jakob Perings hätte nie erfahren, wie sein armer Bruder an sein Ende gekommen ist. Aber ist es ein Segen, dass er es jetzt weiß? Wo der liebenswerte alte Herr nahe dem Tatort doch beinah selbst das Zeitliche gesegnet hätte, quasi als Spätfolge des Mordes? Ach, wäre ich doch nie auf die Idee gekommen, einen Kamin bauen zu lassen!

Marcel stellt den Teller ab und nimmt mich in die Arme.

»Du hältst dich tapfer, mein Mädchen.«

Einen Augenblick lang koste ich die wunderbare Körperwärme aus, schmiege mich an den schmalen Leib, nähere meinen Mund seinem Schnurrbart und blende alles andere aus.

»David wird die Leute zum Grenzmarkt fahren!«, ruft Gudrun und bleibt erschrocken stehen. Ich kann es ihr nicht verdenken. Marcel und ich haben noch nie Zärtlichkeiten in der Öffentlichkeit ausgetauscht. Nicht einmal vor unseren Freunden.

»Oh, Entschuldigung, ich wollte nicht stören. Macht nur weiter, ihr zwei. Es ist nur, dass wir vierundzwanzig Leute im Restaurant haben und Regine bei der Tierärztin ist ...«

»Schon gut.« Ich löse mich von Marcel und der Vorstellung, dass es für uns in absehbarer Zeit etwas anderes als die Aufklärung eines Mordes in ferner Vergangenheit und eine Restaurantküche für Kaffeefahrer in unmittelbarer Gegenwart geben könnte.

»Kann er den Bus denn fahren?«

»Er hat in der Army riesige Lastwagen gefahren«, erklärt Gudrun stolz.

»Aber er hat keinen Médical gemacht«, erklärt Marcel.

»Na und?«, sagt Gudrun.

»Dann darf er den Bus nicht fahren.«

»Aber es sind doch nur ein paar Meter.«

»Gesetz ist Gesetz.«

»Wir sind hier in Deutschland«, mische ich mich ein, »da gelten andere als in Belgien.«

»Mehr als acht Personen darf David in Deutschland ohne Personenbeförderungsschein nicht transportieren«, beharrt Marcel. »Ich hole jetzt meine Hose.«

Klar, in Boxershorts leidet die Autorität.

»Er wird doch nicht die deutschen Kollegen anrufen?«, flüstert Gudrun, als Marcel die Küche verlassen hat.

»Natürlich nicht.« Obwohl – Marcel ist vieles zuzutrauen. »Vierundzwanzig Leute, sagst du?«

»Ja.«

»Dann sind das drei Touren. Ist auch gut fürs Geschäft. Wenn die ersten acht mit dem Nachtisch durch sind, soll David sie zum Kaffeekaufen runterfahren.«

Im Gastraum teile ich Frieda Kerschenbach unseren Plan mit.

»Sind Sie einverstanden?«

»Ich habe noch genug Kaffee. Und ich glaube, dass viele andere auch keine Lust zum Einkaufen haben. Wir haben hier ja genug Zerstreuung.«

So kann man das natürlich auch nennen.

Sie steht auf und schlägt mit dem Kaffeelöffel gegen ihr Schnapsglas.

»Alle mal herhören.«

Das Gemurmel verstummt.

»Der Hermann ist noch im Krankenhaus. Ein Herr vom Restaurant wird den Bus fahren, aber er darf nur acht Personen zum Grenzmarkt mitnehmen. Die können für die anderen mit einkaufen. Wer keine Lust hat mitzufahren, soll aufschreiben, was er braucht.«

Schmuggel im großen Stil.

»Wein ist Quatsch«, höre ich eine Beschwerde. »Der ist in Belgien teurer.«

»Aber im Grenzmarkt besser als beim Aldi«, verteidigt sich die Frau, die den Wein notiert hat. Tatsächlich wollen nur sechs Leute mit David fahren. Und Linus. Der ist außer sich vor Freude, als ihn David aus seiner Kammer befreit.

»Ihr habt ein schönes Haus«, sagt die Weinfrau zu mir und deutet aus dem Fenster zu dem heruntergekommenen Hof, den ich vor Jahren geerbt und dessen Fassade ich noch nicht habe restaurieren lassen. Ich starre sie verblüfft an.

»Ein Haus wie eins von früher«, setzt sie bemüht versonnen hinzu. »Habt Ihr drinnen auch alles beibehalten? Ich würde es zu gern sehen. Wenn Ihr wollt, könnte ich Euch dazu einiges erzählen. Ein Takenschaaf zum Beispiel war früher gar nicht ungewöhnlich, und in der Haascht, das ist die Esse, da haben wir die Würste geräuchert. Bei nassem Wetter lief die ganze Fett- und Rußbrühe an der Wand entlang bis auf den Herd runter. Hier in der Schneifel …«

»Schneifel!«, unterbricht Konrad Meissner. »Das hier ist doch nicht die Schneifel!«

»Natürlich ist sie das«, sagen die Weinfrau und ich zur gleichen Zeit.

»Die Schnee-Eifel, Kurzform Schneifel«, füge ich hinzu.

Konrad Meissner setzt sich rittlings auf einen Stuhl und grinst.

»Das denken alle. Aber es ist falsch.«

»Dann klären Sie uns doch mal auf«, sage ich finster.

»Schneifel ist nicht die Kurzform von Schnee-Eifel«, doziert der Medizinstudent des sehr späten Semesters. »Tatsächlich bedeutet der ältere Begriff *Schneifel* so viel wie Schneise. Und damit ist in diesem Fall der Höhenrücken zwischen Ormont und Sellerich gemeint, auf dem auch der Schwarze Mann als höchste Erhebung liegt.«

»Dazu gehören wir doch auch«, werfe ich ein.

»Die Kehr liegt quasi am Fuß der Schneifel«, fährt Meissner unbeirrt fort. »Die Schnee-Eifel ist ein erst später durch die Preußen eingeführter Begriff, der ein größeres Gebiet umfasst – Hallschlag, Kehr, Stadtkyll bis hinab nach Prüm und Pronsfeld.«

»Interessant.« Marcel ist inzwischen wieder voll bekleidet an unseren Tisch getreten. »Sie haben die Besetzung durch die Preußen wahrscheinlich noch selber erlebt, Herr Medizinstudent. Für uns Spätgeborene aber ist das hier eindeutig Schneifelland. – Ich muss fahren.«

Er küsst mich auf den Mund. Vor allen Leuten. Anders als Regine vorhin Hermann. Das war ein zärtlicher, verheißungsvoller Kuss gewesen. Marcels ist kurz und knallhart. Dennoch eine Zuneigungsbekundung. Die erste in aller Öffentlichkeit. Ich bin genauso erschrocken wie vorhin Gudrun in der Küche.

»Das ist ja ...« Auch Herr Meissner ist fassungs- und zum Glück sogar sprachlos.

»Das hast du verdient, Konrad«, sagt Frieda Kerschenbach befriedigt. »Deine ewige Besserwisserei ...«

»... hat dir auch schon mal den Arsch gerettet«, fährt er sie sehr uncharmant an.

Die Schwester des Busfahrers hebt die Hände.

»Ganz ruhig, Konrad. Alles wird gut.«

Regine stürzt atemlos ins Restaurant. Mit Nicolina auf dem Arm.

»Es ist eine Gans! Ein Weibchen! Und sie hat tatsächlich Spulwürmer!«

Konrad Meissner sieht mich triumphierend an.

»Sehen Sie, junge Frau, ich kenne mich auf vielerlei Gebieten aus ...«

Mit Gewürm, denke ich, spreche es aber nicht aus, da einige Senioren immer noch ihr Feigeneis löffeln.

»... die ich zu gern mit Ihnen erkunden würde«, fährt Meissner fort, »vor allem jetzt, da uns der Herr Polizeiinspektor nicht mehr dabei stören kann.«

»Frau Klein hat dir bereits einen Korb gegeben. Merkst du denn immer noch nicht, dass du sie belästigst?«

Konrad Meissner richtet hellwache blaue Augen auf mich und erwidert ruhig: »Ein Nein muss nicht für immer sein. Die Hoffnung stirbt zuletzt, und selbst dann kann sie genauso wiederbelebt werden wie der Mann, den wir alle für tot gehalten haben. Wohlgemerkt, Perings der Ältere, liebe Frieda.«

Die unheilvolle Beschwörung, die in diesen letzten Worten durchklang, lässt mich erschauern. Aber was für eine Verbindung sollte es zwischen Herrn Perings, Herrn Meissner und den Geschwistern Kerschenbach geben?

Vielleicht werden wir ja doch noch erfahren, wen Jakob Perings in Regines Hermännche zu erkennen geglaubt hat; vielleicht spielt der Busfahrer ja nur den Überraschten. Wir sollten den bisher so sympathisch wirkenden Mann genauer unter die Lupe nehmen. Marcel könnte sich ja mal mit dem Thema Buntmetallschmuggel nach Belgien beschäftigen. Allerdings glaube ich nicht, dass Hermann Kerschenbach bei irgendeinem Handel den alten Herrn übers Ohr gehauen hat; dazu hat dessen Gesicht beim Anblick des Busfahrers viel zu freudig aufgeleuchtet.

Ich bin heilfroh, als Hermann Kerschenbach mit Marcel zurückkehrt und seine recht unruhig gewordene Truppe zur Heimfahrt in den Bus einlädt.

»Dann schon lieber ein Kindergeburtstag«, seufze ich. »Die alten Herrschaften schlauchen ganz schön.«

»Aber wir haben gute Kasse gemacht«, meldet sich Gudrun. »Super Trinkgelder. Wir müssen unbedingt neuen Eierlikör kaufen. Die eine Frau hat unsere Flasche fast allein geschafft. Und die Stimmung war richtig gut.«

Klar, dass die Post abgeht, wenn ein anderer Mensch vor Augen, die schon so viel gesehen haben, dem Tod von der Schippe hopst. Am liebsten würde ich den Laden zumachen und mich mit Marcel in mein Haus verkriechen. Ich brauche jetzt dringend etwas Zuwendung. Und er bestimmt auch.

»Was für Reservierungen gibt es für heute Abend?«, frage ich.

»Keine«, sagt Regine.

»Das stimmt nicht so ganz«, bemerkt Gudrun und sieht mich beziehungsreich an.

»Im Buch steht aber nichts«, sagt Regine.

»Das ist ein Sonderfall.«

»Oh nein.« Der Internetmann. Den hatte ich ganz vergessen.

»Sag ihm ab!«, fahre ich Gudrun an.

»Das geht nicht. Der Robert ist schon unterwegs und kommt den weiten Weg aus Radevormwald ...«

»Woher?«

»Aus Radevormwald.«

»Also nicht hinterm Wald«, kommentiert Marcel, der überhaupt nichts versteht.

»Du kannst ihn dir ja wenigstens mal ansehen, Regine.«

Die beiden Frauen duellieren sich mit Blicken. Keine Chance, Gudrun, denke ich, doch Regine überrascht mich.

»Ich arbeite hier«, sagt sie ungewöhnlich friedfertig. »Da sehe ich mir die Gäste immer an. Und bediene fremde Männer ohne Hintergedanken. Auch wenn sie aus dem Internet kommen.«

Es muss an der Gans liegen. Das Tier hat Regine milde gestimmt.

»Ich für meinen Teil gehe heim.« Ich ziehe die Hundeleine vom Haken. »Mir reicht es für heute. Wenn ihr den Laden für einen einzigen fremden Mann offen halten wollt, bitte sehr. Ich will nur noch nach Hause.«

»Da wartet eine Überraschung auf dich«, sagt Marcel.

KAPITEL 6

Pikante Waffeln
aus einem Teig von Kartoffeln, Süßkartoffeln, Weichweizengrieß und einem Hauch Masala-Curry, dazu Kräuterquark, begleitet von in Mandeln geröstetem Brokkoli

»Du meinst, meinem Leben fehlt es an Überraschungen?«, frage ich misstrauisch, als ich die Haustür aufstoße und Linus Richtung Fressnapf hineinstürmt.

Marcel antwortet nicht. Er deutet nur auf meine offene Wohnzimmertür. Ich mache das Licht an. Das Absperrband ist endlich entfernt worden. Was aber nicht bedeutet, dass ich den Raum wieder benutzen könnte. Ich knipse das Licht sofort wieder aus.

»Nein!« Ich schnappe nach Luft. »Das ist nicht dein Ernst!«

»Alles geordnet, sauber gemacht, sortiert und katalogisiert«, sagt er stolz.

»Warum habt ihr die Kartons nicht wieder auf den Dachboden geschafft?«

»Weil sie da nur wieder verstauben würden und sich meine Leute die Arbeit ganz umsonst gemacht hätten.«

»Alles nur mir zuliebe? Ihr habt also nichts entdeckt, was euch bei diesem Fall weiterhilft?«

Er schüttelt den Kopf.

»Auch nicht das Medaillon von Frau Schröder?«

»Nein. Ich dachte, es würde dich freuen, wenn wir …« Ich stoppe ihn mit einem Kuss.

»Es freut mich, Marcel«, sage ich leise. »Danke.«

Es freut mich unendlich, dass in meines Vaters Haus kein weiteres Indiz für seine Täterschaft gefunden worden ist. Ja, es freut mich auch, dass die belgische Polizei Ordnung in das Chaos gebracht hat, das Jupp und ich wahrscheinlich nie angerührt hätten.

»Wenn du keine Lust hast, dir die Sachen anzusehen, trage ich sie wieder auf den Speicher. Jupp kann dann die Kartons flott einladen und zum Flohmarkt schaffen, wenn er wieder zurück ist, da sind nämlich einige Liebhaberstücke drunter. Aber zuerst hätte ich gern einen Whisky.«

Das ist eine erfreuliche Bitte. Er wird heute Nacht nicht nach Sankt Vith fahren. Und die Dämmerung hat gerade erst eingesetzt. Genug Zeit, um die Erfüllung eines ganz bestimmten Traumes voranzutreiben. Marcel hat diesen bislang gänzlich von sich und in den Bereich der Perversität verwiesen. Aber wenn ihn die Ereignisse dieses Tages nicht überzeugen, könnte es vielleicht der Zauber des Vollmonds tun.

In der Küche schenke ich uns zwei Gläser Single Malt ein.

Ich warte noch einen zweiten Whisky ab und lasse mir Zeit mit der Beantwortung seiner Frage, ob es mir jetzt besser gehe.

»Nun, *ma biche*?«, hakt er besorgt nach und greift nach meiner Hand.

Ich erwidere den leichten Druck. »Ja, *mon lapin*, mir fehlt nur noch eins zu meinem Glück.«

Er sieht mich erwartungsvoll an.

»Ich möchte dir endlich Jacques Uhsi näherbringen. Du und ich und Jacques ...«

Marcel haut sein Glas auf den Küchentisch, sodass die Hälfte herausschwappt.

»Katja!«

Ich bleibe unbeirrt. »Seit zwei Jahren macht er mir Freude. Gerade in solchen Nächten. Nur du fehlst mir dabei. Heute wäre für dich ein sehr geeigneter Abend, um ganz entspannt im Hier und Jetzt meinen Jacques Uhsi kennenzulernen.«

Ich stehe auf, öffne den Reißverschluss meiner Jeans und lasse sie zu Boden fallen.

»Du weißt, wo du mich findest«, erkläre ich und verlasse durch die Hintertür mein Haus.

Die Stille ist überwältigend. Ich atme die frische Eifeler Novemberluft tief ein, als ich den Deckel meines runden Jacuzzis abhebe, meine Bluse auf den Stuhl daneben werfe, in das warme Wasser eintauche und über die großzügige Landschaft blicke, die im aufgehenden Vollmond das Auenland der Hobbits glatt in den Schatten stellt.

So gern ich meinen müden Leib jetzt von Düsen massieren lassen würde, ich stelle sie nicht an. Will mit dem Gegurgel die Friedfertigkeit meiner Umgebung nicht stören, die wurmkranke Nicolina nicht aufwecken oder ein anderes Tier aufschrecken, will nur, dass Marcel dieses wundervolle Erlebnis mit mir teilt, dass er seinen Eifeler Starrsinn ablegt und sich mit mir im heißen Wasser am Vollmond über belgischen Windrädern erfreut. Mit etwas Glück kann ich ihm sogar eine Mondfinsternis präsentieren – wenn die runde weiße Scheibe hinter der Gondel eines Windrads verschwindet und dessen Flügel langsam magische Schatten über das belgische Land senden; ein sehr kurzes, überaus erhabenes Ereignis.

Lautes Bellen zerreißt die Stille.

Linus und Marcel stehen neben meinem Whirlpool. Nicolina erwacht und flattert wie trunken aus ihrem Verschlag. So kläglich wie ihr Schnattern gestaltet sich ihr Versuch, auf den Rand des Whirlpools zu springen. Sie kippt um. Linus stellt sofort das Bellen ein und nähert sich der Gans, die seine Annäherungsversuche bisher abgelehnt und ihn meistens verscheucht hat. Er stupst das kranke Tier mit der Schnauze an. Mir bleibt das Herz stehen. Wird er sich jetzt für die Demütigung rächen? Nicolina rappelt sich mithilfe von Kopf und Flügeln mühsam hoch und spreizt in Zeitlupentempo das Gefieder. Die Tiere beäugen sich. Was ich sehr beängstigend finde. Adrenalin fließt auch durch den Körper einer kranken Gans und kann bestimmt die wurmbedingte Schwäche vergessen lassen. Ich muss meinen Hund schützen. Oder vielleicht doch eher die arme Gans?

»Ich habe verstanden«, sage ich so resigniert wie ein FDP-Politiker nach verlorenen Landtagswahlen und stelle mich im Whirlpool auf, um augenblicklich einzugreifen. Anstatt Marcel von einer luxuriösen Annehmlichkeit zu überzeugen, muss ich dem Duell der Tiere unter dem Eifeler High Moon zuvorkommen.

»Nein«, sagt Marcel leise. »Bleib drinnen.«

Nicolina streckt den Kopf vor, öffnet den Schnabel, zischt aber nicht. Ich halte den Atem an. Linus fiept. Genetisch ist er zur Hälfte als Kampfhund gelistet, aber nicht einmal im Spiel ist er bislang je aggressiv geworden. Er weiß nicht, was in ihm steckt. Was aber, wenn das plötzlich doch herauswill? Wenn der Anteil des Staffordshireterriers den des Labradors bezwingt? Wenn dieser der Gans den Hals durchbeißt? Wie kann ich mit Linus weiterleben, wenn er vor meinen Augen ein anderes Tier hinrichtet? In wenigen Tagen ist Sankt Martin, aber diese Gans käme mir auch nicht in den Ofen, wenn Linus etwas von ihr übrig lassen sollte.

»Sitz, Linus«, zische ich ihm zu. Erstaunlicherweise gehorcht der Hund. Er streckt sich sogar lang aus. Die Gans tapert zu ihm hin. Sie marschiert langsam um den Hund herum, pickt prüfend mit dem Schnabel auf das schwarze Fell. Linus lässt es sich gefallen. Plötzlich bleibt die Gans stehen und legt ihren schneeweißen Hals über den Rücken meines Hundes, als sei dieser die ideale Ruhestütze. Linus öffnet das Maul. Er gähnt. Und dann rührt sich keines der Tiere mehr.

Ich traue dem Frieden nicht, steige auf die obere Stufe meines Jacuzzis und starre auf das vollmondbeschienene animalische Stillleben in Schwarz-Weiß.

»Wie eine Göttin«, flüstert Marcel.

»Juno«, sage ich automatisch. »Das war die Göttin. Nicht die Gans.«

»Ich meine nicht die Gans«, sagt er, und da erst merke ich, dass er gar nicht mehr zu den Tieren hinsieht. Ich tauche sofort wieder unter. Wahrscheinlich mit knallrotem Kopf. Ich habe das getan, was er und Jupp verwerflich und obszön finden. Mich splitterfasernackt in der menschenleeren unschuldigen Eifeler Landschaft gezeigt.

Was Marcel jetzt gar nicht zu stören scheint.

»Wenn die jetzt aufeinander losgehen …«, sage ich, mit Worten meine Blöße verteidigend.

»Werden sie nicht. Lass doch die beiden sich gegenseitig so kennenlernen wie ich jetzt deinen Jacques Uhsi.«

Ich traue meinen Augen nicht. Der Mann, der mir seit Jahren meine Strom fressende dekadente Lust am heißen Bad in kalter Eifelluft vorhält, zieht sich in freier Natur tatsächlich aus, legt seine Kleidung ordentlich zusammengefaltet über den Stuhl, besteigt den Tritt, setzt ganz vorsichtig einen Fuß ins Wasser, sagt »Huui, ist das warm«, gleitet langsam hinein, um Hund und Gans nicht aufzuschrecken, und kommt mir dabei noch näher als die beiden Viecher einander. Sehr viel näher.

Kaffeeduft.

Ich öffne die Augen. Marcel hält mir einen dampfenden Becher unter die Nase. Der Mann trägt Jeans und ein kariertes Hemd.

Ich richte mich auf und nehme ihm den Becher ab.

»Musst du denn heute nicht arbeiten?«

Es ist schon halb zehn.

»Doch, aber in belgischer Uniform will ich nicht in ein deutsches Krankenhaus einfallen.«

»Herr Perings«, seufze ich.

»Kommst du mit mir?«

»Wo kriegen wir hier zu dieser Jahreszeit bloß Blumen her?«

»Wir holen ihm lieber Hühnersuppe mit.«

Die dem alten Herrn sichtlich schmeckt.

»Ich hatte meine Pillen vergessen«, sagt er reumütig, als ich ihm den leeren Teller abnehme. »Wenn man mit einer solchen Nachricht aus dem Alltagstrott herausgerissen wird ...« Er sieht Marcel leicht verlegen an. »Junger Mann, könnten Sie mir bitte das Lied vortragen, mit dem Sie mich ins Leben zurückgesungen haben? Ich habe davon ja leider nichts mitbekommen.«

So erfahren wir, dass eine nicht allzu kleine Abordnung von Kaffeefahrerinnen dem vor ihren Augen Wiederbelebten bereits am sehr frühen Morgen ihre Aufwartung gemacht hat. Ich nehme mir vor, mit Hermann Kerschenbach ein ernstes Wort zu sprechen. Man kann es mit gewissen Busfahrten auch übertreiben.

Marcel kommt der Aufforderung nach, beschränkt sich allerdings auf den Refrain.

»Ah, ha, ha, ha, stayin' alive. Stayin' alive. Ah, ha, ha, ha, stayin' alive.«

Seine Stimme ist zwar immer noch nicht konzertreif, klingt aber erheblich melodiöser als gestern, wo die Kunst hinter der körperlichen Anstrengung hatte zurückstehen müssen.

»Wirklich sehr schön«, lobt Herr Perings. »Klingt, als ob man den Tod auslachte. Was mir allerdings schwerfällt, wenn ich an den meines armen Bruders denke. Wer nur kann ihn ermordet haben?«

Ich schlucke.

Aus den Untiefen meiner Erinnerung steigt ein Bild in mir auf. Eine Journalistenkollegin, die Mitte der Achtzigerjahre an einer Geschichte über das Konzentrationslager Birkenau arbeitete und plötzlich weinend an meinem Schreibtisch auftauchte. Sie hatte ihren eigenen Nachnamen in den Unterlagen über die Lagerwachen entdeckt und quälte sich mit der Frage ab, ob ihr Vater ein Verbrecher gewesen war.

Ich hatte versucht, sie zu beruhigen, ihr das gesagt, was man da eben so sagt. Dass sich keiner seinen Vater aussucht und sie für seine mögliche Schuld nicht verantwortlich sei. Ich hielt es für eine sehr übertriebene Reaktion, als sie wenig später kündigte und in einen Kibbuz nach Israel zog. Heute bewerte ich ihre Geschichte und ihre Not anders. Zumal sie – im Gegensatz zu mir – ihren Vater gekannt hatte und mit ihm aufgewachsen war.

»Mein Vater ...«, fange ich zögerlich an, ohne zu wissen, was aus diesem Satz über den Mann, der mir gänzlich fremd ist, werden soll.

Herr Perings hebt einen Arm und sagt leise: »Ich kannte Ihren Vater, Frau Klein. Karl Christensen war ein guter Mann. Er hat meinen Bruder ganz bestimmt nicht umgebracht.«

»Wie können Sie sich da so sicher sein?«, flüstere ich, ohne ihn anzusehen. Güte scheint mir in diesem Fall kein überzeugendes Argument zu sein.

»Weil er am Morgen, als der Briefträger seine Tour machte, nicht zu Hause gewesen ist. Wie die meisten Bewohner der Kehr hat er in Losheim bei den Vorbereitungen für die festliche Übergabe des Dorfes an Deutschland geholfen.«

»Aber seine Frau, die Maria, die war doch bestimmt zu Hause?«, fragt Marcel.

»Auch nicht. Die hat just in der Zeit mit den andern Frauen die Kirche in Losheim geschmückt.«

»Und wo war dann ihr kleiner Sohn Gerd, Katjas Halbbruder?«, will Marcel wissen.

Jakob Perings hebt die Schultern. »Vielleicht bei ihr, vielleicht bei den Nachbarn. Das schien für uns damals unerheblich zu sein. Wir wussten ja nicht, dass Siegfried nur bis zu diesem Haus auf der Kehr gekommen ist …« Er schließt die Augen und fährt nach einem Schluck Tee und einer kleinen Pause fort: »Ich kann mich an jede Minute von dem Tag erinnern, an dem mein Bruder verschwunden ist. Das war alles so ungeheuerlich! Dass der Briefträger ihm seine Arbeit anvertraut hat! Dass der Siegfried dies ausgenutzt haben sollte! Wir konnten diese Schande doch nicht auf uns sitzen lassen! Was meinen Sie, wie viele Leute wir gefragt haben!« Mit einem Seitenblick auf Marcel setzt er hinzu: »Viel mehr als die Flicken damals. Als die erfuhren, dass der Siegfried Geldzustellungen in nicht unerheblicher Höhe bei sich trug, sind sie davon ausgegangen, dass er den ganzen Zinnober um Losheim genutzt hat, um sich mit seiner Beute nach Deutschland abzusetzen. Die Ermittlungen wurden eingestellt. Siegfried war nicht sehr beliebt, und die Leute wollten alle immer gewusst haben, dass er irgendwann kriminell wird. Ich habe nie daran geglaubt. Mein Bruder war zwar ein ziemlich ungehobelter Bursche, mit dem manchmal die Pferde durchgingen, aber er war ganz bestimmt kein Räuber. Ich war mir sicher, dass ihm was zugestoßen ist. Mit dieser Meinung stand ich aber ziemlich allein da. Also habe ich eigene Nachforschungen angestellt. Und herausgefunden, wer ihn als Letzter gesehen hat.«

»Und wer war es?«, will Marcel wissen.

»Nellchen Henkes«, seufzt der alte Herr. »Die hat ihm etwas Wichtiges mitgegeben, sagte sie damals.«

»Das Medaillon. Für einen Herrn Backes in Losheim«, erinnere ich mich.

»Josef Backes.« Perings nickt versonnen. »Ich hatte immer geglaubt, sie würde ihn heiraten. Keiner hat verstanden, weshalb sie den Schröder Alois geholt hat. Das war damals ein Bild von einer Frau, die Petronella, wissen Sie, das kann man ja heute noch sehen, und der alte Schröder, na ja ... Also, Frau Klein, Ihr Vater war bestimmt kein Mörder.«

Ich möchte so gern überzeugt sein, doch an einer Sache kann ich nicht vorbeisehen. Marcel auch nicht. Er nimmt mir die Frage aus dem Mund.

»Ihr Bruder, Herr Perings, ist im Haus von den Christensens auf der Kehr eingemauert worden. Wie kann das passiert sein, ohne dass die Hausbesitzer davon wussten?«

»Darüber habe ich auch schon nachgedacht. Vielleicht waren Bauarbeiter im Haus, die in seinem Auftrag das Takenschaaf zugemauert haben, weil er den Kaminofen davorstellen wollte. Und die haben dann meinen Bruder ausgeraubt ...«

Marcel schüttelt wild den Kopf.

»Nee, nee, keine Bauarbeiter. Solche Arbeiten haben die Leute damals selbst gemacht.«

»Vielleicht möchten Sie uns noch mehr über Ihren Bruder erzählen?« Ich merke selbst, wie zaghaft ich klinge.

Jakob Perings bittet Marcel, ihm die Brieftasche aus seiner Jacke zu geben, und zieht ein abgegriffenes Passfoto mit zackigem Rand hervor. Ein schwarzhaariger junger Mann lächelt etwas schief in die Kamera.

»Siegfried war ein Jahr jünger als ich«, beginnt er, »weshalb ich nach dem frühen Tod unseres Vaters den Hof erbte und Siegfried leer ausging.«

Aus Ärger darüber habe sich der jüngere Bruder vor allen landwirtschaftlichen Verpflichtungen gedrückt und lieber Aushilfsarbeiten übernommen. Deren letzte ihn das Leben gekostet hatte.

»Über die Ungerechtigkeit des belgischen Erbsystems habe ich damals nicht nachgedacht«, gesteht Jakob Perings, »nur über meine eigene Verantwortung. Der ich im Übrigen nicht gewachsen war.« Was sehr deutlich wurde, als die Mutter kurz nach dem Vater ebenfalls starb. »Vor Erschöpfung.

Sie hat den Hof beinahe im Alleingang geschmissen. Mit der Hand gemolken, gesät, gepflügt, geerntet, bis in die späte Nacht über Abrechnungen gesessen; ich konnte ihr nichts gut genug machen, sie musste alles selber tun.«

»Und dann noch der Haushalt«, setze ich hinzu.

»Dafür gab es Mädchen. Genug Waisen nach dem Krieg, halbe Kinder, dankbar für ein Dach über dem Kopf und einen Teller Mehlsuppe. Und Töchter aus armen Familien, die ihre eigenen Kinder nicht ernähren konnten.« Er schüttelt den Kopf. »Die meisten blieben nur kurz. Meine Mutter hat sie alle schlecht behandelt, aber darüber habe ich mir damals keine Gedanken gemacht. Frauen und Mädchen hatten es zu der Zeit sehr schwer in der Eifel. Aber das habe ich erst viel später begriffen. Vielleicht habe ich deshalb nie geheiratet. Aus Angst, einer Frau nicht gerecht werden zu können.«

Er lächelt mich traurig an.

»Ihre Mutter, Frau Klein, die Anna, die hatte auch kein leichtes Schicksal.«

»Sie kannten meine Mutter?«, frage ich betroffen.

Er nickt.

»Sie hätte Ihren Vater niemals heiraten können. Die Eltern von Anna besaßen zwar ein Geschäft in Hallschlag, aber kein eigenes Land. Damals heiratete man Land. Das, was Sie jetzt besitzen, gehörte einst der Maria. Deswegen hat Ihr Vater die geheiratet.« Wieder seufzt er. »Vielleicht gibt es doch so etwas wie eine Gerechtigkeit, auch wenn sie seltsame Wege geht.«

Zwei Jahre nach dem Verschwinden seines Bruders verkaufte Jakob Perings den verschuldeten Hof in Berterath, zog nach Brüssel, wo er sich zum Buchhalter ausbilden ließ und später diesen Beruf bis zu seiner Pensionierung vor acht Jahren ausübte

»Sind Sie denn nie wieder zurückgekommen?«, frage ich.

Er schüttelt den Kopf.

»Ich hatte Angst, dass es zu sehr schmerzt. Aber ich hatte immer Heimweh. Nach dem Land mit den Hügeln. Nach den Leuten. Nach dem weiten Himmel. Sogar nach der Landwirtschaft … Und jetzt bin ich wieder hier.«

Es klingt, als sei er heimgekommen.

Er beantwortet uns die Frage, die wir nicht zu stellen wagen: »Niemand wartet in Brüssel auf mich. Wenn sie mich in ein paar Tagen hier rauslassen, werde ich also noch ein Weilchen in der Gegend bleiben; vielleicht nehme ich mir bei *Balter* in Losheim ein Zimmer. Essen werde ich natürlich in Ihrem Restaurant, Frau Klein, die Hühnersuppe war ein Gedicht.« Er lächelt mich an. »Wenn Sie Fräulein Henkes, ich meine Frau Schröder, wiedersehen sollten, grüßen Sie sie bitte herzlich von mir.«

Es wird Zeit, dem alten Herrn seine Ruhe zu gönnen. Wir haben seine Kraft schon viel zu sehr in Anspruch genommen.

»Eine Frage noch«, sagt Marcel, als wir uns verabschieden. »Weshalb Herr Kerschenbach? Ich meine, woher kennen Sie ihn?«

Jakob Perings hebt die Arme.

»Ich kenne ihn nicht«, sagt er. »Das war ein Irrtum. Im Alter sieht man manchmal Gespenster. Das werden Sie auch noch erleben, junger Mann.«

Drei Wochen später

Jakob Perings wohnt nicht im Hotel. Nach kurzer Beratung haben wir einstimmig beschlossen, ihm die Hinterkammer in der *Einkehr* zur Verfügung zu stellen, das ehemalige Kinderzimmer von Hein, in dem später Gudrun erst allein und dann mit David gewohnt hatte. Der alte Herr wollte darauf bestehen, uns den gleichen Preis wie bei *Balter* zu zahlen, aber das habe ich abgelehnt.

»Wir können Ihnen nicht den Service eines Hotels bieten. Da hätte ich ein schlechtes Gewissen, so viel Geld von Ihnen zu nehmen.«

Letztlich ließ er sich darauf ein, nur für seine Mahlzeiten zu bezahlen; allerdings sind seine Trinkgelder so exorbitant, dass meine Mitarbeiter jubeln sollten.

Was sie nicht tun.

Sie tun überhaupt nichts mehr außer ihrer Arbeit. Wir sitzen nicht wie früher morgens oder nachts fröhlich beieinander, sondern jeder erscheint, wenn seine Dienstzeit beginnt, und verschwindet danach sofort wieder. Die Kommunikation untereinander beschränkt sich auf das notwendige Minimum. In Küche und Gastraum wird so flink, effizient und ungewöhnlich widerspruchslos meinen Anordnungen gefolgt, dass ich mir wie eine Sklaventreiberin vorkomme. Dabei habe ich mich bislang als Hobbygastronomin betrachtet, die jeden Abend mit ihren Freunden eine kleine Party feiert. Jetzt bin ich plötzlich von Fremden umgeben.

»Was ist los?«, frage ich Gudrun.

»Alles okay«, antwortet sie und schweigt.

»Habt ihr Stress?«, will ich von Regine wissen.

»Nicht, dass ich wüsste«, erwidert sie und schweigt auch.

Ich nehme David zur Seite, doch er mauert ebenfalls.

»Wo ist das Problem?«, fragt er zurück. »Jeder hat doch, was er braucht.«

Erst dachte ich, unser neuer Hausgast bereite allen Unbehagen. Ich bot an, Jakob Perings im *Burghaus Kronenburg* unterzubringen, einem Etablissement, zu dem wir guten Kontakt pflegen und in dem er sich bei den belgischen Eigentümern Peters bestimmt wohlfühlen würde. Höfliche Empörung schlug mir entgegen. Jakob Perings sei doch inzwischen so etwas wie die Seele der *Einkehr* geworden, wie könne ich auch nur daran denken, diese auszuquartieren? Zumal wir alle, sogar Hermann und Frieda Kerschenbach, den Knochen seines armen ermordeten Bruders, dem Letzten seiner Verwandten, auf dem Friedhof in Manderfeld das letzte Geleit gegeben hätten.

Tatsächlich zählen die wenigen Stunden, die wir mit dem alten Herrn verbringen, derzeit noch zu den entspanntesten. Er hat uns das Du angeboten und scheint inzwischen der Kitt zu sein, der unsere Wahlfamilie noch zusammenhält. Und er ist ein sehr angenehmer Gast, der nie störend in der Küche auftaucht, sein Zimmer selbst penibel in Ordnung hält und das Bad besser putzt als Gudrun. Seine Tage verbringt er mit langen Spaziergängen und wird dabei gelegentlich von Petronella Schröder begleitet. Die meine Mitteilung, ihr Medaillon sei nicht unter den von mir ererbten Gegenständen aufgetaucht, erstaunlich gelassen aufgenommen hat.

»Ich habe viel zu lange zurückgeschaut«, sagte sie mir. »Wir sind noch nicht tot. Da soll man nach vorn blicken.«

Würde ich in meiner *Einkehr* ja auch gern. Aber hier ist die Stimmung im Keller. Und ich habe keine Ahnung, weshalb.

Regines Augen leuchten, wenn ihr Hermännche auftaucht, aber mir gegenüber verliert sie über ihre neue Liebe kein unnötiges Wort. Mich würde schon interessieren, wie sie sich mit der dominanten Schwester ihres Auserwählten versteht. Immerhin hat Frieda Kerschenbach die letzten beiden Kaffeefahrt-Besuche in meinem Haus nicht mitgemacht. Ich kann mir nur schwer vorstellen, dass diese formidable Dame der Konkurrentin um die Zuwendung des Bruders so einfach das Feld überlässt. Auf eine diskret geäußerte Frage meinerseits antwortete Regine nur, dass sie Frieda jeden Sonntag nach dem Gottesdienst in Buchet sähe.

»Du fährst nach Buchet in die Kirche?«, frage ich ungläubig.

»In die Sankt-Barbara-Kapelle. Eine ganz moderne Kirche, wunderschön, von den Einwohnern selbst gebaut. Mit einem Dach in Form eines Buchenblatts«, erwiderte sie. »Das solltest du unbedingt auch mal tun, Katja. Wenn du in dieser Kirche sitzt und durch die großen Fenster über die Schneifel blickst, verstehst du Gott.«

Das ist mir viel zu hoch; ich möchte meine Mitarbeiter verstehen, herausfinden, was die so nah beieinander lebenden Menschen auseinandergetrieben hat. Aber von Regine erfahre ich dazu nichts. Sie spricht von Nicolina, die längst wieder genesen ist und Linus zu ihrem Kumpel erkoren hat. Die Tiere hinter meinem Haus gehen derzeit erheblich liebevoller miteinander um als die Menschen auf der Kehr.

Regine ist höflich zu Gudrun und David. Die beiden wiederum verhalten sich wie ein altes Ehepaar, will heißen, weder necken noch streiten sie sich, noch tauschen sie jene Zärtlichkeiten aus, die mich früher immer so genervt haben und die ich jetzt viel lieber sähe als dieses mürrische Nebeneinanderher. Beide behandeln Regine wie Luft – soweit dies bei der Zusammenarbeit eben möglich ist.

Alle meine Versuche, den Zauber unserer alten Gemeinschaft wiederzubeleben, scheitern an dieser seltsam unerklärlichen Atmosphäre zwischen den Dreien und mir gegenüber. Wird Zeit, dass Jupp und Hein zurückkehren, um dieser plötzlich eingebrochenen Eiszeit den Garaus zu machen. Heins letzte Postkarte mit einer Windmühle im Sonnenuntergang informiert uns, dass die beiden morgen zurückreisen werden. Und zwar bester Dinge. Weil sie in einem finanzkrisengeschüttelten Land selbst gutes Geld verdient haben. Jupp hat Hausmeisterdienste in den Hotels verrichtet, für die Hein Websites aktualisiert hat. Nur grässlich kalt sei es gewesen, schreibt er, so warme Pullover wie im griechischen Frühwinter habe er in der Schnee-Eifel nie tragen müssen. Er freue sich auf gut geheizte, isolierte Häuser. *Isolation,* damit kann ich hier wahrlich dienen.

Marcel ist frustriert, weil die Ermittlungen im Fall Siegfried Perings' genau wie schon vor mehr als einem halben

Jahrhundert abermals in einer Sackgasse gelandet und wieder zu den Akten gelegt worden sind. Wir haben uns gemeinsam den Inhalt der Dachbodenkartons vorgenommen und einige Stücke vor Jupps künftigen Flohmarktausflügen gerettet.

Die zwei dünnen Fotoalben mit brüchigem Einband habe ich zur Seite gelegt, um sie mir in ruhigen Stunden genauer anzusehen. Herr Perings und Frau Schröder werden mir bestimmt sagen können, wer auf den Fotos abgebildet ist. Meinen Vater habe ich sofort erkannt. Nicht nur wegen der mir ähnlichen stattlichen Erscheinung, sondern vor allem an seinen Haaren. Auf einem Bild ist genau die gleiche weiße Strähne an der rechten Schläfe zu erkennen, die ich schon seit Längerem zu färben beabsichtige. Seine Frau, die er mit meiner Mutter betrogen hat, was ich ihm nicht übel nehme, weil es mich sonst nicht gäbe, sieht zart und engelsgleich aus; der gemeinsame Sohn ist schon als kleines Kind hager und wirkt auf den Fotos genauso mürrisch, wie ich ihn als längst Erwachsenen vor vielen Jahren am Telefon erlebt habe.

Marcel meint, die alte belgische Küchenwaage aus Gusseisen würde sich auf einem Fensterbrett meines Restaurants neben dem ebenfalls antiken Bügeleisen und einem zwar leicht räudigen, dafür aber echten Steiff-Teddybären schön ausmachen.

»Wir sind hier nicht in Berlin«, sagt er zu meinem zweifelnden Blick. »Niemand will kühles Design in einer Eifeler Kneipe.«

Ich tue ihm den Gefallen nicht, seinem letzten Wort zu widersprechen, sondern reiche ihm einen weiteren aussortierten Gegenstand, ein großes viereckiges Waffeleisen mit langem Stiel. Ich klappe es auf.

»Und das soll ich wohl dekorativ neben Jupps Landschaftsfotos an die Wand hängen?«

»Nein, das lässt du hier. Wenn dein Kamin fertig gebaut

ist, können wir damit im offenen Feuer Waffeln backen, so wie früher.«

»Das werden aber sehr dicke Waffeln«, sage ich, das tiefe Muster betrachtend.

»So ist das bei uns in Belgien. Wir lieben das dünne Zeug nicht. Dünn ist für schlechte Zeiten«, sagt er und streichelt mich. »Du kannst mit diesem Ding Lütticher oder Brüsseler *gaufres* machen.«

Ich höre mir einen Vortrag über Waffeln an. Die Brüsseler bestehen aus weichem Eierteig, während bei den Lütticher Waffeln Hagelzucker in den Teig gegeben wird.

»Klingt sehr mächtig.«

»Klar, weil sie auch mit Macht zu tun haben. Mit einem Lütticher Prinzen aus dem achtzehnten Jahrhundert. Der hat seinem Koch befohlen, einen Kuchen zu backen. Also mischte der Koch Zucker in den Teig und schnitt ihn nach dem Backen in gleich große Stücke. Aus der Küche drang so viel Duft nach Vanille, dass der Prinz hineingelockt wurde, auf der Stelle die noch heißen Stücke runtergeschlungen hat und sich fast verpäänzt hätte ...«

»Sich was?«

»Verpäänzt. Sich überfressen. Weil etwas ganz besonders toll schmeckt. Jedenfalls wurden diese Waffeln sein Lieblingsgericht.«

»Klingt ja echt zum Kotzen gut, ist aber bestimmt viel zu süß für meinen Geschmack.«

»Du kannst auch herzhafte Waffeln machen. Aus Kartoffelmehl, das schmeckt wirklich gut. Ich werde sie später mal für dich im Kamin zubereiten.«

Wieder der Kamin. Den ich gar nicht mehr haben will. Aber selbst Jakob Perings hat mir zugeredet, ihn doch bauen zu lassen.

»Wenn du die Wand wieder zumauern lässt, wirst du immer daran denken, was dahinter war«, hat er mir geraten.

»Und du wirst dich gruseln. Mein Bruder hat jetzt seine Ruhe gefunden. Lass deinen Kamin mauern und das Feuer alle bösen Erinnerungen wegbrennen.«

Also habe ich den Kaminbauer angerufen.

»Kartoffelwaffeln«, sage ich zu Marcel. »Eine gute Idee. Gerade jetzt im Winter, falls der mal kommt, wenn die sportbesessenen Touristen was Nahrhaftes brauchen, das nie geatmet hat. Die Vegetarier eben, die wollen kein Jägerschnitzel. Sondern Kartoffelwaffeln ...« Ich runzele die Stirn. »... mit Kräuterquark und Gemüse, vielleicht mit sesamgerösteten Brokkoliröschen ...«

Marcel nimmt mir das schwere Waffeleisen aus der Hand und legt es auf dem Tisch neben dem Loch in der Wand ab.

»Für dein *Restaurant* solltest du dir aber ein moderneres Gerät anschaffen.«

»In kühlem Design?«, frage ich lachend.

Er hat natürlich recht. Das alte gusseiserne Ding könnte nur romantische Dienste tun und mir dabei zudem noch eine Sehnenscheidenentzündung einbringen, so schwer, wie es sich handhaben lässt.

In Cochem werde ich morgen also nicht nur den guten Göbelwein kaufen, sondern auch ein modernes Waffelzubereitungsgerät. Und überhaupt ein wenig shoppen gehen. Schließlich kann ich in dem Monsterauto, das mir Karl-Heinz zum Probefahren vor die Tür gestellt hat, eine Menge unterbringen. Auch einen belgischen Polizeiinspektor. Der überhaupt nicht mehr darauf zurückgekommen ist, dass wir diese Fahrt mit gemeinsamer Übernachtung schon vor Wochen geplant haben.

»Es bleibt doch dabei, dass du morgen mit nach Cochem kommst?«, frage ich Marcel und setze lockend hinzu: »Du fährst.«

Die begehrlichen Blicke, mit denen er das Allradungetüm gemustert hat, sind mir nicht entgangen.

Marcel schüttelt den Kopf.

»Eine einmalige Gelegenheit«, fahre ich fort. »Denn Karl-Heinz kriegt das Monster in den nächsten Tagen wieder zurück.«

»Du solltest es unbedingt kaufen«, rät Marcel.

»Niemals!«

»Es ist gut, wenn du dich schon mal auf einer längeren Strecke dran gewöhnst, wie es fährt.«

»Das kannst du mir unterwegs bestimmt wunderbar erklären.«

»Nee«, sagt er und sieht mich bedauernd an. »Kann ich leider nicht. Salduz, hast du das denn vergessen?«

Ja, ist mir gänzlich entfallen: sein frisch angesetzter Kursus an der Polizeiakademie in Lüttich. Wo er gerade deutschsprachige Polizeianwärter auf das ungeliebte neue Salduz-Gesetz einstimmen muss, benannt nach einem siebzehnjährigen türkischen PKK-Sympathisanten. Theoretisch soll dieses Gesetz die Rechte der Verdächtigen gegen potenzielle polizeiliche Willkür stärken. Durchaus begrüßenswert, angesichts der eher unkonventionellen Vernehmungsmethoden, die ich durch Marcel kennengelernt habe, finde ich. Der belgische Polizeiinspektor ist da ganz anderer Ansicht. In der Praxis sei dieses Gesetz eine gute Nachricht für Kleinkriminelle. Denn jetzt müsse einem Verdächtigen schon bei der ersten Vernehmung innerhalb von zwei Stunden ein Rechtsbeistand zur Verfügung gestellt werden. Was viel zu zeitaufwendig bei mutmaßlichen Auto-, Handtaschen- oder Ladendieben sei, die deswegen nun schneller auf freien Fuß gesetzt würden. »Früher«, so hatte er mir erläutert, »da konnte ich bei kurzen Vernehmungen schon mal Druck machen. Das geht ja heute nicht mehr!«

Aber wie ich die Belgier kenne, wird sich – Salduz hin oder her – langfristig wohl kaum was ändern. Die belgische Polizei betrachtet ihr Land als das der unbegrenzten Möglichkeiten, in dem sich Gesetze und Möglichkeiten prächtig ergänzen.

»Tut mir leid«, sagt Marcel, »dass du morgen allein nach Cochem fahren musst. Kannst da beruhigt schlafen. Hochwasser gibt es dort grad nicht.«

Bei unserem letzten gemeinsamen Ausflug nach Cochem hatten wir mitgeholfen, die Mosel aus dem *Germania* zu vertreiben. Ach, könnte ich die bösen unbekannten Geister in meinem Restaurant doch auch mit ein paar Eimern vertreiben! Ich lächele wehmütig.

»Siehst du, Cochem tut dir gut«, sagt Marcel. »Ein bisschen Abstand zur Kehr auch. Und Herberts Kuchen.«

»Herbert tut gut.« Der Mann vom *Germania* bringt mich tatsächlich immer zum Lachen. »Vielleicht sollte ich ihm Nicolina andienen. Er sammelt doch lebendiges Federvieh zum Streicheln.«

»Da würdest du Linus enttäuschen. Und Regine gegen dich aufbringen. Genau das willst du gerade jetzt ganz bestimmt nicht.«

Da hat er recht. Ich will keinen meiner Mitarbeiter gegen mich aufbringen, sondern möchte sie wieder als Freunde gewinnen. Was nur hat sie alle so unzugänglich gemacht, so miesepetrig und indifferent wie die derzeitige Wetterlage, deren nieselnebliges Grau-in-Grau mir ebenfalls in die Knochen fährt und auf den Geist geht? Wenn schon Winter, dann doch bitte richtig. Mit knuspriger Kälte, klarem Himmel, glitzerndem Schnee und schlecht geräumten Straßen. Wenn schon Streit, dann doch bitte richtig. Mit einem ordentlichen Donnerwetter, das die Luft von allen Nebelpartikelchen reinigt.

Wie gern hätte ich darüber ausführlicher mit Marcel geredet. Fern der Kehr an meinem freien Abend. Bei der Buchung des Doppelzimmers hatte ich Marcels berufliche Agenda gänzlich ausgeblendet. Das völlig überflüssige, lästige Salduz-Gesetz. Ich glaube nicht, dass ich die Lust aufbringen werde, mit meinem Hund die Nacht allein im Hotel zu verbringen.

Der nächste Abend

Ich will schreien, bringe jedoch keinen Ton hervor. Starre auf die Schuhe. Die unter meiner mit Paketband verklebten weißen Mohairdecke hervorlugen. In die ein menschlicher Körper abtransportbereit eingewickelt liegt. Vor dem Loch in meiner Wand, in dem die Überreste von Hermann Kerschenbachs Blumenstrauß längst verwelkt sind. Auf dem Boden daneben das Waffeleisen, mit dem ich niemals Kartoffelwaffeln im offenen Feuer backen werde.

Denn an ihm klebt Blut.

»Katja?«, höre ich. »Nicht in Cochem? Was machst du denn schon hier?«

Der Mörder, denke ich. Ich bin zu früh zurückgekommen. Nein, zu spät, um das Unheil zu verhindern.

Meine Gedanken überstürzen sich.

Eine Leiche liegt vor der Stelle, wo im Oktober die alten Knochen entdeckt worden sind – die von Siegfried Perings. Der zu einer Zeit, da ich noch nicht einmal geboren war, einem Verbrechen zum Opfer gefallen ist. Danach war es jahrzehntelang friedlich in dieser dünn besiedelten Gegend. Bis ich meinem gewaltfreien Leben in Berlin den Rücken gekehrt und mich im Flecken meiner Ahnen niedergelassen habe. Am Tag meiner Ankunft ging das erbarmungslose Morden los. Habe ich das Böse auf die Kehr gebracht? Löst meine Gegenwart die den Menschen innewohnende Gewaltbereitschaft aus? Bin ich, die übergewichtige Restaurantbesitzerin Katja Klein, etwa jener Schmetterling, der den Tornado des Unheils erzeugt? Ich starre auf die Schuhe, höre Schritte näher kommen, erkenne die Stimme.

Die meisten Opfer der vergangenen Jahre habe ich, wenn überhaupt, nur flüchtig gekannt. Nie hat es jemanden getroffen, dem ich auf der Kehr eng verbunden war. Bis jetzt.

Ich kenne die Leiche. Und jetzt vermutlich auch den Menschen, der sie dazu gemacht hat.

»Wo bist du, Katja? Warum antwortest du nicht?«

Mir zittern die Knie. Aber ich zwinge meine Gliedmaßen, mir zu gehorchen. Ich robbe mich an das Loch heran, ergreife das Waffeleisen und bin zu allem bereit.

Kampflos werde ich nicht sterben.

BUCH 2_JETZT

KAPITEL 7

Blutwurst-Käse-Salat
mit Schokoladenjus

Ein Schatten verdunkelt die Wohnzimmertür.

Ich richte mich auf und erhebe mit zitternden Händen das Waffeleisen. Schreien kann ich nicht. Todesangst verschließt mir die Kehle. Ihr entweicht nur heiseres Röcheln. Ich konzentriere alle Kraft auf meine Arme. Niemand wird mir nahe kommen. Ich werde gnadenlos zuschlagen.

»Katja!«

Aus den Tiefen meines Schlunds brechen sich endlich zwei Worte Bahn: »Bleib stehen!«

Mein Krächzen bleibt unbeachtet. Der Mann stürzt ins Zimmer, fällt vor den Füßen des verpackten langen Bündels auf die Knie, schlägt die Hände vor den Mund und starrt zu mir hinauf. Entsetzen spiegelt sich in seinen Augen.

»*For god's sake,* Katja, was ist hier passiert?«

Das Waffeleisen fällt polternd zu Boden.

»Tot«, bringe ich hervor. »Sie ist tot.«

Mein ganzer Körper bebt.

Auch Davids Hände zittern, als er sie erst nach der Mohairdecke ausstreckt, dann aber wieder zurückzieht. Genau wie ich wagt auch er nicht, diese mit Paketband verschnürte weiße Gestalt anzurühren. Sein Blick bleibt an den gleichfalls weißen Joggingschuhen hängen.

»Katja! Was hast du getan!«

Alle Kraft weicht mir aus den Gliedern. Ich sinke zu Boden, kann nicht einmal mehr den Kopf schütteln.

In irgendeiner Ferne höre ich Linus bellen. Eine empörte

Stimme kommt näher: »Katja! Wie kannst du den Hund nur über die Straße rennen lassen? Er wäre fast überfahren worden! Was ist los, Linus? Nun mach doch, geh schon rein!«

Die Polizei ist im Haus. Drei Mann, dazu Staatsanwalt und Spurensicherung aus Eupen. Marcel in Uniform. Rasend schnell aus Lüttich herbeigeeilt, wo er an der Polizeiakademie künftigen deutschsprachigen Ordnungshütern beibringt, wie man mit Verdächtigen umgeht.

Graue Theorie. Seine Schüler werden bestimmt nie erfahren, dass er einer Verdächtigen bei der Einladung zwecks Vernehmung, wie das bei der Polizei in der DG heißt, den Arm um die Schultern legt, sie zu ihrer Schlafstatt bugsiert und ihr dort sanft den Kopf streichelt, ehe er seine erst gestern Nacht zusammengefalteten Jeans vom Hocker in den Schrank befördert, sich in der am Morgen in diesem Zimmer angezogenen Uniformhose niedersetzt und mit dem Verhör beginnt. Nach dem Salduz-Gesetz könnte ich jetzt mein Recht auf einen Anwalt einfordern. Aber ich fordere nichts ein, liege nur auf meinem Bett und möchte so gern glauben, dass ich mich mitten in einem üblen Albtraum befinde. Am liebsten würde ich mich tief in meine Decke eingraben und alles vergessen. Ich wünsche mir einen Gedächtnisverlust herbei, eine totale Amnesie. Oder zumindest einen Ohnmachtsanfall, wie ihn gnädige Autoren ihren weiblichen Protagonisten in Schauergeschichten gern zubilligen. Aber leider bleibe ich wach. Bin dem Horror des Geschehenen gnadenlos ausgesetzt. Auch wenn ich die Welt, inklusive Marcel, nur wie durch eine Milchglasscheibe wahrnehme.

»Ich war in Cochem«, wiederhole ich müde. »Habe ... diese schreckliche ... Sache ... die Schuhe ... entdeckt, als ich vorhin zurückkam.«

»Die Schuhe?«

»Ja … warum nur habe ich keine längere Decke gekauft? Dann hätte ich …«

»Was hättest du dann?«

»Dann hätte ich nicht gleich gewusst, wer da liegt«, flüstere ich.

»Und das wäre dann nicht so schlimm gewesen?«

Ich kann nicht antworten. Meine Kehle ist schon wieder zugeschnürt, und mir läuft ein Schauer über den Rücken.

Marcel wechselt das Thema: »Du hast doch ein Hotelzimmer in Cochem gebucht, Katja. Wieso bist du dann nicht dageblieben?«

»Nicht ohne dich«, krächze ich.

»Warum hast du das Waffeleisen angepackt?«

»Weil es da war. Ich hatte Angst.«

»Vor David?«

»Ich dachte, er war es.«

»Er denkt, du warst es. Für ihn war die Situation ganz eindeutig.«

»Für mich auch«, flüstere ich. »Der Mörder kommt zurück, um die Leiche wegzuschaffen. Und mich gleich mit. Die Stimme, die klang so bedrohlich …«

»Wessen Stimme?«

»Davids …«

»Deshalb hast du ihn mit der Tatwaffe bedroht? Wegen seiner Stimme?«

Ich breche in Tränen aus.

»*Doucement*«, sagt Marcel. »Atme tief durch. Und dann erzählst du mir alles. Lass alles so raus, wie es dir gerade durch den Kopf geht.«

Genau diesen Satz habe ich schon einmal gehört. Vor langer Zeit, während meines Zeitungsvolontariats, als ich einem Scharlatan von Psychologen auf die Spur hatte kommen wollen. Der hatte junge Frauen in Abhängigkeit und Hörigkeit getrieben, und dies hatte in einem Fall mit Selbstmord geendet. Überzeugt, gegen seine Methode immun zu sein, hatte ich mich auf seine Couch gelegt, während er auf einem Stuhl außerhalb meines Blickfeldes saß und diesen Satz absonderte. Ich weiß bis heute nicht, wie er es damit geschafft hat, mir sehr viel mehr zu entlocken, als ich in meiner Undercover-Tätigkeit bereit war zu enthüllen. Aber zumindest habe ich daraus gelernt, dass elementar bedeutsame Gespräche auf Augenhöhe zu führen sind.

Außerdem muss ich sehr schnell herausfinden, in welche der vier offiziellen Vernehmungskategorien mich der belgische Polizeiinspektor eingeordnet hat: Opfer/Zeuge; verdächtig; schwer verdächtig mit eventueller Festnahme; überführt und sofortige Festnahme.

Ich rappele mich hoch und stecke mir das Kissen in den Rücken. Ungeduldig wische ich die Tränen fort, die mir immer noch aus den Augen stürzen. Und dann sage ich zu meiner eigenen Überraschung tatsächlich, was mir gerade durch den Kopf geht: »Die arme Regine! Das ist alles so furchtbar. Wer tut so etwas? Und warum? Sie hatte doch keine Feinde! Wie sagen wir es Daniel? Was passiert jetzt mit Nicolina?«

»Nicolina?«

»Regine hat sich doch immer um sie gekümmert.«

»Ach so, du meinst eure Grenzgans.«

Ich habe es geschafft, ihn aus dem Konzept zu bringen. Eilig beteure ich: »Bitte glaub mir, Marcel. Ich war es wirklich nicht!«

Er verlässt den Hocker, setzt sich auf den Bettrand und nimmt mich in die Arme.

»Das weiß ich doch, Katja. Du gehörst in die Kategorie eins, Opfer/Zeuge. Ich verdächtige dich doch nicht.«

»Nein?«, frage ich unsicher. »Und David?«

»Erst mal auch Kategorie eins. Er war den ganzen Tag und Abend im Restaurant. Die Gudrun auch.«

»Sie geben sich gegenseitig ein Alibi?«

»Es waren fast immer Gäste da, sagen sie. Wir werden das natürlich nachprüfen. Außerdem sind beide völlig durcheinander.«

»Wäre ich auch, wenn ich jemanden umgebracht hätte.«

Marcel weicht zurück und erhebt sich.

»Das ist nicht dein Ernst, Katja. Du verdächtigst deine besten Freunde?«

»Nein«, sage ich hilflos. »Natürlich nicht. Das geht doch gar nicht ...« Ich spitze die Ohren, als eine laute Stimme im Flur verlangt, Polizeiinspektor Langer zu sprechen. »Ist das nicht Hein?«

»Ja«, sagt Marcel. »Und Jupp ist auch da. Meine Kollegen befragen die beiden gerade.«

»Sie sind also zurück.«

»Schon am Mittag gekommen. Und haben auch nur ihr gegenseitiges Alibi.«

»Du verdächtigst deine Freunde?«

»Wir müssen allem nachgehen«, antwortet er seufzend.

»Klar doch«, sage ich. »Jupp und Hein tauchen vermutlich ziemlich übernächtigt nach einer langen Reise aus Griechenland auf der Kehr auf und ermorden als erstes Regine?«

»Ach, Katja. Eher nicht. Aber vielleicht ist ihnen irgendetwas aufgefallen, als sie am Restaurant das Auto von Hein abgeholt haben.«

»Wo war Regine?«

»Sie hat sich den Tag freigeholt. Wollte erst abends zum Servieren zurück sein.«

Tief in mir meldet sich leise Empörung, die ich sofort wieder zurückdränge. Ich kann mich doch nicht darüber aufregen, dass sich eine meiner Mitarbeiterinnen an meinem freien Tag ohne Rücksprache mit mir selbst freinimmt, wenn ihr diese Freiheit zum Verhängnis wird!

Regine ist tot.

Würde sie noch leben, wenn sie ihre Arbeit gemacht hätte?

Marcel sieht mich an, als versuche er, meine Gedanken zu lesen. Was manchmal klappt. Diesmal zum Glück nicht.

»Sie hat keinem gesagt, wo sie hinwollte oder was sie vorhatte«, erklärt er.

»Was wohl! Hermännche ...«

Marcel hebt einen Arm.

»Nein. Der Kerschenbach hat als Einziger ein wasserdichtes Alibi. Er war heute mit seinen Kaffeefahrern am Meerfelder Maar. Das hat die Chefin des Hotels *Maarblick* bestätigt. Aber eins ist schon komisch ...«

Ja, denke ich, es ist höchst komisch, dass ich von diesem Ausflug der Kaffeefahrer nichts weiß. Hat Hermann ihn uns verheimlicht, weil er mit seinen Leuten fremdessen gegangen ist? In Meerfeld? So weit von Buchet und der Kehr weg? Er wird bei diesem Wetter wohl kaum mit den alten Herrschaften um den Krater herumgewandert sein. Und warum nimmt sich Regine frei, wenn sie dann doch nicht mit ihrem Schatz zusammen sein kann?

»... Regine hatte sich gegen elf Uhr das Auto von Hein ausgeliehen«, fährt Marcel fort. »Und hat zu Gudrun gesagt, dass sie erst gegen Abend zum Bedienen wiederkommen wird.«

»Weil sie zu ihrem Hermann nach Meerfeld gefahren ist.«

»Glaube ich nicht. Da wäre sie länger weggeblieben. Sie hat den Pkw aber schon viel früher zurückgebracht, auf jeden Fall vor fünfzehn Uhr ...«

»Aber dann müssen David und Gudrun sie doch noch gesehen haben! Als sie den Schlüssel ...«

»Haben sie nicht«, entgegnet Marcel heftig. »Der Schlüssel steckte noch im Zündschloss. Worüber Hein sehr sauer war, als er mit Jupp um drei seine Rote Zora abgeholt hat. Wir haben keine Ahnung, wo Regine zwischen elf und fünfzehn Uhr war. Es ist nur klar, dass der Wagen um drei Uhr wieder vor der *Einkehr* stand.«

Er räuspert sich und fährt leiser fort: »Nach allem, was wir bisher wissen, muss sie in diesem Zeitraum in deinem Wohnzimmer ermordet worden sein. Der Fundort ist zweifelsfrei der Tatort.«

»Aber auf dem Boden war nirgendwo Blut. Nur auf der Decke. Und auf dem Waffeleisen.«

»Alles ist sehr gründlich sauber gemacht worden. Der Täter wollte keine Spuren hinterlassen.«

Aber warum hinterlässt er dann die Leiche?

Mir laufen jetzt mehrere Schauer über den Rücken. Ein Unmensch hat Regine mit dem Waffeleisen den Kopf eingeschlagen. Ich brauche und möchte meine Phantasie nicht bemühen. Aber mit dem Feudel einmal kurz über die Dielen wischen genügt bestimmt nicht, um in meinem Wohnzimmer die Spuren einer solchen Tat auszulöschen. So etwas kostet richtig viel Zeit. Und dann dauert es auch noch ziemlich lange, einen toten Menschen derart fest in eine Mohairdecke einzuwickeln und alles sorgsam mit Paketband zu verkleben. Der Mörder muss damit Stunden beschäftigt gewesen sein. War er gar noch im Haus, als ich vorgefahren bin? Ist Linus deshalb wie vom Teufel gejagt aus der Tür gehetzt? Weil ihn ein Fremder im Haus bedroht hatte? Mit dem mörderischen Waffeleisen?

Ich zermartere mir das Hirn. Habe ich vielleicht doch irgendetwas unbewusst wahrgenommen? Das leise Klicken eines Schlosses zum Beispiel, als sich der Täter durch die Hintertür vom Acker gemacht hat? Nein, da hätte Nicolina geschnattert, und das hätte ich bestimmt gehört. Durchaus möglich, dass sich der Täter erst aus dem Haus geschlichen hat, als es zu meiner Konfrontation mit David kam. Eine furchtbare Vorstellung.

»Es sieht alles nach Totschlag im Affekt aus. Jemand hat

aus lauter Wut zum Waffeleisen gegriffen.« Marcel zieht die Stirn in Falten. »Aber warum macht der sich dann die Mühe, alle Spuren zu beseitigen, die Leiche einzupacken und zu verschnüren? Warum lässt er sie dann einfach liegen?«

Weil ich ihn gestört habe, denke ich.

»Warum hier? Warum ist Regine ausgerechnet in meinem Haus ermordet worden?«, schreie ich und schlage mir gleich darauf entsetzt auf den Mund.

Die herzlose Frage aber bleibt im Raum hängen und hallt mir in den Ohren. *Warum ausgerechnet in meinem Haus.* Ich hatte mir das Grauen aus der Seele brüllen wollen, es mit diesem Aufschrei aber nur noch tiefer in ihr verankert. Wie gefühlsroh bin ich denn? Klar, ich befinde mich in einer Ausnahmesituation, aber meine Reaktion erschreckt mich zutiefst. In meinem Haus wird eine Freundin ermordet, und ich denke nur daran, dass es besser wäre, der Täter hätte sie woanders entsorgt. In extremen Lagen scheint sich offenbar alles nur um einen selbst zu drehen. Man lernt sich kennen, wenn es wirklich ans Eingemachte geht. Und wird sich selbst fremd. Sagt schreckliche Dinge, von denen man zuvor gar nicht wusste, dass man sie wirklich meint. Und ist vielleicht auch fähig, schreckliche Dinge zu tun, die man nicht geplant und sich nie zugetraut hätte. Einen Mord zum Beispiel.

Marcel tut, als merke er nicht, wie sehr ich vor mir selbst erschrocken bin. Er hebt die Schultern und sagt gelassen: »Vielleicht hat ihr der Täter draußen aufgelauert, als sie die Gans füttern wollte?«

»Warum hat er sie dann nicht gleich draußen umgebracht?«

Alle Reflexionen sind zum Teufel. Auch dieser ungeheuerliche Satz fällt mir einfach aus dem Mund.

Marcel steht auf.

»Jetzt reicht es«, sagt er kalt. »Wir sprechen später weiter. Du stehst noch unter Schock. Ruh dich erst einmal aus.«

Wie ruht man sich von einem Mord aus?

Ich lasse mich wieder nach hinten fallen und ziehe mir die Decke über den Kopf.

Wegen Trauerfalls geschlossen
Kraklige Schrift, offenbar mit zittriger Hand auf braune Pappe geschrieben und einfach mit Tesafilm an der Tür meines Restaurants befestigt. Es ist erst knapp drei Stunden her, dass ich nach meiner Rückkehr aus Cochem drei fremde Fahrzeuge vor der Einkehr habe stehen sehen, doch für mich sind seitdem Äonen vergangen. Ich lebe in einer neuen Welt mit gruseliger Vergangenheit, schauerlicher Gegenwart, ungewisser Zukunft und meinem soeben entdeckten unbarmherzigen Charakter.

»Wir haben hier noch für lange Zeit zu tun«, hatte mir Marcel beschieden, als ich nur wenige Minuten nach unserem Gespräch aus dem Schlafzimmer gekommen war. »Geh du ruhig ins Restaurant; ich schaue später mal vorbei.«

»Wann?«, fragte ich, fest entschlossen, es vorerst bei Einsilbigkeit zu belassen.

»Weiß nicht. Später. Wir müssen den Tatort sichern. Das wird dauern. Erwin Hannen und ich bleiben über Nacht hier.«

Ich deutete zum Wohnzimmer.

»Weg?«

»Ja, Katja, sie ist weg. Der Hilgers hat sie gerade mitgeholt.«

Der Bestattungsunternehmer aus Sankt Vith.

»Wo?«

»Gerichtsmedizin. Lüttich.«

»Schlimm.«

»Ja. Und jetzt geh bitte, Katja, und lass uns unsere Arbeit tun. Du störst hier nur.«

In meinem eigenen Haus. Aber da wollte ich mich ohnehin nicht länger aufhalten. Nie wieder möchte ich da leben. Ich hätte es schon vor Jahren wissen müssen. Bei meiner Ankunft in der Eifel. Vielleicht saugen Wände aus den zwischen ihnen lebenden Menschen das Böse auf und geben es wie schimmlige Ausdünstungen später wieder an die neuen Bewohner ab.

Frische Luft schlug mir entgegen, als ich aus der Haustür trat. Und noch etwas anderes.

»Schnee«, sagte ich verblüfft, aber niemand hörte mich.

Leise rieselt dieser Schnee nicht. Windböen peitschen ihn über die Kehr. Er klatscht gegen die Hauswand, gegen die geparkten Autos vor der *Einkehr* und hat schon mein Restaurantschild verklebt. Vor diesem Sturm sollte ich drinnen schnell Zuflucht suchen, aber ich lasse die Naturgewalt auf mich eindreschen, so als könnte ich nicht genug von Niederschlägen kriegen.

Vor den Stufen der *Einkehr* drehe ich mich noch einmal um und blicke durch das wilde Gestöber hinüber nach Belgien. Auf die Lichter im Bruchsteinhaus, die offiziellen belgischen Fahrzeuge davor, die Beamten, die ein und aus gehen und sich im Sturm Unverständliches zurufen. Einen Fluch aber kann ich mir übersetzen: »Dräckswädder!«

In der Tat, ein Dreckswetter.

Autotüren knallen, und dann wird plötzlich alles dunkel. In Belgien ist also wieder mal der Strom ausgefallen. Ist dort ganz normal bei einem solchen Blizzard.

In Deutschland nicht. Die von einer Schneehaube zur Funzel degradierte Lampe vor der *Einkehr* leuchtet immer noch.

Lautes Bellen kündigt mich an.

Die Tür meines Lokals öffnet sich.

»Kommen Sie doch rein, Sie Arme«, sagt Petronella Schröder, blickt kurz ins Dunkel Belgiens heraus, schüttelt den Kopf und sagt: »Auch das noch. Hoffentlich kriegt die ESMA das schnell geregelt. Nicht, dass ich wieder alles Eingefrorene wegschmeißen muss.«

»ESMA?«, frage ich verwundert. »Ich zahle meinen Strom bei der ORES in Malmedy.«

»Ich doch auch«, antwortet sie. »Aber was mal ESMA war, bleibt für mich ESMA, auch wenn die jetzt anders heißen.«

Es ist warm in der Gaststube, fast stickig. Alle haben sich um den großen runden Tisch versammelt. Hein springt auf und umarmt mich.

»Ach, Katja, was ist das für ein schreckliches Heimkommen. Wir hatten eine so schöne Zeit in Griechenland. Und dann das. Ich bin fix und foxi. Die ganze Erholung ist futsch. Fürchterlich.«

Ja, es ist wohl wirklich so, ich stehe nicht allein da: Jeder denkt zuerst an sein eigenes Wohlbefinden. Das durch den Mord an einem nahestehenden Menschen wahrlich empfindlich gestört wird. Dankbar drücke ich mich an Hein. Er hat keine Ahnung, wie gut ich ihn verstehe.

»Wo sie doch gerade so glücklich war«, sagt Jupp, unser sentimentales Riesenbaby, das natürlich wieder aus dem Rahmen meines neuen Weltbilds fällt. Er reicht mir seine Riesenpranke. »Wären wir doch nur früher gekommen; dann hätten wir sie vor dem Mörder vielleicht noch retten können. Vielleicht hätten wir gesehen, wie er Regine in das Haus von Katja schleppt …«

»Wir hätten ja früher kommen können«, quengelt Hein. »Ich wollte die Rote Zora sofort holen. Aber du musstest ja unbedingt noch ausgiebig dein Pferd begrüßen.«

Ich sehe Tränen in Jupps bereits geröteten Augen quellen. »Wenn ich das gewusst hätte …«

»Hätte … hätte … hätte hilft jetzt gar nichts«, schimpft Hein.

»Hört auf zu streiten!« Gudrun schlägt mit der Faust so heftig auf den Tisch, dass die Gläser klirren. Jakob Perings sitzt neben ihr. Sanft legt er ihr eine Hand auf die Schulter.

»Das ist kein Streit. Das ist Fassungslosigkeit, die nach Worten ringt.«

»Genau«, bestätigt Hein.

»Streit ist nicht immer schlecht.« Ich lasse mich auf einen Stuhl plumpsen, den mir Jupp hinschiebt, und blicke in die Runde. »Wenn ihr euch in den letzten Wochen ordentlich gefetzt hättet, so wie früher, dann hätte ich gewusst, was zwischen euch los ist, und euch vielleicht helfen können. Könnt ihr denn nicht wenigstens jetzt damit rausrücken?«

»Womit?«, fragt Jupp verwirrt.

»Du sprichst in Rätseln«, sagt Hein.

Gudrun und David starren stumm auf ihre Gläser.

»Als ihr weg wart, ist hier die Stimmung den Bach runtergegangen«, sage ich schließlich. »War totale Eiszeit, sehr ungemütlich.«

»Und warum?«, fragt Jupp.

»Wenn ich das wüsste ...«

Hein springt auf und greift zur Flasche mit dem Eifelbrand. »Ich schütte euch erst mal noch einen. Das hilft immer. Gudrun, du kannst doch nicht nur Wasser trinken! In dieser Lage brauchst du was Starkes!«

»*No*. Gudrun bleibt bei Wasser«, sagt David mit einer solchen Bestimmtheit, dass mir endlich ein Licht aufgeht. Auf einmal ergibt alles einen Sinn. Nein, ganz bestimmt nicht alles, aber sehr vieles.

»Seit wann?«

»Seitdem sie schwanger ist«, sage ich.

Hein stellt die Flasche mit einem Knall ab.

»Was? In deinem Alter?«, fährt er Gudrun an.

»Oss dat net schung?«, sagt Petronella Schröder versonnen zu Perings, was wohl bedeutet, dass sie es schön findet. »Der eine geht, der andere kommt.«

»Nein, Nellchen«, widerspricht Jakob Perings mit leisem Vorwurf in der Stimme, »Regine ist nicht eines natürlichen

Todes im hohen Alter gestorben.« Er schluckt schwer. »Sie ist nicht gegangen. Irgendjemand hat sie brutal aus der Blüte ihres Lebens herausgerissen. Wie meinen Bruder damals auch.«

Gudrun beugt sich zu mir hin.

»Seit wann weißt du es?«, fragt sie flüsternd.

Ich ziehe es vor, diese Frage nicht zu beantworten, hebe nur die Schultern und frage zurück: »War Regine sauer deswegen? Hatte sie Angst, David würde Daniel vernachlässigen, wenn euer Nachwuchs kommt?«

Gudrun blickt mich aus leeren Augen an.

»Der Hermann wollte die Regine heiraten.«

Langsam setzt sich das Mosaik zusammen. Regine kennt einen Mann gerade mal ein paar Wochen, und der macht ihr einen Heiratsantrag. Gudrun lebt seit Jahren mit David zusammen, erwartet sein Kind und wird immer noch mit keinem Gemeinschaftsbekenntnis beglückt. Ja, das könnte böses Blut schaffen. Aber deswegen begeht man doch nicht gleich einen Mord. Auch nicht in der manchmal recht archaischen Eifel. Andererseits ...

Ich sehe die Welt nicht mehr wie durch eine Milchglasscheibe, sondern ziemlich klar. So sauber, als hätte die pingelige Gudrun sie mir rein geputzt. So gründlich sauber gemacht wie mein Wohnzimmer, den Tatort.

»Der Hermann wollte die Regine heiraten«, wiederhole ich und setze bemüht sachlich hinzu: »Aber das ist doch kein Grund, sie umzubringen.«

»Doch«, erwidert Gudrun zu meiner Überraschung. Ich starre sie entgeistert an und atme erst wieder aus, als sie hinzusetzt: »Für seine Schwester schon.«

»*Stop this* Quatsch!«, meldet sich David. Er mustert mich nachdenklich. »Ich habe geglaubt, du warst es. Du hast erst geglaubt, ich war es, und nun ist Gudrun an der Reihe *or what do you mean? Spell it out!*«

»Entschuldigung«, sagt Petronella Schröder. »Ich verstehe Sie so schlecht, David. Was haben Sie gesagt?«

»Katja glaubt, Gudrun hat Regine ... Aber das *is bullshit*! Auf die ganze Linie.«

»Ah ja«, sagt die Krewinklerin, immer noch verwirrt.

»Ich? Spinnst du?« Gudrun springt auf. »Regine war meine Freundin!«

»Davon habe ich in letzter Zeit wenig gemerkt«, sage ich.

»Bitte beruhigt euch.« Jakob Perings hebt mahnend die Hände. Er atmet schwer. Frau Schröder neigt sich zu ihm hin.

»Du solltest jetzt unbedingt ins Bett, Jung«, flüstert sie und steht auf. »Dat oss ze vill fürr dee schwaach Herz. Und ich gehe auch heim.«

»Unmöglich. Bei diesem Wetter«, sage ich. Frau Schröder ist bestimmt zu Fuß aus Krewinkel gekommen.

»Vielleicht kann mich jemand fahren?«

Ihre Stimme ist sehr klein.

Außer Gudrun bin ich die Einzige, die noch nüchtern ist. Aber ich will jetzt nicht weg, spüre förmlich, dass eine weitere Enthüllung unmittelbar bevorsteht.

»Wieso die Schwester?«, frage ich Gudrun.

»*My god*«, stöhnt David.

»Wir müssen auch gleich nach Losheim zurück«, sagt Jupp zu Petronella Schröder. »Da können wir Sie in Krewinkel absetzen.«

»Das ist sehr freundlich, vielen Dank«, flüstert die alte Frau, als wüsste sie nicht, dass Krewinkel in genau entgegengesetzter Richtung liegt. »Kommst du zurecht, Jakob?«

Der alte Herr nickt.

»Und du hast keine Angst, so allein im Restaurant zu schlafen, nach allem, was hier passiert ist? Ich meine, wenn da wieder jemand kommt ...«

»Bist du bang, Nellchen, jaanz alleng onn dengem hous o Krijwenkel?«

Jetzt nickt sie. Sehr heftig.

»Früher hatte ich immer eine Gans. Jedes Weihnachten habe ich eine neue gekriegt, die ich über das Jahr gemästet habe. Die Gans hat mich immer gewarnt, wenn was war. Aber die letzte hat leider der Fuchs geholt. Seitdem habe ich Angst.«

Jupp, Hein, Gudrun, David und ich wechseln Blicke. Wir denken alle dasselbe. Aber keiner sagt etwas.

»Dann fahre ich mit dir, Nellchen«, erklärt Jakob Perings. »Ich lege mich mit der Axt auf dein Sofa und vertreibe jeden, der sich deinem Haus nähert.«

»Jodd sei Dank!«

»Jetzt wissen wir wenigstens, wo Nicolina herkommt«, sagt Gudrun, als das seltsame Quartett die *Einkehr* verlassen hat. »Wir sollten sie ihr zurückgeben.«

»Und warum hat eben keiner was dazu gesagt?«, frage ich.

»Weil bald Weihnachten ist«, sagt David finster. »Sehr bald.«

Ich schlage vor, die Rückgabe mit einer Gnadenbrot-Auflage zu verbinden, da von uns eh keiner Zeit hätte, sich um Nicolina zu kümmern.

»Ja, wenn der tierliebe Daniel hier wäre, mein Gott, der arme Junge ...«

»Er kommt übermorgen«, sagt David leise.

»Wie hat er es aufgenommen?«, frage ich.

»Gar nicht«, antwortet Gudrun für ihn.

Ich erfahre, dass David nur mit seiner Mutter gesprochen hat. Ist bestimmt auch besser so. Wenn überhaupt jemand dem Jungen das Unfassliche sensibel übermitteln kann, dann seine Großmutter Mathilde. Allerdings halte ich es für unvorstellbar, dass die alte Frau den Jungen die Reise allein machen lässt. Doch auf die Frage, ob seine Mutter mitkomme, zuckt David nur mit den Schultern.

»Es war die Schwester von Hermann«, wiederholt Gudrun eindringlich.

»Quatsch, die ist doch im *hospital*«, wehrt David ungeduldig ab.

»Wieso ist Frieda im Krankenhaus?«, frage ich.

»Hat irgendwas mit der Hüfte«, antwortet David. »Ist bei alten Frauen ja normal.«

»Klar hat sie was an der Hüfte, wenn sie das schwere Waffeleisen geschwungen hat!«, ereifert sich Gudrun und entwirft ein abenteuerliches Szenario. Demnach sei Frieda eifersüchtig auf Regine gewesen. Sie habe es nicht ertragen können, dass ihr Hermännche heirate und ausziehe. »Deshalb hat sie Regine ermordet. Weil die ihr den Bruder wegholen wollte. Für den sie gelebt hat. Ist doch ganz klar.«

Gudrun lässt keine Argumente gelten und verbeißt sich immer weiter in ihre Theorie: Frieda hat ihren Bruder weit weg auf Kaffeefahrt geschickt, sich in Hermanns kleinen Laster gesetzt, sei auf die Kehr gefahren, wo sie Regine in mein Haus gelockt und sich ihrer dort mittels des Waffeleisens entledigt habe.

Ich versuche, Gudrun in ihrem Eifer zu bremsen: »Da bleiben nur ein paar Fragen übrig. Weshalb hat sie Regine dann bei mir liegen lassen?«

»Weil die alte Frau die Leiche nicht wegschaffen konnte. Vielleicht sollte es nach einem Raubmord aussehen.«

»Es ist aber nichts gestohlen worden.«

»Weißt du das so sicher?«

»Ja. Nichts ist durchwühlt worden. Und weshalb hat sie Regine dann verpackt und alle Blutspuren weggewischt?«

»Eifelerinnen sind ordentlich.«

»Regine ist aber gar nicht auf der Kehr gewesen; sie war mit Heins Auto unterwegs.«

»Dann haben sie sich eben unterwegs irgendwo getroffen«, sagt Gudrun ungeduldig.

»Wenn Frieda mit der Absicht, Regine zu ermorden, auf die Kehr gekommen wäre, hätte sie doch gleich eine Tatwaffe mitgenommen und nicht zu einem zufällig herumliegenden Waffeleisen gegriffen.«

Ich habe nicht die geringste Lust, mich noch länger mit Gudruns Besessenheit zu beschäftigen, und erkundige mich nach Hermann. Eigentlich hatte ich damit gerechnet, ihn ebenfalls in der *Einkehr* anzutreffen.

»Armer Kerl«, antwortet David traurig. »Ich habe mit ihm telefoniert. Er hat so geweint. Wollte gleich herkommen. Marcel sagte Nein. Besser ist, er sieht Regine bei der Gerichtsmedizin in Lüttich.«

»Weil sie die nämlich da erst richtig ... auspacken«, sagt Gudrun stumpf. »Da werden sie überall auf der Decke Genmaterial von der Frieda finden, und dann kommt sie in den Knast.«

Ich schüttele den Kopf. »Klar werden sie Spuren von ihr auf der Decke finden. Von letztem Sonntag, als sie mit Regine und Hermann bei mir drüben zum Kaffeetrinken war. Da war ihr kalt, und Regine hat ihr fürsorglich die Decke umgehängt. Nee, Gudrun, da hast du dich in etwas verrannt. Die beiden Frauen haben sich gern gehabt, da bin ich mir ganz sicher.«

An jenem Sonntag hatte Regine ihre Muffeligkeit abgelegt, als sie mit Hermann und Frieda bei mir über die Schwelle getreten war. Was meinen Verdacht bestätigte, dass die schlechte Stimmung in der *Einkehr* nichts mit mir, sondern nur etwas mit Gudrun und David zu tun hatte. Um das herauszufinden, hatte ich diese Einladung überhaupt ausgesprochen. Außerhalb der *Einkehr,* in Gegenwart ihres Freundes und dessen Schwester, verhielt sich Regine genauso fröhlich wie früher. Es wurde ein nettes Plauderstündchen. Hermann überließ den Damen das Wort und trank schweigend seinen Tee. Mir fiel nur auf, dass er seinen Blick nicht von dem Loch in der Wand nehmen konnte – aber das war auch kein Wunder. Schließlich hatte er als einer der Ersten den dort entdeckten Unterschenkelknochen gesehen. Allerdings dürfte für ihn jener Tag eher von einem freudigen als von einem schrecklichen Erlebnis geprägt gewesen sein: Damals hatte er Regine kennengelernt. Die Frau, mit der er eine Zukunft geplant hatte. Und um die er jetzt trauern würde.

Anders als Gudrun, die meines Wissens Frieda nie außerhalb des Restaurants begegnet war, hatte ich den Eindruck, dass die ältere Frau die Wahl ihres Bruders begrüßte. Sie duzte Regine, nannte sie *Kindchen*, tätschelte ihr gelegentlich die Wange, lobte ihren exzentrischen Modegeschmack und den guten Einfluss, den sie auf Hermann ausübte. Von Heirat war da allerdings nicht die Rede gewesen. Ich kann mich auch nicht erinnern, an Regines Finger einen Verlobungsring gesehen zu haben. Gudrun schüttelt den Kopf, als ich sie jetzt danach frage.

»Kein Ring. Er hat ihr eine kostbare goldene Kette geschenkt, ein Erbstück seiner Mutter. Vielleicht hat das ja der Frieda nicht gepasst.«

»Ja, und deswegen hat sie Regine erschlagen. David hat schon recht: Das ist Quatsch, Gudrun. Frieda wird diesem Geschenk zugestimmt haben; schließlich erben Töchter den Schmuck der Mutter. Wir sollten mal in eine ganz andere Richtung denken. Immerhin hat Regine in den vergangenen Wochen eine Menge Männer verprellt, könnte da nicht auch einer auf Rache gesonnen haben? Was ist zum Beispiel mit dem Internetfuzzi, wo kam der noch mal her?«

»Aus Radevormwald«, antwortet Gudrun nachdenklich. »Aber der Robert war ganz in Ordnung. Gar nicht enttäuscht, dass die Regine schon vergeben war, weil sie sowieso nicht zu ihm gepasst hätte. Und sie war nett zu ihm. Hat sich mit ihm stundenlang übers Kochen unterhalten. Fleisch im lauwarmen Ofen, schauderhaft.«

Ach, der war das. Regine hatte mir schon vor einigen Wochen den Vorschlag eines Gastes überbracht, das Niedrigtemperaturgaren auszuprobieren. Könnte es sein, dass sie mit ihm heute in meinem Haus über die Zubereitung altmodischer Waffeln gesprochen hat?

»Wie viele von diesen Internetmännern hatten Regines Adresse?«

»Nicht Regines Adresse«, tönt Gudrun empört. »Nur die der *Einkehr.*«

»Schlimm genug. Wie viele?«

»Da müsste der Hein nachsehen.«

»Könnte ja einer von denen gewesen sein. Auf der Welt laufen viele kranke Typen rum. Wir müssen Regines Mörder gar nicht persönlich kennen, Gudrun.«

»Ogottogott!« Gudrun wird ganz bleich. »Vielleicht ist es sogar ein Serienmörder? Der uns nacheinander auslöschen will …«

»Serienmörder?«, kommt es von der Tür. Wir fahren alle auf. Keiner von uns hat bemerkt, dass Marcel eingetreten ist. Nicht einmal Linus, der in seiner Ecke fest schläft. Marcel schüttelt den Schnee von der Polizistenmütze, legt sie zwischen die Gläser und Flaschen auf den runden Tisch und schiebt sich einen Stuhl heran. Wir blicken erwartungsvoll zu ihm hin.

»Ich hab furchtbar Hunger. Gibt es noch was zu essen?«, fragt er müde.

Gudrun springt auf.

»Nichts Warmes zu so später Stunde. Ich kann dir aber ein Rührei mit Speck machen.«

»Ist noch was von meinem Salat von gestern übrig?«, frage ich mein Küchenpersonal.

»Alles«, erwidert Gudrun. »Keiner der Gäste wollte heute

deinen Blutwurst-Käse-Salat mit Schokoladenjus anrühren. Ich hab dich ja gewarnt.«

»Den will ich haben«, sagt Marcel freundlich.

Er muss mir meine Herzlosigkeit verziehen haben. Sonst hätte er sich nie für ein solches Gericht entschieden.

»Vielleicht ist der Mord an Regine der Anfang einer Serie«, flüstert Gudrun, als sie Marcel mit zitternden Fingern Messer und Gabel reicht. »Dann sind wir hier alle nicht sicher!«

»Wir brauchen eine Waffe«, sagt der Amerikaner. »Brecheisen innen vor die Tür.«

Marcel schüttelt den Kopf.

»Kein Brecheisen«, nuschelt er mit vollem Mund. »Das macht sich vor Gericht nicht gut. Weil man dann Absicht dahinter vermuten könnte.«

»Was dann?«, fragt Gudrun.

»Ein Staubsaugerrohr. Liegt in jedem Haushalt rum.« Er schluckt seinen Bissen runter. »*Délicieux*. Schmeckt wirklich gut, Katja, Kompliment. Macht doch bitte noch so einen Teller fertig. Den bring ich Erwin rüber. Ich muss nämlich gleich wieder gehen.«

»Staubsaugerrohr?«, fragt Gudrun misstrauisch.

»Ja, das könnte dann als Totschlag im Affekt zählen«, erläutert er und stopft sich einen weiteren Bissen in den Mund. »Wie bei Regine. Das war bestimmt kein Serienmörder.«

»Woher weißt du das?«, fragt David.

Kauend sieht Marcel jedem von uns nachdenklich ins Gesicht.

»Der Täter hat alles gründlich geputzt und die Leiche transportbereit zurechtgelegt …«

»Das wissen wir doch!«, sage ich ungeduldig.

»Warum hat er das wohl getan?«

Er gibt die Antwort selbst: »Weil niemand merken sollte, dass in diesem Haus ein Mord verübt worden ist. Der Täter wollte die Nacht abwarten, um die Leiche und wahrscheinlich auch das Waffeleisen abzuholen. Dann wäre niemandem was aufgefallen. Keiner hätte Regines Verschwinden mit deinem Haus in Verbindung gebracht. Tagsüber wäre es für den Täter zu gefährlich gewesen; man hätte ihn von der Straße oder vom Restaurant aus sehen können.«

»Abends auch«, erkläre ich. »Wir haben manchmal bis Mitternacht Betrieb.«

»So oft nun auch nicht«, murmelt Gudrun.

»Aber danach ist alles zappenduster auf der Kehr.«

Ich ahne, worauf Marcel hinauswill. Fürchte die Antwort auf die Frage, die mich schon seit Stunden umtreibt: Weshalb konnte der Mörder so sicher sein, dass sich niemand im Haus aufhalten oder später hineinkommen würde?

Marcel sieht erst jedem von uns noch einmal in die Augen, mustert dann angelegentlich ein leeres Glas, befindet es für sauber und schüttet Wasser hinein. Es gluckert sehr laut.

Er nimmt einen Schluck und wischt sich den Mund ab. »Der Täter muss gemeint haben, in der Nacht in ein leeres Haus zurückzukehren. Nun sag schon, Katja. Wer alles wusste davon, dass du für die letzte Nacht ein Zimmer in Cochem reserviert hattest?«

»Herbert Budweg vom *Germania*«, gebe ich flüsternd zurück. »Und natürlich Gudrun, David und Regine. Jakob Perings hat das auch mitbekommen, glaube ich. Ich weiß nicht, ob er Frau Schröder was davon gesagt hat. Oder Regine ihrem Hermann. Oder Gudrun und David irgendwelchen Gästen.«

Beide schütteln den Kopf.

»So oder so«, sagt Marcel. »Das schränkt den Kreis der Tatverdächtigen doch immens ein, findet ihr nicht auch?«

KAPITEL 8

Belgischer Reiskuchen
mit Speck, griechischen Bergpfirsichen, gerösteten Mandelsplittern und holländischem Bröckelkäse

Am nächsten Morgen
Alles ist fremd. Ich habe die Augen noch geschlossen, doch die Luft um mich herum riecht seltsam, fühlt sich anders an. Seit wann habe ich eine dicke Daunendecke? Wer hat mein kleines, feines hartes Kissen gegen dieses riesige erstickend weiche Monstrum ausgetauscht? Und wer hat meinen Füßen, die so gern die Unendlichkeit meines Bettendes ausloten, ein Holzbrett vorgelegt? Langsam öffne ich die Augen. Es ist viel zu dunkel, um irgendetwas in mein Erwachen einzuordnen. Ich taste nach der Nachttischlampe, doch selbst die ist nicht da, wo sie sein sollte.

Wenigstens geht mir jetzt endlich ein Licht auf. Ich liege gar nicht in meinem eigenen Bett.

Da schläft jetzt ein belgischer Polizeiinspektor. Marcel. Oder sein Kollege Erwin. Ich bin woanders. Zwar auch auf eigenem Terrain, nämlich in der *Einkehr*, allerdings in einem Raum, den ich nicht mehr betreten habe, seitdem ihn Jakob Perings vor vielen Wochen bezogen hat. Der allerdings diese Nacht auf einem Sofa in Krewinkel verbracht hat, mit der Axt oder Petronella Schröder im Arm.

Zumindest weiß ich, wo hier der Lichtschalter ist. Und blicke mich staunend um, als es hell wird. Vermutlich bin ich noch nie in einem derart penibel aufgeräumten und blitzblank geputzten Zimmer wach geworden. Jakob Perings ist nicht nur ein liebenswerter, sondern auch ein extrem reinlicher Mann. Der einen Raum nicht verwohnt, sondern ihn hochwertiger herrichtet, als er ihn vorgefunden hat. Nirgendwo liegen Kleidungsstücke oder andere persönliche Habseligkeiten umher. Behälter mit Möbelpolitur, Bohnerwachs, Glas- und Metallreiniger stehen wie Soldaten ausgerichtet auf der Fensterbank. Neben einem Usambaraveilchen, das dem Zimmer, wie die beiden verblichenen und ziemlich abgegriffenen Fotos in Silberrahmen auf dem Tisch, eine kleine persönliche Note verleiht. Hat sich Perings die Fotos aus Brüssel schicken lassen, oder hat er sich in den vergangenen Wochen in einem Eifelort die passenden Rahmen besorgt? Vor dem Schrank steht ein Rosenstrauß, nachlässig in einen Eimer gestopft. Wahrscheinlich lagert er hier nur auf der Durchreise und ist für Petronella Schröder bestimmt. Angesichts der schrecklichen Ereignisse hat sich Perings wohl nicht getraut, ihn ihr zu überreichen. Aber vielleicht hat er ihn auch nur vergessen.

Ich freue mich. Der alte Herr, der dem Tod nicht nur ins Auge geblickt, sondern ihn dank Marcel quasi überwunden hat, der jahrzehntelang in einer Art von Exil im eigenen Land einer Arbeit nachgegangen ist, die ihm nichts weiter als ein Auskommen bot, der aus Angst, einer Frau nicht gerecht werden zu können, nie geheiratet hat, hat endlich angefangen, das Leben zu genießen. Bei diesem schönen Gedanken würde ich an diesem dunklen Morgen gern länger verweilen. Geht aber nicht, weil mir jetzt auch wieder einfällt, weshalb ich nicht in meinem eigenen Bett schlafe.

»Wenn der Täter keiner von euch, sondern ein Fremder gewesen ist«, hatte Marcel gestern Nacht gesagt, »dann weiß der womöglich noch nicht, dass wir die Tat bereits entdeckt haben. Dann könnte er in der Nacht zurückkommen, für die Leiche wegzubringen. Wenn das passiert, seid ihr alle entlastet.«

»Wir haben Regine doch nichts getan«, flüsterte Gudrun. »Wie kannst du nur so etwas von uns denken? Sie war doch unsere Freundin. Und du bist auch unser Freund!«

»Ach, Gudrun«, sagte Marcel und legte ihr begütigend einen Arm um die Schulter. »Ich kann doch auch nicht glauben, dass einer von euch Regine den Schädel eingeschlagen hat. Aber irgendjemand hat es getan. Jemand mit einer fürchterlichen Wut im Bauch.«

Gudrun fasste sich an den eigenen Bauch, in dem, wie wir jetzt alle wussten, etwas ganz anderes steckte, und flüsterte: »Wenn ich doch nur netter zu ihr gewesen wäre! Aber sie hat so genervt. Mit all diesen Hochzeitsplänen. Könnt ihr das verstehen?« Ihre Stimme schraubte sich höher. Sie blickte Hilfe suchend zu Marcel. »Nix anderes hat sie mehr geredet! Da kommen wir abends mit müden Füßen heim, und sie spricht nur von Hermännche, ihrem Kleid, weißseidenen High Heels, dem Blumenschmuck, weißt du noch, David, sie wollte überall weiße Lilien haben, wie schön. Und dann die tolle Rede, die der Pfarrer May bei der Trauung in der Kirche halten wird.«

»Für Doppelhochzeit«, warf David finster ein.

»Was für eine Doppel ...« Ich brach ab. In Gudruns Augen quollen Tränen.

Oh weh. Deshalb also hatte David das Geturtel eingestellt. In der Hoffnung, kein Ehemann werden zu müssen, wenn er sich wie ein solcher verhielt. Gudrun selbst hatte nie auf eine Legalisierung der Beziehung gedrängt, sondern ihr Projekt Eheschließung langfristig angelegt. »Das kriege ich schon hin«, hatte sie mir immer wieder gesagt. »Ich muss nur behutsam vorgehen, dann wird er mir irgendwann schon den Ring geben.« Regines Vorpreschen muss ihr bitter aufgestoßen sein.

David wechselte sofort das Thema.

»Sie wollte sogar, dass Hermanns Schwester später zu uns

zieht«, sagte er. »Das fand ich nicht toll. Auch wenn sie uns die Wäsche machen und im Haushalt helfen würde. Wir haben zu allem Nein gesagt, und da ist sie dann …« Er fahndete nach dem richtigen Wort.

»… eingeschnappt«, half ihm Gudrun. »Total mufflig geworden. Und dann war da noch die Sache mit dem Meissner. Ein alter Freund der Familie, hat sie gesagt, so als ob sie schon zu dieser Familie gehörte. Der eklige Typ, der dich angebaggert hat, Katja, der wäre bei uns auch ein und aus gegangen. Regine fand den echt super, stell dir vor.« Sie machte Regines Tonfall nach: *»Toll, wenn man in dem Alter noch so fit ist …«* Erschrocken hielt sie inne. Die echte Stimme, die kein hohes Alter erreichen durfte, ist für immer verstummt; eine Tatsache, die vermutlich noch nicht richtig zu uns allen durchgedrungen ist.

»Entschuldigt, so meine ich das doch nicht«, flüsterte sie. »Aber …« Hilflos streckte sie die Arme aus und sah Marcel von der Seite an. »Ich finde, der alte Knacker hat so was … Unangenehmes an sich.«

Marcel nickte heftig.

»Also, ich wollte den nicht in meinem Haus haben«, schloss Gudrun.

»Kann ich verstehen«, sagte ich.

Ich verstand tatsächlich. Nichts wirklich Dramatisches war geschehen, wenn man mal von Gudruns Schwangerschaft und Davids Eheverweigerung absah. Belanglose Irritationen hatten sich aneinandergereiht; Erwartungen waren enttäuscht worden; es hatte Missverständnisse und insensible Äußerungen gegeben, Alltagsfrust und Festtagslaune zur falschen Zeit. Nichts davon hatte ich mitbekommen.

Ich hatte amüsiert Regines Techtelmechtel beobachtet, nicht ahnend, wie ernst es ihr mit Hermann gewesen war. Klar, sie hatte sich für ihn aufgebrezelt, aber ich hatte das als Spielerei einer attraktiven, lebenslustigen Frau in einem männerarmen Umfeld gesehen. Regine war für mich eine autarke Frau gewesen, die sich einen kleinen Flirt geleistet, aber nicht wirklich eine Bindung gesucht hatte. Was Gudrun natürlich nie verstehen würde.

Meines Wissens hatten Regine und Hermann nicht einmal eine einzige Nacht miteinander verbracht. Auf der Kehr bestimmt nicht, das wäre mir nicht entgangen. Oder doch? Vielleicht gab es ein Liebesnest in Buchet? Mit der Schwester im Haus? Keine Ahnung. Wer ist dieser Hermann überhaupt? Ein Mittfünfziger, der bei seiner älteren Schwester lebt, muss doch eine Geschichte haben. War er mal verheiratet?

Weshalb nur habe ich mich nicht interessierter gezeigt? Hätte ich den Mord in meinem Haus verhindern können, wenn ich ein bisschen aufmerksamer gewesen wäre? Mehr Anteil am Leben meiner Freunde genommen hätte? Ich hatte mich für dieses Eifelleben doch entschieden, weil ich mit Freunden zusammenleben und -arbeiten wollte. Was ist denn von diesem schönen Traum übrig geblieben?

Alles ist an mir vorbeigegangen. Der Frust, den Gudrun angesichts von Regines Plänen und David angesichts des von ihm Geforderten geschoben hatten. *Doppelhochzeit*. Mich hat das Wort auch erschreckt.

»Warum habt ihr denn nicht einfach vernünftig miteinander geredet?«, fragte ich, sehr bemüht, nicht nur meine Fassungslosigkeit zu verbergen, sondern auch meine eigene Schuld.

»Worüber?«, fragte Gudrun erstaunt.

»Das hätte doch nichts geändert«, sagte David.

»Nein«, sagte Gudrun. »Gar nichts. Ich bekomme nur ein uneheliches Kind. Das ist heute gar nicht mehr schlimm.«

Marcel erhob sich. »Schlimm wäre, wenn Erwin heute Nacht hungern müsste. Wolltest du ihm nicht noch einen Teller parat machen, Gudrun?«

Ich ging zusammen mit ihr in die Küche.

»Übrigens war ich ein glückliches uneheliches Kind«, sagte ich, als ich den Blutwurst-Käse-Salat aus dem Kühlschrank nahm und eine großzügige Portion auf einen Teller gab. »Und du stehst ja nicht allein da wie damals meine Mutter mit mir.«

Gudrun riss die Schere vom Haken. »Aber so richtig normal bist du dadurch auch nicht gerade geworden.«

Aufgebracht schnipselte sie Petersilien- und Schnittlauchelemente über die Komposition.

Ich hütete mich, ihr zu widersprechen.

»Regine war auch eine alleinerziehende Mutter«, sagte ich sanft, »und schau nur, wie prächtig sich Daniel entwickelt hat.«

»Stimmt. Er ist ein toller Junge, ganz der Vater.« Gudruns Stimme klang sehr viel versöhnlicher. Schließlich hat sie ihr Liebesglück durchaus der Tatsache zu verdanken, dass David nicht mit der Mutter seines bisher einzigen Kindes verheiratet gewesen war.

Immer noch glitzerten Tränen in ihren Augen. Sie schnäuzte sich kräftig. »Was meinst du, Katja, wenn sich Daniel auf ein Geschwisterchen freuen kann, kommt er vielleicht besser über den Tod seiner Mutter hinweg, oder nicht?«

Ich nahm sie in den Arm.

»Bestimmt«, sagte ich, erfreut, dass meine Meinung endlich wieder gefragt war.

Marcel stand schon im Flur, als ich ihm den Teller überreichte.

»Ich werde durch die Hintertür in dein dunkles Haus huschen. Jetzt wäre wohl so etwa die Zeit, wo der Täter auftauchen könnte.« Leise setzte er hinzu: »Wenn es denn jemand Fremdes war ...«

»Was ist mit der Presse? Warum ist von denen noch keiner aufgetaucht?«

»Nachrichtensperre.«

»Meinst du nicht, dass irgendjemand denen gesteckt hat, was hier am frühen Abend vorgegangen ist? Immerhin hat sich hier ja eine umfängliche Abordnung der belgischen Staatsmacht breitgemacht.«

»Nachrichtensperre.«

»Damit geben die sich zufrieden?«

»Die wollen ja Informationen von *uns*«, sagte er und nahm mir den Teller ab. »Wenn sie sich eine Geschichte aus den Fingern ziehen, kriegen sie später gar nichts von uns und sehen in ihren Redaktionen ganz schön alt aus. Wer weiß, vielleicht können wir ihnen ja morgen den Täter schon präsentieren. Ich lege mich jetzt auf die Lauer.«

»Aber wenn der Typ euren Polizeijeep sieht …«

»Wird er nicht, keine Sorge.« Marcel hauchte mir einen Kuss auf den Scheitel und sprach in den Gastraum hinein: »Dir ist wohl klar, dass du heute nicht in deinem Haus schlafen kannst?«

»Hatte ich bestimmt nicht vor.«

»Oh ja! Schlaf bitte bei uns!«, rief Gudrun. »Je mehr, desto sicherer. Wir haben jetzt ja Platz.«

In Regines Zimmer. Da würde ich kein Auge zukriegen können. Ich erklärte, jedes vorsorglich bereitgelegte Staubsaugerrohr garantiere größere Sicherheit als meine Gegenwart. Lieber wollte ich in der *Einkehr* bleiben und mich dort in ein bereits gemachtes Bett legen.

»Jakob ist ja bei seinem Nellchen«, sagte ich.

»Meinst du, die beiden werden heiraten?«, fragte Gudrun, als sich die Tür hinter Marcel geschlossen hatte.

Sie kann es nicht lassen, denke ich, während ich jetzt in meine Jeans schlüpfe. Wie hat es David nur geschafft, dem in Gudruns Lebenswelt längst überfälligen Heiratsantrag auszuweichen? Dem weder ihre Schwangerschaft noch Regines Drängen auf eine Doppelhochzeit auf die Sprünge hatte helfen können.

Wenn es denn jemand Fremdes war … Marcel wird doch nicht allen Ernstes glauben, dass David vor Wut über das hässliche Wort zugeschlagen hat? Oder Gudrun in ihrer Verzweiflung? Oder ich, weil mir danach war? Oder Hein, weil ihm Regines Haarfarbe nicht passte? Da könnte er gleich Jakob Perings verdächtigen, der vielleicht eine Gedenkminute an seinen Bruder in meinem Haus verbracht hat, dabei von Regine gestört worden war und in kurzzeitiger geistiger Umnachtung zugeschlagen hatte, um seinen Bruder doch noch zu retten. Oder Petronella Schröder, die womöglich im Kehricht nach ihrem Medaillon gefahndet hatte. Ich leiste mir einen furchtbaren Gedanken: Wenn der Täter schon aus unserem Umfeld stammt, dann soll es bitte schön Konrad Meissner sein. Das würde mein Weltbild am wenigsten ins Wanken bringen. Ich muss nur noch eine vernünftige Begründung dafür finden, was der Mann mit Regine in meinem Haus zu suchen gehabt haben könnte. Vielleicht ein Schäferstündchen, gegen das sie sich zur Wehr gesetzt hat?

»Nein!«, schreie ich, als Linus auf das Bett springt. »Wenn Jakob wiederkommt, will der keine Hundehaare auf dem Laken. Runter!«

Die Bettfedern quietschen. Meinem Rücken geht es nicht sonderlich gut. Die Matratze ist durchgelegen. Kein Wunder, sie stammt ja noch aus uralten Zeiten, aus einer Ära, in der eine Matratze fürs Leben zu halten hatte. Fürs Sterben auch und darüber hinaus. Unvorstellbar für den modernen Großstädter, den an allen Ecken ein spezieller Discounter an das kurze Haltbarkeitsdatum von Schlafunterlagen gemahnt! Die hässliche Front eines solchen Matratzenoutlets habe ich bislang weder in Prüm noch in Stadtkyll oder Sankt Vith gesehen. Wohl, weil man in der Eifel Betten eben noch eine Geschichte zugesteht. Auf dieser Matratze hatte Hein als

Teenager gelegen und wahrscheinlich überlegt, wie er seinen Eltern beibringen könnte, dass sie nie Enkelkinder haben würden; auf ihr hat einmal ein alter Freund von mir genächtigt, und viel später verbrachten Gudrun und David hier ihre ersten Liebesnächte.

Das Kapitel, um das ich die Vielbeschlafene heute Nacht bereichert habe, wird allerdings ihr letztes sein. Eine neue Matratze muss schleunigst her. Was habe ich dem alten Herrn nur zugemutet! Aber er hat sich nie beschwert. Chapeau.

»Weißt du, Linus«, sage ich zu meinem Hund, der die Nacht tatsächlich vor meinem Bett verbracht hat, »auf solche Gedanken kommt man nur, wenn man andere, scheußlichere verdrängt. Aber das geht nicht mehr; ich muss mich jetzt dem neuen Tag stellen. Komm, wir wandern rüber und sehen nach, ob Marcel den Mörder heute Nacht gefasst hat.«

Es mildert das Unbehagen, die Dinge laut auszusprechen. Ich klinge ruhiger, als ich mich fühle.

»Oh«, sage ich, als ich die Haustür öffne und die scharf abgegrenzte kniehohe weiße Wand unmittelbar vor mir sehe. Offensichtlich hat es die ganze Nacht unablässig geschneit. Ein paar schwere Flocken kommen immer noch runter.

Das Haus gegenüber liegt im Dunkel.

Linus zieht klagend den Schwanz ein. Er will nicht hinaus in die feindliche Winterwelt, aber es wird ihm nichts anderes übrig bleiben. Ich muss wissen, was drüben los ist. Sieht so aus, als ob auf dem Hof gegenüber neben dem Allradmonster ein anderer Wagen stehe. Unter einem Schneehaufen, der erheblich umfänglicher ist, als er sein dürfte, wenn sich darunter der Jeep der belgischen Polizei verbergen würde, mit dem Marcel gestern angekommen ist. Und den er vor einem potenziellen nächtlichen Besucher hatte verstecken wollen.

Ich mühe mich, Panik zu unterdrücken, und rede mir wieder laut Mut zu: »Erstens: Zwei gut ausgebildete belgische Polizisten sind in meinem Haus. Zweitens: Die liegen auf der Lauer. Drittens: Wenn der Mörder die Polizisten trotzdem überrumpelt hätte, wäre er abgehauen und hätte sein Auto nicht einschneien lassen.«

Ich lasse die Haustür offen und wühle im Flurschrank daneben nach schneeresistentem Schuhwerk. Aus den Augenwinkeln sehe ich, wie sich mein Hund der riesigen Zimmerpflanze nähert.

»Nein, Linus!«, schimpfe ich. »Nicht Gummibaum! Gummistiefel! Und jetzt komm!«

Ich muss ihn an der Leine förmlich über die zugematschte Straße ziehen. Um mich zu strafen, hockt er sich genau vor meiner Haustür in den Schnee und verrichtet dort sein großes Geschäft, aber das ist mir jetzt auch egal. Ich drücke die Klinke sacht hinunter. Die Tür ist von innen verschlossen. Natürlich.

Also höre ich zum ersten Mal, wie meine Haustürklingel von draußen klingt. Das Herz klopft mir bis zum Hals. Wer wird öffnen? Ich trete ein paar Schritte zurück, will sicherheitshalber Deckung hinter dem zugeschneiten großen Gefährt suchen. Stürze dabei rücklings in eine Schneewehe.

Die Tür geht auf und die Lampe über dem Eingang an.

»Katja?«, ruft Marcel.

Ich rudere mit den Armen. Ist gar nicht so leicht, sich aus so einem Schneeberg herauszukämpfen. Ich habe gerade wieder die Balance gewonnen, als es über mir plötzlich fürchterlich rumort. Dann höre ich gar nichts mehr. Eine Schneewechte ist vom Dach gerutscht und hat mich voll getroffen.

Marcel gräbt mich aus. Mit bloßen Händen. Die sind genauso blau gefroren wie seine nackten Beine, die unter meinem weiten roten Bademantel geradezu zerbrechlich aussehen.

»Ist dir was passiert, *mon chou?*«, fragt er besorgt, als er mir den Arm um die Schultern legt und mich zur Tür geleitet.

»Scheiße«, sage ich. Weil er zu allem Überfluss auch noch in die von Linus getreten ist. Mit nackten Füßen.

»Zusammen duschen«, schlägt er vor.

Der Tag könnte nicht schöner anfangen.

Später versperrt mir Marcel den Weg, als ich mir im Schlafzimmer frische Kleidung holen will.

»Geh da jetzt nicht rein.«

»Keine Sorge; ich werde Erwins Schlaf schon nicht stören«, erwidere ich süffisant.

»Ich leg mich wieder aufs Sofa«, höre ich Erwins Stimme plötzlich hinter mir. »Guten Morgen, Katja. Der Kaffee ist fertig. Tschüss, bis nachher.«

Verblüfft wickele ich den roten Bademantel fester um meinen Leib. Aber Erwin ist bereits im Wohnzimmer verschwunden.

»Siehst du«, sagt Marcel, »so ist die belgische Polizei. Zu jeder Zeit für den Dienst am Bürger bereit.«

»Warum darf ich nicht in mein Schlafzimmer?«

»Erkläre ich dir gleich. Erst Kaffee trinken.«

»Habt ihr ihn tatsächlich festgenommen?«, flüstere ich.

»*Mais* nee, er schläft nur seinen Rausch aus.«

»Wer? Welchen Rausch?« Ich stürze in die Küche. Ich verstehe nichts mehr und brauche jetzt unbedingt Koffein, um einen klaren Kopf zu kriegen.

Auf meinem Küchentisch dampfen zwei Becher Kaffee. Zwischen ihnen steht eine leere Flasche Whisky.

»Das ist nicht wahr!«, rufe ich empört. »Meine letzte Flasche Single Malt! Ihr solltet euch nicht besaufen, sondern Wache halten!«

Ich habe mir zu Recht Sorgen gemacht. Der Mörder hätte

meinem Freund und seinem Kollegen nach diesem Exzess mühelos die Birne einschlagen können.

»Erwin hat gar nichts getrunken. Und ich nur ein kleines Glas. Zur Gesellschaft«, sagt Marcel gelassen.

»Was für eine Gesellschaft?«

»Hermann. Der ist gestern Nacht noch vorbeigekommen. Hast du seine Kamionette vor der Tür denn nicht gesehen?«

»Wie denn? Hermann ...«

Meine Stimme verliert sich und mündet dann in ungläubiges Gekrächze: »Hermann wollte die Leiche abholen?«

»Nein, natürlich nicht. Der wusste doch, dass Regine in Lüttich ist«, sagt Marcel begütigend. »Ich habe gestern Nacht mit ihm telefoniert. Er hat es allein zu Hause nicht mehr ausgehalten. Der war völlig mit den Nerven am Ende. Seine Schwester ist ja im Krankenhaus. Hab ihm gesagt, er soll bis bei uns kommen, wenn er sich bei dem Wetter riskiert zu fahren.«

Jetzt wird mir alles klar. Sehr praktisch für die belgische Polizei, wenn sich einer der deutschen Verdächtigen freiwillig auf ihr Hoheitsgebiet begibt. Das erspart eine Anfrage bei den deutschen Kollegen. Ich trinke meinen Kaffee in einem Zug aus, stehe auf und bereite einen neuen vor.

»Das ist eine Schweinerei«, sage ich aus tiefstem Herzen. »Und bestimmt nicht in Einklang mit dem Salduz-Gesetz. Oder durfte Hermann vor deinem Verhör etwa einen Anwalt seiner Wahl anrufen?«

»Katja! Ich habe ihn doch nicht verhört!«

»Was hast du dann mit ihm getan?«

»Nur mit ihm gesprochen. Der Mann steht unter Schock. Ich habe versucht, ihn irgendwie zu trösten. Er musste sich eine Menge von der Seele reden.«

»Und du hast brav zugehört und Fragen gestellt?«

Marcel nickt.

»Natürlich. So wie es unter Freunden üblich ist. Da hilft man, wo man kann.«

»Die Polizei, dein Freund und Helfer.« Ich knalle meinen gefüllten Kaffeebecher auf den Tisch. »Dann erzähl mir doch, was er dir so alles von seiner Seele geredet hat.«

Marcel kratzt sich am Kopf.

»So wie es unter Freunden üblich ist!«, ermuntere ich ihn. »Wenn du das Gespräch allerdings in eine eurer Vernehmungskategorien eingeordnet hast, musst du natürlich schweigen. Im Gegensatz zu mir, wenn ich vor Gericht aussage, wie du deine Erkenntnisse aus einem hilflos besoffen gemachten Opfer belgischer Polizeigewalt herausgepresst hast!«

Ich halte ihm die leere Whiskyflasche unter die Nase und stelle sie dann unter den Tisch.

»Krieg ich keinen zweiten Kaffee?«, fragt er ungerührt.

»Mach ihn dir gefälligst selbst.«

Er bereitet gleich eine ganze Kanne zu. Als wir die leer getrunken haben und eine bleiche Wintersonne müde Strahlen in die Küche sendet, weiß ich eine Menge mehr.

Marcel hat erstaunlich bereitwillig und ausführlich Auskunft gegeben; ein Zeichen, dass er sich seiner Sache nicht ganz sicher ist. Ich kenne ihn. Er hat das Gefühl, irgendetwas stimme nicht, kann aber dafür keinen offensichtlichen Grund anführen.

»Natürlich verdächtige ich den armen Hermann nicht«, beendet er seine Ausführungen. »Er hat Regine wirklich sehr geliebt. Sie war seine Traumfrau, aber ...«

»Aber?«, hake ich nach.

»Genau das ist vielleicht das Problem. Wenn zum Beispiel die Traumfrau plötzlich keine mehr sein will ...«

»Regine hat sich auf die Hochzeit gefreut«, werfe ich ein.

»Das wissen wir auch von Gudrun und David. Aber warum hat Regine dir nichts von ihren Plänen erzählt?«

»Keiner hat mir in den letzten Wochen was erzählt.«

»Wenn sie wirklich so glücklich mit Hermann war, hätte sie das doch sicher mit ihren Freunden teilen wollen. Gudrun und David haben auf stur geschaltet. Da wäre es doch logisch, dass sie sich dir anvertraut, oder?«

Ich hebe die Schultern.

»Sie ist in letzter Zeit öfter zu spät gekommen. Und da war ich mit ihr auch nicht gerade die personifizierte Geduld. Vor allem, wenn sie als Ausrede diese dumme Gans angeführt hat. Wo mich das Vieh sowieso genervt hat.«

»Warum? Regine hat dir doch die ganze Arbeit mit dem Tier abgeholt.«

»Eigentlich hat mich mehr genervt, dass sie wegen Nicolina in meinem Haus ein und aus gegangen ist, immer dann, wenn es ihr gerade passte.«

»Aber sie ist doch nur durch die Hintertür rein- und rausgegangen, um Futter, Medizin oder was weiß ich aus der alten Melkküche zu holen. Oder ist sie irgendwann plötzlich in deiner Küche oder deinem Wohnzimmer aufgetaucht?«

»Nein. Hätte sie aber tun können. Du weißt, wie sehr ich meine Privatsphäre schätze.«

Wieder erfasst mich der Gedanke, dass auch ich nicht ganz unschuldig an der unerfreulichen Atmosphäre der vergangenen Wochen gewesen sein könnte. Nicht ein einziges Mal hatte ich Regine zu mir hereingebeten. Nur letzte Woche eine ziemlich offizielle Einladung zur Teestunde ausgesprochen. Mit Freunden geht man anders um.

Erwin schläft jetzt auf dem Sofa, auf dem ich gesessen und Hermann das Du angeboten habe. Frieda duzt uns bereits alle, aber weder Regine noch ich würden auf die Idee kommen, dies bei einer so viel älteren und dadurch Respekt gebietenden Person zu erwidern. Es fällt mir ja immer noch schwer, den alten Herrn Perings so vertraulich anzureden.

»Habt Ihr warm genug, Frieda?«, hatte Regine völlig unbekümmert Zuflucht zur altmodischen Eifeler Hybridanrede genommen und Hermanns Schwester die Mohairdecke umgelegt. Mir will es immer noch nicht über die Lippen kommen, einen einzigen Menschen mit Ihr und Euch anzureden. Ich hätte Angst, mein Gegenüber damit der Schizophrenie zu verdächtigen. Vielleicht leistet diese in der Eifel so gebräuchliche Anrede tatsächlich einer Wahrnehmungspsychose Vorschub. *Wer seid Ihr, und wenn ja, wie viele?* Mir fährt ein Riesenschreck in die Glieder. Wie viele ist jeder meiner Freunde wirklich? Leidet etwa einer von ihnen unter einer multiplen Persönlichkeitsstörung? Traumatische Erfahrungen haben schließlich alle gemacht. Vielleicht hat einer als ein anderer Regine erschlagen? Dr. Jekyll und Mr. Hyde in der Nähe der Kyll? Was für ein ungeheuerlicher Gedanke! Der den innerlichen Abstand zu meinen Freunden so unzulässig vergrößert, dass ich mir augenblicklich vornehme, mich künftig ebenfalls aufs Ihrzen zu verlegen. *Was haltet Ihr von einer neuen Matratze, Jakob?*

Marcel schaut auf die Uhr.

»*Delhaize* hat jetzt auf«, sagt er. Wie alle deutschsprachigen Belgier betont er den französischen Namen des Ardenner Grenzmarktes auf der ersten Silbe, während er die zweite fast verschluckt. Mir geht diese Aussprache gegen den Strich, aber der Texaner David liebt es, *mal eben in Dallas shoppen* zu gehen. Wie Marcel jetzt.

»Ich geh uns was zum Frühstücken kaufen. Hermann wird was Kräftiges brauchen können, wenn er aufwacht. Und wie ich dich kenne, ist dein Hunger größer als die Auswahl, die dein Kühlschrank hier hergibt. Was hältst du von belgischer Reistorte?«

Ich nicke, stehe auf und blicke in meinen fast leeren Privatkühlschrank. »Möchte ich aber ein wenig anreichern. Speck ist noch da. Bring uns bitte ein paar von den platten Pfirsichen mit und Mandelsplitter, Schlagsahne. Ja, und uralten holländischen Gouda, du weißt schon, diesen herben Bröckelkäse, den man drüberraspeln kann«, sage ich. »Dann ist der belgische Reiskuchen perfekt.«

»Natürlich. Purer belgischer Reisfladen allein ist dir zu langweilig.« Er schüttelt den Kopf. »Kann ich mir dein Auto leihen?«

»Wo ist denn eures?«

»Dauert zu lange, bis ich es aus dem Feld hinter der *Einkehr* freigeschöppt habe ...«

»Du hast es in Deutschland abgestellt?« Ich erhebe mich.

»Vorübergehend geparkt. Dürfen wir, wenn Gefahr im Verzug ist.«

»Darfst du als belgischer Polizist überhaupt ein Auto fahren, das mir in Deutschland nur probehalber zur Verfügung gestellt worden ist?«, frage ich.

Er beugt sich zu mir hin, versetzt mir einen raschen Kuss und seufzt: »Es gibt so viele Frauen auf der Welt. Warum muss ich mich ausgerechnet in eine verlieben, die auf Preußin macht, wenn es ihr passt? Und jetzt setz dich wieder hin. Du hast schon genug Schnee geschluckt. Ich werde dein Auto allein befreien.«

Was dauern wird. Wie alles, wenn die Schnee-Eifel ihrem Namen Ehre macht. Da läuft das Leben gemächlicher ab, weil man sich nur frühzeitig erschöpfen würde, wenn man eine Tätigkeit überstürzte.

Ich setze mich mit meinem Kaffee ans Fenster, schaue auf die weiße Wüste Belgiens hinaus und sortiere die Informationen, die mir Marcel hat zukommen lassen.

Hermann hatte diesmal keine normale Kaffeefahrt organisiert, sondern war von sechs Frauen aus Bleialf und Prüm als Chauffeur gebucht worden. Zwei von ihnen hatten in einer Tourismuszeitung ein Preisausschreiben für eine halbtägige Wellnessbehandlung im Meerfelder Hotel *Maarblick* gewonnen und ihre Freundinnen überredet mitzukommen. Um sich ebenfalls was zu gönnen und somit auch die Fahrtkosten teilen zu können.

»Eifelbratsch von Kopf bis Fuß«, hatte Marcel erschaudernd von den Schlammbädern berichtet, »und dafür haben die auch noch teuer bezahlt!«

Gegen dreizehn Uhr hatte Frieda Kerschenbach ihren Bruder angerufen. Sie sei von der Leiter gestürzt, als sie Gardinen zum Waschen hatte abhängen wollen, und könne sich nicht mehr rühren. Hermann telefonierte augenblicklich mit Konrad Meissner, der einen Schlüssel zur Wohnung besaß. Dieser kümmerte sich um den Rettungswagen, der Frieda nach Prüm ins Krankenhaus verfrachtete. Sie hatte sich bei ihrem Sturz die vor einiger Zeit operierte Hüfte geprellt, nichts Schlimmes, aber sie sollte zur Beobachtung noch einen Tag in der Klinik bleiben.

Die schreckliche Nachricht von Regines Tod erreichte Hermann erst gegen neunzehn Uhr im Krankenhaus, als er seine Wellnesstouristinnen schon längst nach Hause gebracht hatte.

Regine ist zwischen zwölf und sechzehn Uhr erschlagen worden. Als Hermanns weibliche Fuhre noch im Eifelschlamm des Hotels steckte. Der Reisebus stand nachweislich die ganze Zeit vor dem Etablissement, aber ist Hermann wirklich vier Stunden lang allein in der Gegend herumgelaufen? Seit wann geht ein echter Eifeler spazieren?

Ich verstehe plötzlich Marcels Unbehagen.

Hermanns Alibi ist nicht hundertprozentig wasserdicht.

KAPITEL 9

Eifeler Rehkeule
achtzehn Stunden bei siebzig Grad im Ofen gegart, dazu Bratapfel mit Calvadosrosinen und Mandelknödeln

»Oh Gott, ist mir schlecht!«

Der Schritt nach vorn ist zu viel der Anstrengung. Hermann stützt sich am Türrahmen ab und lässt den Kopf hängen, der zu schwer für den Hals geworden ist.

»Aspirin ist im Bad«, sage ich, kühl den Mann musternd, der meine Flasche Single Malt geleert hat und dessen Alibi ich gründlich anzweifele. Die Morgensonne ist erbarmungslos. Vor allem, wenn der Schnee sie reflektiert. Noch nie hat jemand, der gerade mein Bett verlassen hat, derart verwahrlost ausgesehen, nicht einmal Marcel.

Aber der zieht sich die Klamotten normalerweise vorher auch aus. Hermann scheint sich nur seiner Schuhe entledigt zu haben. Über die hat sich soeben Linus hergemacht, den Geräuschen im Flur nach zu urteilen. Hermanns bleiches Gesicht ist fast so zerknittert wie das Hemd, das aus der halb offenen Jeans heraushängt. Die struppigen grauen Haare stehen nach allen Seiten ab.

Aus glasigen blutunterlaufenen Augen blickt er mich an und schüttelt in Zeitlupentempo den Kopf.

»Kein Aspirin. Asthma.«

»Habe ich nicht.«

»Ich aber.«

Ich verstehe. Asthmatiker vertragen offenbar kein Aspirin. Eine interessante Information, aber von ihm hätte ich jetzt gern andere.

»Tee?«, frage ich und stehe auf.

»Bitte«, flüstert er, schlurft an den Tisch, sinkt auf einem Stuhl zusammen und streckt die Beine aus. Die leere Whiskyflasche fällt um und rollt klirrend über den Steinboden.

»Tschuldigung.« Er bückt sich, hebt die Ursache seines morgendlichen Elends auf, schüttelt sie fassungslos und murmelt: »Ganz leer …«

»Mehr habe ich nicht. Das war ein sehr teurer Whisky.«

»Was?«, fragt er unsicher.

Zum Glück ist meine Bemerkung wohl im Rauschen des Wasserkochers untergegangen. Im Zweifel für den Angeklagten. Zu dem er sich wegen seines löchrigen Alibis für mich zwar soeben qualifiziert hat, aber ansonsten kann ich keinen schlüssigen Grund für Hermanns Täterschaft anführen.

Fest steht nur, dass die Frau, die er liebte und hatte heiraten wollen, vor nicht einmal einem Tag brutal ermordet worden ist. Sollte er an ihrem Tod unschuldig sein, müsste ich ihm aus ganzem Herzen jeden verfügbaren Whisky in meinem Haus gönnen und ihm keine spitzen Bemerkungen, sondern all mein Mitgefühl zukommen lassen. Ein Frühstück auch, aber damit müssen wir warten, bis Marcel zurückgekehrt ist.

»Ach, Hermann«, sage ich, als ich die Teekanne mit kochendem Wasser ausspüle. »Ich weiß gar nicht, was ich sagen soll.«

Also schütte ich sehr konzentriert dampfendes Wasser ins Teesieb mit den Early-Morning-Tea-Blättern.

»Normalerweise trinke ich nicht.«

»Ich weiß.« Ich stelle die Teekanne vor ihn auf den Tisch. »Aber das ist jetzt nicht normalerweise, Hermann. Es ist einfach nur furchtbar.«

»Ja.«

Er hebt den Kopf und blickt an mir vorbei aus dem Fenster. »Winter. So wie in mir drinnen. Alles kalt, alles stumm, leere

Landschaft, ein Leichentuch. Gestern war noch alles grün. Da war noch Leben.«

Und du warst die ganze Zeit in Meerfeld? Aber die Frage stelle ich jetzt natürlich nicht.

»Regine war voller Leben«, sage ich.

»Sie war mein Leben. Auch wenn wir uns nur kurz kannten.«

Mit zitternden Händen greift er zur Teekanne.

»Was ist schon Zeit?«, sage ich hilflos und bin sehr dankbar, als ich eine Autotür vor meinem Haus zuschlagen höre. Mit Trauer kann ich nicht gut umgehen. »Marcel hat uns Frühstück geholt.«

Nicht nur Reistorte und die gewünschten Zutaten, sondern auch einen in Folie eingeschweißten Matjeshering.

»Damit dein Salzhaushalt wieder in Ordnung kommt«, sagt er zu Hermann. »So ein extrem teurer Quarter Cask Single Malt ist nämlich nicht ganz ohne.«

»Ein was?«, fragt Hermann verwirrt.

»Der Brand von gestern«, erläutert Marcel. »Übrigens geht mir dein Urknall nicht aus dem Sinn.«

»Sein was?«, frage ich, jetzt meinerseits verwirrt.

»Der Urknall«, murmelt Hermann. »Den habe ich gestern besichtigt.«

»Dafür ist Meerfeld in der Eifel weltberühmt«, sagt Marcel. »Eine Plastik, die den Urknall darstellt. Hermann hat die Inschrift auswendig gelernt. Und konnte sie sogar nach einer Flasche Whisky noch aufsagen.«

Ich blicke ihn erwartungsvoll an.

»Am Anfang war die Welt nur so groß wie ein Gedanke«, sagt Hermann.

Marcel nickt.

»Genau. Darüber habe ich nachgedacht, Katja. Am Anfang steht doch immer ein Gedanke. Wie der, dass ich jetzt Kaffee brauche. Noch jemand?«

Ich winke ab.

Ist Hermann etwa an dieser Urknall-Plastik der Gedanke gekommen, die Zeit bis zur Abfahrt der Schlammbaderinnen zu nutzen, um Regine in mein Haus zu locken und dort zu ermorden? Weil es zwischen ihnen zu ernsthaften Unstimmigkeiten gekommen ist? Aber mit welchem Verkehrsmittel ist er dann auf die Kehr und zurück nach Meerfeld gelangt? Vielleicht im Wagen eines auswärtigen Urlaubers? Hin vielleicht, aber zurück? Selbst wenn er die Sache von langer Hand geplant und irgendwo in Meerfeld einen Wagen deponiert hätte, wären für Hin- und Rückfahrt mindestens zwei Stunden vonnöten gewesen. Und wie soll er es dann auch noch geschafft haben, Regine einzuwickeln und alles so gründlich zu putzen?

»Der Urknall, also«, sage ich, sehr bemüht, mir meine Gedanken nicht anmerken zu lassen. »Interessant. Was hast du denn sonst noch so alles in Meerfeld besichtigt, Hermann?«

»Da gibt es doch nix«, antwortet er dumpf. »Außer dem Kosmosradweg. Den bin ich ein ganzes Stück weit abgelaufen. Was sollte ich denn sonst da tun? Immer nur Kuchen essen und Tee trinken geht auch nicht.« Seiner Brust entringt sich ein tiefer Seufzer. »Ich weiß ja, dass mich Marcel verdächtigt, aber du jetzt auch, Katja?«

»Niemand verdächtigt dich«, sagen Marcel und ich wie aus einem Mund, was die Sache nicht besser macht.

»Jetzt wird erst mal gefrühstückt.« Ich beginne, die Mitbringsel von Marcel auszupacken und die Pfirsiche zu entsteinen.

Hermann schüttelt den Kopf.

»Ich werde keinen Bissen runterkriegen. Musst du heute nicht arbeiten, Marcel?«

Tut er ja gerade, denke ich, sage aber nichts.

»Warum?«, fragt Marcel.

»Weil ich eine Aussage machen möchte. Nicht hier. Ganz offiziell. In deinem Büro.«

»Mist!«, schreie ich und spucke die Reste des Pfirsichkerns aus, den ich mir vor Schreck in den Mund gesteckt und zerbissen habe.

»Wenn du ein Geständnis ablegen willst, kannst du vorher ...«, beginnt Marcel sein Salduz-Gesetz-Sprüchlein aufzusagen, aber Hermann schüttelt heftig den Kopf.

»Nein. Das ist es nicht.«

Er schweigt einen Moment, bringt dann hervor: »Ich habe meiner Regine nichts getan! Es geht um etwas anderes. Ich muss es sagen. Aber nur dir. Damit du deine Zeit nicht mit mir verschwendest und den richtigen Mörder findest. So, jetzt ist es raus.«

Was nur?, frage ich mich.

»Allez«, sagt Marcel und lässt das Kaffeekochen sein. »Zieh deine Schuhe an, Hermann. Oder das, was Linus von ihnen übrig gelassen hat.«

Ich bleibe ratlos zurück.

Wenn im Wein, oder wie in diesem Fall, im Whisky, die Wahrheit liegt, hätte Marcel sie doch sicherlich in der Nacht aus dem trunkenen Hermann herausholen können. Wieso bietet sie der verkaterte Mann erst jetzt an? Weil er ernüchtert erwacht ist. Er hat plötzlich begriffen, dass er sich beim Whisky keinem Freund, sondern einem Polizeiinspektor der Deutschsprachigen Gemeinschaft Belgiens anvertraut hat. Was ihm in der Nacht bestimmt noch nicht klar war. Mit dem Morgengrauen kam womöglich der Schreck, sich verraten zu haben. *Ich weiß ja, dass mich Marcel verdächtigt.* Ja, Marcel kann sehr einfühlsam sein. Vor allem bei gedämpftem Licht in der Nähe einer Whiskyflasche.

Ich kann es nicht fassen. Das vollständige Personal hat sich zu dieser frühen Stunde in der Küche der *Einkehr* versammelt. Alle Überlebenden, denke ich und blicke auf die Überreste eines toten Tieres auf der blitzblanken Edelstahlanrichte.

»Was sollte ich machen?«, fragt Jupp und ringt die riesigen Hände. »Der Jagdpächter hat es mir förmlich aufgedrängt.«

»Wieso?«, frage ich misstrauisch.

»Ist eine Geschichte unter uns«, weicht er aus. »Jedenfalls hat er uns diese zwei Rehkeulen geschenkt.«

»Weil du sie übergefahren hast?«, fragt David.

»Überfahren«, verbessert Gudrun.

»Dann hätten wir auch den Rücken«, bemerkt Hein. »Und die Innereien.«

»Das Restaurant ist geschlossen«, sage ich.

»Dann frieren wir die Keulen eben ein«, erklärt Gudrun. »Jetzt, wo die Hühnersuppe endlich weg ist, haben wir ja wieder Platz.«

»Das Restaurant bleibt geschlossen«, sage ich.

»Für wie lang?«, fragt Hein vorsichtig.

Ich sehe sie alle an. Gudrun, David, Hein und Jupp. Vier Menschen, mit denen ich ein gutes Stück Weges gegangen bin. Der aber jetzt sein Ende erreicht hat. Das schulde ich meinen Freunden und der einstmals so friedlichen Eifel, die mir ein Zuhause gegeben hat. Nur vorübergehend. Denn jetzt muss ich sie verlassen.

Hier weiterhin leben zu bleiben könnte bedeuten, dass noch mehr Menschen sterben müssen. Ich bin offensichtlich der Auslöser für all das Böse, das uns in den vergangenen Jahren heimgesucht hat. Wie sollte es denn anders zu erklären sein, dass eine Tragödie der nächsten folgt, seitdem ich mich auf die Suche nach meinen Eifeler Wurzeln begeben habe? Und jetzt hat das Schicksal sogar in unseren eigenen Reihen zugeschlagen. In meinem eigenen Haus. In meinem Freundeskreis. Grund genug, das Restaurant zu schließen und sich die Eifel von mir erholen zu lassen.

»Für immer«, sage ich. »Ich ziehe fort.«

Langes Schweigen. Das irgendwann durch das Kreischen einer Motorsäge in der Ferne unterbrochen wird. Und dann reden Hein, Jupp und Gudrun plötzlich durcheinander. Nur David sagt nichts.

»Kannst du nicht machen!«

»Verstehe, Katja, all diese furchtbaren Geschichten. Da muss man drüber nachdenken. Aber wo willst du nur hin?«

»Ja, ja, ist alles sehr scheußlich. Bloß nicht drüber nachdenken. Wird schon wieder.«

»Nichts wird wieder«, entgegne ich Gudrun. »Wie sollte es denn? Regine ist tot. Es ist vorbei. Alles.«

Sie streichelt ihren Bauch, in dem gerade etwas anfängt, und sagt mit kleiner Stimme: »Aber was wird dann aus uns?«

»Und aus denen da?«, fragt Jupp und nickt zu den Rehkeulen hin.

Jede mindestens drei Kilo. An ihnen könnte ich das Niedrigtemperaturgaren ausprobieren. Sollte es wirklich möglich sein, bei nur siebzig Grad das Fleisch in etwa fünfzehn Stunden gar zu kriegen? Wie es Regines Internetmann vorgeschlagen hatte, der Mann, den sie eigentlich gar nicht hatte sehen wollen, mit dem sie, Gudrun und David aber dennoch einen fröhlichen Abend verbracht hatten. Dieser Internetmann hatte behauptet, nichts mache Fleisch zarter, als wenn man es unendlich lange unendlich niedriger Temperatur aussetze. Der Internetmann, den Gudrun für Regine georderthatte. Die jetzt tot ist. Die davor mit diesem Mann so nett übers Kochen und das Leben auf dem Land geplaudert haben soll. Regine sei nicht sein Typ gewesen, hatten David und Gudrun versichert. Vielleicht haben sich die beiden fürchterlich geirrt. Vielleicht war Regine genau der Typ, den ein Psychopath aus einem Ort fernöstlich der Westeifel gesucht hat? Vielleicht haben uns Gudrun und Hein per Internet den Tod ins Haus geholt?

Ich lasse mich auf einen Stuhl fallen und fange an zu heulen.

Alle scharen sich um mich.

»Lass es raus!«, fordert mich Hein auf. »Dann geht es dir gleich viel besser.«

Jupp streichelt mir die Schultern.

»Du willst nicht wirklich weg«, sagt Gudrun. Sie reißt ein Stück Küchenpapier ab und hält es mir vor die Nase. »Putzen! Wohin denn auch? Du bist doch hier zu Hause. Wie wir alle.«

»Wir wollen weitermachen«, sagt Hein. »Wir lassen uns nicht unterkriegen. Nicht nach allem, was wir schon durchgemacht haben.«

»Wir dürfen dich nicht auch noch verlieren«, flüstert Jupp und knetet meine Schulter. »Das halten wir nicht aus. Dann geht hier alles kaputt. Bitte bleib.«

Plötzlich meldet sich jemand, der bisher nur schweigend zugehört hat.

»Für Regine«, sagt David einfach.

Er hat recht. Für Regine. Und für die anderen Menschen, von denen ich Freundschaft gelernt habe. Ich kann nicht weglaufen, irgendwo anders neu anfangen – wo nur? – und so tun, als hätte es diese Vergangenheit nicht gegeben. Außerdem würde mich die Obrigkeit zurückhalten. Nicht nur in Form von Marcel, den ich aus diversen anderen Gründen auch nicht so einfach verlassen kann. Ich gehöre selbst zum Kreis der Verdächtigen. Wie wir alle. Auch so etwas verbindet.

»Wir kümmern uns erst mal um die Keulen«, sage ich. »Dann sehen wir schon weiter. David, du machst die weißen Häute ab.«

Und dann muss ich mich meiner eigenen Haut erwehren, weil mich jeder umarmen will.

Bevor der Streit ausbricht. Soll man die Rehkeulen marinieren oder nicht? Und wenn ja, in Rotwein oder mit Öl überstreichen? Knoblauch ja oder nein? Knochen auslösen und für die Soße zerhacken oder dranlassen? Mandelknödel oder Rosmarinkartoffeln dazu? Wie wäre es mit einem Bratapfel und Rumrosinen? Nein, nicht Rum, zu langweilig; wir ertränken die vertrockneten Trauben in Calvados, passt besser zum Apfel. Seit wann muss bei dir etwas zueinanderpassen? Welche Vorspeisen sollen wir anbieten, welches Dessert? Was für eine Frage – natürlich Gudruns Apfelsinentorte!

Es ist wie früher. Herrlich chaotisch und kreativ. Jeder weiß alles besser. Insbesondere, wenn es um Wild geht. Da kennen sich alle Eifeler gut aus. Hier wird schließlich genug geschossen. In Texas auch, weshalb David aufgefordert wird, zu den Rehkeulen ebenfalls seinen amerikanischen Senf dazuzugeben. Nur mir, der Berliner Pflasterpflanze, die einst ofenfertig zubereitete Fleischscheiben im Laden gekauft hat, wird die Kompetenz für frisch erlegtes oder mutmaßlich überfahrenes Wild aberkannt. Ich hätte zwar originelle Ideen für Speisenzusammenstellungen, meinen die anderen, sei aber mit der Technik des traditionellen Zubereitens von Bambis aus Eifeler Wäldern betrüblich unvertraut.

»Bei siebzig Grad wird ganz und gar nichts gar«, versichert Gudrun, und Jupp nickt dazu.

»Ich esse nichts mit Blut am Knochen«, versichert Hein. »Das fließt bei nur siebzig Grad bestimmt immer noch. Und was ist mit den Bakterien?«

»Die sind bei sechzig Grad alle mausetot«, erkläre ich.

»Wie kommst du überhaupt auf diese wahnwitzige Idee?«

»Von Regine«, sage ich leise. »Und die hat es von einem Hobbykoch. Von diesem Internetmann, mit dem Gudrun sie verkuppeln wollte. Sie fand den Typ nett. Wer weiß, vielleicht wäre aus den beiden was geworden, wenn Hermann mit seinem Reisebus damals vor der *Einkehr* der Sprit nicht ausgegangen wäre.«

Ich mühe mich, normal zu atmen, habe aber alle Sinne gespitzt. Doch keiner der anderen scheint den Fremden aus dem Internet in Verdacht zu haben oder ihm den Schwarzen Peter zuschieben zu wollen.

»Dann sollten wir es ausprobieren«, sagt Jupp.

Seine Stimme klingt sehr feierlich. Als könnten wir mit dieser Garmethode der Lebensgeschichte von Regine noch posthum eine glücklichere Wendung geben. Als sei die Begegnung mit Hermann schuld an ihrem Tod. Was nicht unwahrscheinlich ist.

Die anderen nicken betroffen.

»Genau das Richtige für den Leichenschmaus«, sagt Gudrun. »Regine zu Ehren. Und wenn es nichts wird, sagen wir, dass dieses Rezept ihr Vermächtnis war. Dann traut sich keiner, sich über Blut am Knochen zu beschweren. Vielleicht sollten wir ihn doch auslösen. Wäre gut für die Soße.«

Niemand widerspricht.

Ich staune, wie schnell alles plötzlich wieder in geordneten Bahnen zu fließen scheint. Und mühe mich, meinen Argwohn und Marcels bösen Satz zu verdrängen: *Das schränkt den Kreis der Tatverdächtigen doch immens ein.*

In meiner Restaurantküche wird wieder geschimpft, geflucht, sich gegenseitig im Weg gestanden und gemeinsam geschnippelt, gebrutzelt und sogar gelegentlich gelacht. Auf einmal herrscht wieder eine Normalität, die ich seit Wochen nicht mehr für möglich gehalten hätte. Wir sind endlich wieder ein Team. Und wir kochen für uns.

Dennoch muss ich ständig an Hermann denken. Der Marcel gerade etwas Wichtiges erzählt, was er ihm in der Nacht und mir am Morgen verschwiegen hat. Schlimm, dass ich einem verkaterten übernächtigten Mann, dem ich in meinem eigenen Haus relativ freundlich zugewandt gewesen war, dieses Geheimnis nicht habe entlocken können.

Ich lasse nach. Warum nur besteht er auf einer offiziellen Aussage? Er hat Regine nicht umgebracht, sagt er, aber irgendeine sachdienliche Information zur Tat hat er offenbar zurückgehalten.

Nur welche? Wenn er sich wirklich die ganze Zeit in Meerfeld aufgehalten hat, kann er nichts über den Mord wissen. Wer steht ihm nahe? Wen könnte er schützen wollen? Vielleicht seine Schwester? Ist die puppengesichtige Frieda doch nicht die patente alte Dame, als die ich sie erlebt habe, sondern eine ganz kühl berechnende Frau? Die ihren kleinen Bruder nicht loslassen kann und darum die Konkurrenz um dessen Zuwendung erschlagen hat? Könnte Geschwisterliebe wirklich so weit gehen? Als Einzelkind kann ich mir dazu kein Urteil erlauben.

Nur wie hätte Frieda Regine ermorden können, wenn sie zum Zeitpunkt der Tat in ihrem Haus von der Leiter gefallen und kurz darauf nachweislich im Prümer Krankenhaus aufgenommen worden ist?

»Mensch, Katja, pass doch auf«, schimpft Gudrun, als ich gedankenlos das heiße Ofenblech anfasse, auf das sie gerade Kartoffelschnitze mit Rosmarin verteilt hat. »Wo bist du nur mit deinen Gedanken!«

»Bei Marcel«, sage ich, weil sie das bestimmt verstehen wird.

»Der gerade was macht?«, erkundigt sich Hein.

»Er vernimmt Hermann.« Dann berichte ich von meinem Morgen und meinen Zweifeln.

»Nein«, sagt Jupp, als ich geendet habe. »Ich kenne Hermann kaum, aber ich bin ganz sicher, dass er Regine nicht umgebracht hat.«

»Es war die Schwester«, beißt sich Gudrun wieder an ihrer Lieblingstäterin fest, »die war eifersüchtig auf Regine.«

»Vielleicht war sie eifersüchtig«, sage ich, »aber sie hat Regine nicht ermordet.«

»Genau«, stimmt David zu. »Eine *clever lady*, sieht man schon an den Augen, immer wachsam. Die hat andere Methoden, ein Liebchen vom Bruder loszuwerden, als mit Waffeleisen, *sure*.«

»Vor allem hat die Frau ein unschlagbares Alibi«, füge ich hinzu. »Sie kann schlecht gleichzeitig in einem Haus von der Leiter fallen und in einem anderen Regine erschlagen.«

»Wieso Leiter?«, fragt Gudrun misstrauisch.

»Weil sie die Gardinen zum Waschen abhängen wollte. Plumps, lag sie auf dem Boden und konnte sich nicht mehr rühren. Ist zum Glück von Herrn Meissner direkt ins Krankenhaus gebracht worden.« Ich sehe Gudrun eindringlich an. »Und zwar ungefähr zu der Zeit, als Regine in meinem Haus ermordet wurde.«

Gudrun schüttelt den Kopf. »Wer wäscht schon im Winter Gardinen?«

Und dann fahren alle Köpfe hoch. Die Tür der *Einkehr* ist zugeschlagen.

»Ich bin wieder da!«, ruft Jakob Perings.

Nicht allein. Er ist mit Petronella Schröder tatsächlich den ganzen Weg von Krewinkel auf die Kehr hinaufgestapft. Die beiden haben zwar rote Gesichter, wirken aber nicht sonderlich erschöpft. Ganz schön zäh, die alten Herrschaften.

»Wir müssen über eure Gans reden«, sagt Perings so eindringlich, als hätten wir keine anderen Sorgen.

Die Gans. Mir läuft es heiß und kalt über den Rücken. Ich habe das Viech weder gestern noch heute gefüttert, es sozusagen gänslich vergessen. Wahrscheinlich hätte ich das schneeweiße Tier in der winterlichen Landschaft nicht einmal sehen können, wenn es vor meinem Fenster verzweifelt auf und ab paradiert wäre. Ich habe es auch nicht schnattern hören. Vielleicht ist es sogar schon tot? Erstarrt vor Kälte und Lieblosigkeit?

Wenigstens diese Sorge nimmt mir Jakob Perings.

»Wir haben die Gans eben besucht und ihr Apfelschnitze mitgebracht.«

»Ich sollte sie den Winter über wohl ins Haus nehmen«, sage ich hilflos. »Damit sie nicht erfriert.«

Frau Schröder lacht vergnügt. »Keine Sorge, Gänse können draußen bleiben. Die sind für den Winter gemacht. Dafür haben sie doch ihre Daunen.«

»Die man ihnen früher in der Eifel bei lebendigem Leib herausgerissen hat«, sagt Jupp erschaudernd. »Lebendrupf heißt das. Dabei hat man ihnen manchmal die Knochen gebrochen. Und die Haut kam oft auch gleich mit.«

»Wie furchtbar!«, rufe ich entsetzt. »Warum wurden die Gänse nicht erst nach der Schlachtung gerupft?«

»Man brauchte das Tier ja noch für zu mästen«, erklärt Perings. »Für die Stopfleber zum Beispiel. Die Federn wachsen nach. Mehrere Ernten sind eben lukrativer.«

»Ich habe meine Gänse immer erst an Weihnachten gerupft. *Nach* dem Schlachten«, versichert Petronella Schröder.

»Nicolina wird nicht geschlachtet«, bestimmt Gudrun störrisch.

Seltsam, denke ich, früher kannte sie solche Skrupel nicht. Ich erinnere mich noch gut daran, wie sie sich auf das schöne Fell von Kälbchen gefreut hat, die sie selbst auf die Welt gebracht hatte. Um sich gleich nach der Schlachtung daraus etwas Hübsches zu nähen. Weshalb diese plötzliche Sentimentalität? Hat sie etwa ein schlechtes Gewissen? Nein, ich darf meine Freundin nicht verdächtigen. Sie hat in den vergangenen Jahren eine Wandlung durchgemacht. Eine Entwicklung, wie ich sie ja auch an mir selbst beobachte. Ich bin nicht mehr die Berliner Katja, die aus der Großstadt in die Eifel gepoltert kam und alles besser gewusst hat.

»Was habt ihr dann mit der Gans vor?«, fragt Frau Schröder verwundert.

»Kann man Gänseeier essen?«, fragt David.

»Schmecken ziemlich streng«, antwortet Gudrun. »Aber man kann Nicolina ja die Eier ausbrüten lassen, wenn man einen Ganter dazuholt.«

»Nein danke«, sage ich freundlich. »Eine Gans reicht.«

»Ist eigentlich eine zu viel«, wirft Hein ein. »Jetzt, wo Regine nicht mehr …« Seine Stimme verliert sich.

Er hat recht.

Ich blicke auf unsere Anrichte. Wo die Reste einer anderen genießbaren Kreatur liegen. Zwei Rehkeulen warten darauf, bei Niedrigtemperatur geschmort zu werden. Man kann Empfindsamkeit auch übertreiben. Die Gans mag einen Namen haben, aber keiner von uns hat eine Beziehung zu ihr aufgebaut. Wir alle haben ihre Artgenossen ungerührt in Tiefkühltruhen der Supermärkte betrachtet. Sie bisher nur deshalb von unserem Speiseplan ferngehalten, weil uns das Fleisch zu fett ist.

»Die Gans gehört Ihnen, Frau Schröder.«

Was ganz und gar der Wahrheit entspricht. Das Vieh ist mit Sicherheit von Krewinkel auf die Kehr gewatschelt und hat uns ordentlich erschreckt. Mein Gott, inzwischen sind Unzeiten und ein ganzes Leben vergangen.

»Wie schön!«, ruft die alte Frau begeistert. »Was wollen Sie für das Tier haben?«

»Nichts.«

»Umsonst ist nur der Tod«, sagt Petronella Schröder, erschrickt kurz vor diesen unbedacht geäußerten Worten und bedankt sich dann eilig.

»Frau Katja, ich bin ja so glücklich! Für Weihnachten sind Sie und Ihre Freunde bei uns eingeladen! Sie dürfen jetzt nicht Nein sagen …«

»Nellchen«, wirft Jakob Perings sanft ein. »Du kannst nicht so einfach über andere Leute entscheiden. Die haben auch Familien.«

Nein, denke ich. Keiner von uns hat eine. Wir sind eine. Oder zumindest waren wir früher so etwas wie eine Familie.

»Entschuldigung«, flüstert Petronella Schröder. »Ich meine nur, wenn Sie auf Weihnachten nichts anderes vorhaben ...«

Eene jut jebratene Jans ist eene jroße Jabe Jottes, fällt mir ein alter Berliner Spruch ein. Es wäre unchristlich, eine solche Gabe zurückzuweisen.

Ich gebe mir einen Ruck. »Danke. Ich komme sehr gern.« Und werde reichlich Beilagen mitbringen.

»Katja!«, fährt mich Gudrun an. »Nicolina ...«

»... ist und bleibt eine Gans«, vollendet Jupp grimmig ihren Satz. »Trotzdem ist es nicht richtig, wenn sie zu Weihnachten geschlachtet wird.«

»Du bist so was von herzlos, Katja«, sagt Gudrun, als ich nicht reagiere, wendet mir brüsk den Rücken zu und beginnt wütend die Anrichte zu putzen.

»Sie ist nur realistisch«, bemerkt Hein. »Weihnachten isst doch jeder Gänsebraten. Du hast uns letztes Jahr auch einen vorsetzen wollen, weißt du noch?«

»Halt die Klappe, Hein! Du wolltest Nicolina am Anfang ja sogar erschießen!«

»Erschießen?«, flüstert Petronella Schröder erschüttert. »Eine Gans? Warum das denn?«

»Gnade!«, meldet sich unser Amerikaner plötzlich zu Wort. »Wie mein Präsident Thanksgiving immer ein Truthahn begnadigt.«

»Ja«, ruft Gudrun begeistert. »Gnade für die Gans! Ich liebe dich, David!«

»Ich hab da eine Idee, Nellchen«, sagt Perings. »Was hältst du davon, wenn ich dir einen Ganter schenke? Für eine eigene kleine Zucht? Und für Weihnachten kaufen wir eine ganz fremde Gans, eine, die hier keiner kennt, eine aus Polen.«

Wortlos schreitet Gudrun zum Getränkekühlschrank, zieht eine Flasche Sekt heraus und stellt sie auf die Anrichte.

»Das muss gefeiert werden«, frohlockt sie, als wir plötzlich eine fremde Stimme im Flur hören: »Hallo? Ist hier jemand?«

»Ich geh schon«, sage ich zu den anderen.

Im Flur stehe ich einem fremden alten Mann gegenüber. Er ist klein, verhutzelt und so formell gekleidet wie die meisten Eifeler Landwirte zum Kirchgang. In der Hand hält er ein paar Chrysanthemenstängel. Seine braunen Augen leuchten.

»Pardon«, sagt er mit dem unverkennbaren Akzent der deutschsprachigen Belgier. »Sind Sie Frau Klein?«

Ich nicke.

»Tochter von Anna Klein und von Karl Christensen?«

Die bin ich. Aber als solche noch nie angesprochen worden. Meine Knie werden weich. Ich würde mich gern setzen.

»Und wer sind Sie?« Entsetzt bemerke ich, dass meine Stimme zu einem heiseren Flüsterton herabgesunken ist.

»Backes. Josef Backes.«

Ein Name, den ich irgendwann schon mal gehört habe.

»Kenne ich Sie?«

»Nein, nein. Ich komme nicht wegen Ihnen. Aber ich habe Ihre Eltern gekannt, den Karl und die Anna. Und gehört, dass Fräulein Henkes, ich meine Frau Schröder, jetzt bei Ihnen ist. Stimmt das?«

Ich brauche nicht zu antworten. Petronella Schröder, geborene Henkes, steht bereits neben mir. Sie wird bleich und fasst sich ans Herz.

»Jupp!«, keucht sie. »Was machst du denn hier!«

Auch Jakob Perings eilt herbei. Feindselig starrt er Herrn Backes an.

»*Grenz-Echo*«, sagt der dumpf. »Ich habe alles gelesen, Petronella. Und im Radio gehört. Das von dem Briefträger damals. Der …« Er wirft Perings einen ungehaltenen Blick zu.

»… hier an einem so wichtigen Tag ermordet wurde. Deshalb also …«

»Zapperloot noch mal, ist das der Grund, weswegen du zurückgekommen bist, Jupp?«, fährt ihn Perings an. »Ist dir jetzt erst in den Kopf gekommen, dass Nellchen sich an eure Abmachung von damals gehalten haben könnte? Diese herzensgute Frau ist wirklich zu schade für dich. Auf dein ganzes Geld und deine Frauengeschichten hast du dir ja immer schon was eingebildet, aber wieso hast du deine ganze Zukunft von einer goldenen Kette abhängig gemacht? Für die mein Bruder vielleicht sterben musste?«

»Jakob Perings?«, fragt Backes unsicher.

»Wie er leibt und lebt.« Perings legt schützend seinen Arm um die zitternde Frau Schröder. … *und liebt,* setze ich für mich hinzu.

Aus ganz tiefer Brust entlässt Backes einen Seufzer. Keiner sagt mehr etwas. Petronella Schröder hält Jakobs Hand fest. Farbe ist wieder in ihr Gesicht zurückgekehrt. Ihre Augen blicken traurig, aber um ihren Mund spielt so etwas wie ein triumphierendes Lächeln.

»Wir haben heute leider geschlossen«, melde ich mich, als sich die drei alten Eifeler nach langer Zeit immer noch schweigend beäugen.

Backes starrt weiter von Petronella Schröder zu Jakob Perings und wieder zurück. Sagt schließlich: »Also war alles umsonst. Die weite Reise. Die Blumen.« Er drückt mir die Chrysanthemen in die Hand. »Ich wusste, dass auf dich kein Verlass ist, Petronella, das mit uns hätte nie geklappt.«

Und dann ist er genauso schnell verschwunden, wie er gekommen ist. Vor der Tür heult ein Motor auf.

»Nein«, flüstert Frau Schröder. »Hätte es nie.«

Jetzt hat sie tatsächlich Tränen in den Augen. Es dauert sehr lange, ehe sie ihren Blick von der geschlossenen Tür nehmen kann.

»Was war das denn?«, fragt Gudrun, als wir in die Küche zurückgekehrt sind.

»Nichts«, sage ich. »Da hat sich nur jemand verirrt.«

»Mit Beerdigungsblumen.« Gudrun nimmt mir den Strauß ab. »Bestimmt wegen Regine. Sehr nett.«

»Ihr seht aus, als ob Euch ein Gespenst begegnet ist«, sagt Jupp zu Frau Schröder.

Die nickt nur, zieht Papier von der Küchenrolle und schnäuzt sich ordentlich.

»Armer Mann«, bemerkt sie dann sehr gefasst.

»Nicht übertreiben«, mahnt Jakob Perings.

»Welcher arme Mann?«, will Gudrun wissen.

»Der, den ich mal heiraten wollte«, schluchzt Petronella Schröder, und dann bricht die ganze Geschichte aus ihr heraus. Gudrun schenkt ihr ein Glas Begnadigungssekt ein und hört mit leuchtenden Augen zu, wie es vor über einem halben Jahrhundert um die Liebe in der Westeifel gestanden hat.

»Eine goldene Kette wäre auch schön«, sagt sie mit einem Seitenblick zu David, als Petronella geendet hat.

An die David endlich gelegt werden soll. Schließlich hatte Hermann seiner Regine auch eine Kette zur Verlobung geschenkt.

Aus Rücksicht auf Davids Unbehagen wechsele ich das Thema und schlage Perings vor, eine neue Matratze zu kaufen. Für ihn sei das nicht mehr nötig, wehrt er ab, da er auch die nächsten Nächte bei Frau Schröder verbringen wolle.

Gudrun wirft mir einen triumphierenden Blick zu.

»Vielleicht ziehe ich sogar ganz in die Eifel zurück«, sagt der alte Herr und streichelt die Hand der Krewinklerin.

»Wie komisch«, sinniert Petronella Schröder, »jetzt hat mir mein Medalljong doch noch Glück gebracht. Weil ich es nicht mehr habe. Das Medalljong, meine ich.«

Hein schlägt vor, eine Zeichnung des Schmuckstücks anzufertigen und im Internet zu verbreiten. »Vielleicht kann man so doch noch auf die Spur des Mörders kommen.«

»Der hat es bestimmt schon vor Jahrzehnten versetzt«, sagt Perings.

»Man muss nicht Medaillon finden, sondern Grund für den Mord«, sagt David. »Vielleicht war nicht der Briefträger der Grund, sondern dein Bruder Siegfried.«

»Jemand, der wütend auf ihn war und wusste, dass er in ein leeres Haus kommen würde!«, ruft Gudrun aufgeregt, und dann werden alle Theorien hin und her gewälzt, die schon Wochen zuvor allesamt verworfen worden sind.

Ich höre bestürzt zu, wie wichtig ein Mord vor so langer Zeit war und wie wenig erwähnenswert jener, der erst gestern in meinem Haus verübt worden ist. An einer Freundin von uns allen. Wie dankbar jeder der Anwesenden zu sein scheint, dem Thema des Mordes an unserer Freundin ausweichen zu können.

Für mich macht das jeden Einzelnen verdächtig, ob ich das nun will oder nicht. Einer von uns muss es gewesen sein. Und ich weiß nur, dass ich es nicht war.

»Und jetzt ist es wieder geschehen«, sagt schließlich ausgerechnet Jakob Perings. »An genau derselben Stelle.«

Womöglich mit genau derselben Tatwaffe?

Die Erkenntnis trifft mich wie ein Urknall: Nach dem Knochenfund hatte der Gerichtsmediziner aus Lüttich von einer kleinen Bratpfanne gesprochen. Täte es auch ein großes Waffeleisen? Eines, das über ein halbes Jahrhundert lang auf dem Dachboden meines Hauses gelagert hat? Zugeklappt etwa vierzehn mal siebzehn Zentimeter groß, mit einem langen Stiel? Ich schicke sofort eine SMS an Marcel.

»Was tust du?«, fragt David.

»Am Anfang war die Welt nur so groß wie ein Gedanke«, zitiere jetzt ich und wende mich an Jakob: »Vielleicht ist Euer

Bruder sogar auf dieselbe Weise zu Tode gekommen wie Regine.«

Den Respekt gebietenden Herrn zu ihrzen fällt mir tatsächlich erheblich leichter, als ihn vertraulich anzusprechen.

»Ja, das ist alles so furchtbar unerfreulich!«, sagt Gudrun und legt demonstrativ die Hand auf den Bauch.

Petronella Schröder beugt sich zu ihr hin und berührt ihre Hand. »Schon einen Namen?«, fragt sie flüsternd.

Wieder dieses Ausweichen. Bloß nicht über Regines Tod reden. Hat Frau Schröder bisher überhaupt grandios vermieden. Was man ihr angesichts ihres späten Glücks wohl nachsehen sollte.

Gudrun hebt die Schultern und blickt David fragend an.

»Das Waffeleisen ...«, setze ich nach.

Jakob Perings stellt sein halb volles Sektglas ab. »Ich packe dann mal meine Sachen.«

»Ja, Eure Fotos«, sage ich, weil ihm ja wirklich nicht viel zu packen bleibt. Es sei denn, er will Petronella Schröder auch mit seinen diversen Reinigungs-, Möbel- und Bodenpflegemitteln so beglücken wie mich.

»Hast du sie dir angeschaut?«

»Nein. Ich habe mich nur gefragt, wo die Rahmen hergekommen sind.«

»Aus Sankt Vith. Ich habe die Bilder so lange in meiner Brieftasche mit mir rumgetragen; es wurde Zeit, ihnen ein ordentliches Zuhause zu geben. Vor allem jetzt, weil ich wieder zurück bin.«

»Und wer ist darauf?«

»Meine Familie«, sagt Jakob und strebt zur Tür. »Moment mal.«

Er kehrt mit den verblichenen Fotos im Silberrahmen zurück.

Pflichtschuldig betrachten wir uns die vier abgebildeten

Menschen. Und dann sehen wir fünf, David, Hein, Jupp, Gudrun und ich, einander entsetzt an.

Jupp tippt mit einem großen Finger auf einen Kopf.

»Das ist doch ...«, sagt er fassungslos.

»Mein Vater«, sagt Jakob Perings. »Er war ein wundervoller Mensch. Deshalb bin ich hier im Restaurant wohl fast gestorben. Die Ähnlichkeit, nun ja, die hat mich eben umgehauen. Eine andere Erklärung dafür habe ich nicht.«

»Diese reicht völlig«, flüstere ich wahrhaft erschüttert.

Auf dem uralten Familienfoto der Familie Perings lacht mir Hermann Kerschenbach entgegen. Unverkennbar.

KAPITEL 10

Karamellisierter Orangenkuchen
heiß aus der Form gestürzt, lauwarm abgekühlt mit heißem Wasser und Cointreau übergossen

Zwei Tage später
Welches Geräusch hat mich geweckt? Ich schieße hoch und spitze in der jetzt stillen Dunkelheit die Ohren. Schleicht etwa jemand um die *Einkehr* herum? Draußen liegt Schnee. Der dämpft jeden Laut. Habe ich nicht so etwas wie ein Klirren gehört? Eine eingeschlagene Fensterscheibe? Hellwach springe ich aus dem Bett und taste nach dem Staubsaugerrohr an der Tür. Mit diesem bewaffnet schleiche ich in den Flur.

Ich sehe sofort den Lichtstreifen unter der nur angelehnten Küchentür. Mein Atem geht wieder regelmäßiger. Wer nachts etwas Böses im Schilde führt, würde wohl kaum die Beleuchtung einschalten. Vielleicht putzt Gudrun dort die Kühlschränke. Ist mitten in der Nacht durch den Schnee hierher gestapft, weil sie nicht schlafen kann. Unwahrscheinlich. Zumal sie normalerweise nicht gerade leise putzt.

Es ist ganz still hinter der Tür mit dem Lichtstreifen. Und Regine ist am helllichten Tag in meinem Haus überfallen worden. Wer etwas Übles mit uns vorhat, tut dies bei Licht.

Angriff ist die beste Verteidigung. Ich hole tief Luft, erhebe das Staubsaugerrohr wie eine Lanze, stoße damit die Küchentür auf und schreie, so laut ich kann: »Stehen bleiben! Oder ich schieße!«

Riesiges Gepolter.

Gudrun starrt mich mit offenem Mund an und hebt die Hände, aus denen soeben die Kuchenform zu Boden gestürzt ist. Die hellbraune Masse, die sich auf den Fliesen ausbreitet, sieht wie halb verdautes Ausgespucktes aus. Mit sorgfältig gehäuteten Orangenscheiben.

Gudrun lässt die Arme sinken.

»Meine schöne Torte!«, jammert sie, deutet zu Boden und bricht in Tränen aus. »Da! Dauert Stunden, bis alles wieder sauber ist. Wie kannst du mich nur so erschrecken!«

»Du hast *mich* erschreckt! Wie kannst du nur mitten in der Nacht einen Kuchen backen!«

»Mitten in der Nacht?« Gudrun klopft auf ihre Armbanduhr. »Es ist halb neun. Wann bist du denn ins Bett gekommen?«

Das willst du gar nicht wissen, denke ich, als ich das Staubsaugerrohr auf die Anrichte lege, über die klebrige Angelegenheit hinwegsteige und zum Kaffeeautomaten schlurfe. Sie würde mich für verrückt erklären, wenn ich ihr erzählen würde, was ich gestern Abend unternommen habe, nachdem alle anderen die *Einkehr* verlassen hatten. Und sie hätte damit völlig recht, denn es war der reine Wahnsinn.

»Lass mich das aufwischen. Geh wieder heim«, sage ich, als Gudrun unter Klagelauten ihre Putzutensilien aus der Nebenkammer holt. »Daniel wartet da bestimmt auf ein amerikanisches Frühstück«, setze ich hinzu und betrachte sie lauernd. Hängt in Rheinland-Pfalz etwa schon wieder der Haussegen schief? Wieso begibt sich Gudrun am frühen Morgen in die *Einkehr*, wenn erst am Tag zuvor Davids sehnlich erwarteter Sohn aus Texas eingetroffen ist?

Übrigens ohne seine Großmutter, was ich sehr bedauere. Mathildes Behutsamkeit im Umgang mit Menschen in extremer Lage hätten wir jetzt gut gebrauchen können. Aber eine andere extreme Lage hat sie zu Hause unabkömmlich gemacht. »Irgendjemand muss sich ja um unsere Tiere kümmern«, hat uns Daniel gestern gesagt. »Es sind plötzlich so viele geworden, und wir haben so schnell niemanden gefunden, der es richtig macht.«

War ja klar, dass sich Davids Sohn eine Menagerie anschaffen würde, wenn man ihn ließ. Großmüttern fällt es schwer, Nein zu sagen. Vor allem, wenn der Enkel ein solch dramatisches Geschehen zu verarbeiten hat wie Daniel einst bei der Auflösung des Gnadenhofs auf der Kehr. Aber ist der gewaltsame Tod der eigenen Mutter nicht sehr viel traumatischer?

Mathilde wird alles abgewogen haben. Daniels Mutter ist tot, aber das Überleben seiner verhaltensgestörten Präriehunde, seiner wilden Katzen, kranken Esel, abgehalfterten Pferde, Stinktiere und Klapperschlangen muss gewährleistet sein. Die Frau, die stramm auf die neunzig zugeht, hat Daniel auf seiner traurigen Reise nicht begleitet, weil an deren Ende ein Familien- und Freundeskreis den Jungen auffangen kann. Wüsste Mathilde allerdings, dass jeder von uns unter Verdacht steht, Daniel zum Halbwaisen gemacht zu haben, hätte sie garantiert das Viehzeug sich selbst oder unkundigem Personal überlassen. Was also hat ihr David über den Tod Regines erzählt?

Vermutlich so wenig wie gestern seinem Sohn, den er in aller Herrgottsfrühe vom Flughafen Zaventem in Brüssel abgeholt hat: Regines Herz sei plötzlich stehen geblieben. Eine Lüge ist das nicht.

Ich fiel aus allen Wolken, als mich Daniel nach der Begrüßung zum Reden aufforderte: »Wie genau ist meine Mutter gestorben? Mein Dad sagt, du kannst mir alles besser erklären.«

David mied meinen Blick und schüttelte nur den Kopf.

»*No*«, flüsterte er. »Ich kann nicht.«

»Und du?«, fuhr ich Gudrun an, die nach Brüssel zum Flughafen mitgefahren war.

»Du kannst so was so viel besser. Außerdem hat Daniel im Auto fast nur geschlafen. Er hat Schetlech.«

»Er hat was?«, fragte ich beunruhigt.

»Jetlag«, übersetzte David in einem Ton, als hätte er selbst gerade mehrere Zeitzonen durchflogen, unter anstrengendsten Bedingungen im Cockpit.

»Stell dir vor, Daniel ist heute um halb fünf in Texas abgeflogen und um halb sieben in Brüssel angekommen«, sagte Gudrun aufgeregt. »Nur zwei Stunden. Und dabei war er neun Stunden unterwegs. Ist das nicht verrückt? Wenn man im Flugzeug immerzu um die Welt fliegt, wird man da langsamer alt?«

»Wie ist meine Mutter gestorben?«, fragte Daniel. »Ich muss es wissen.«

Linus winselte. Der Junge hatte soeben das Streicheln eingestellt.

Ich gab mir einen Ruck und stand auf.

»Komm mit«, sagte ich zu Daniel. »Ich zeige es dir.«

Gudrun schlug entsetzt die Hand vor den Mund.

»Du wirst mit ihm doch nicht etwa da ... da rüber ... gehen«, stotterte sie.

»Er hat ein Recht auf die Wahrheit.« Ich mühte mich, meine Stimme stabil zu halten.

Am Tag nach dem Mord hatte ich mein Haus das letzte Mal betreten; in Marcels Beisein nur rasch die Gegenstände zusammengerafft, die ich für die nächsten Tage benötigte. Für den Rest meines Lebens. Ich bin ausgezogen. Unvorstellbar, jemals wieder in diesem Mörderhaus zu wohnen. Am liebsten würde ich es abreißen lassen. Wo sind die Brandstifter, wenn man sie braucht?

»Sie ist in deinem Haus gestorben?«, fragte mich Daniel, als wir die Straße überquerten. Er hielt Linus an der Leine. Der war außer sich vor Freude gewesen, als sein alter junger Freund so unvermittelt in der Tür gestanden hatte. Ich kenne diesen Hund mit dem Gedächtnis eines Elefanten. Für den gibt es jetzt nur noch Daniel. Und es ist gut, dass es für Daniel Linus gibt, wenn ich die grauenvolle Geschichte hinter mich gebracht habe.

Nie im Leben ist mir etwas schwerer gefallen, als diesem Neunzehnjährigen zu erklären, was vor dem Loch in meiner Wohnzimmerwand geschehen ist. Entsetzen spiegelte sich in seinen Augen, aber ansonsten reagierte er zunächst überhaupt nicht. Als ich geendet hatte, blieb er, wie vor Kurzem erst Jakob Perings, sehr lange still vor der Wand stehen und blickte auf den Durchbruch. In dem ich verblüfft ein paar Stängel welkender Chrysanthemen entdeckte. Wer hat den ursprünglich Petronella Schröder zugedachten Blumenstrauß von Josef Backes hierher befördert?

Dann wandte sich dieser erstaunliche Junge mir zu und fragte knapp: »Kann es der neue Mann von meiner Mutter gewesen sein, dieser Hermann?«

»Nein«, flüsterte ich. »Der war zur Tatzeit weit weg.«

Nur das hatte Marcel losgelassen, als ich ihn am Telefon nach Hermanns Aussage gelöchert hatte.

»Ich kann dir nichts weiter sagen«, hatte er mein Nachbohren rigoros abgeblockt. »Nur dass Hermann als Täter absolut nicht infrage kommt. Er hat ein wirklich unumstößliches Alibi.«

»Anscheinend hatte er das schon einmal. Weshalb glaubst du ihm denn jetzt?«

»Es ist keine Frage des Glaubens, sondern eine Tatsache.«

»Das musst du mir näher erklären.«

»Ich muss überhaupt nichts«, blaffte Marcel ins Telefon. »Hermann hat Regine nicht getötet. Schluss mit dem Quatschverzähl!«

»Und was ist mit der Ähnlichkeit zwischen ihm und Jakob Perings Vater?«, hakte ich nach.

»Purer Zufall. So was kann vorkommen. Jeder Mensch hat irgendwo einen Doppelgänger.«

»Könnten die beiden nicht doch miteinander verwandt sein? Das soll in dieser Gegend ja öfter vorkommen. Ihr seid doch alle irgendwie miteinander verwandt.«

»Ja, Frau Berlinerin. Inzucht ist bei uns Hinterwäldlern gang und gäbe. Reiner Volkssport. Wegen Mangel an anderen Freizeitangeboten. Aber Hermann ist nicht einmal in der Eifel geboren, stell dir mal vor. Und dem alten Perings kannst du ihn nicht anhängen. Der ist nämlich viele Jahre vor Hermanns Geburt gestorben.«

»Aber vielleicht kann das irgendwie mit dem Tod von Jakobs Bruder zu tun haben.«

»Quatsch. Hermann war damals noch ein kleiner Panzpitter. Außerdem ist das ein ganz anderer Fall.«

»Aber auch ein ungelöster«, sagte ich und kappte die Verbindung, weil ich doch nichts mehr erfahren würde.

Und Daniel in meinem Haus später auch nicht mehr sagen konnte. Der Junge ließ sich auf dem Sofa nieder, auf dem Hermann mit Regine vor einer Woche gesessen hatte, und streichelte Linus, der ihm den Kopf auf den Schoß gelegt hatte.

»Wen hast du in Verdacht?«, fragte er geradeheraus.

Eine verzwickte Frage. *Alle und niemanden*, hätte ich gern geantwortet, aber ich hob nur die Schultern.

»Sagen wir mal, es war ein Fremder«, fuhr Daniel fort. »Der hier einbrechen wollte. Meine Mutter stört ihn. Wieso ist sie überhaupt in deinem Haus?«

Ich berichtete von Nicolina.

Ein trauriges Lächeln spielte um seine Lippen. »Das ist so schön zu hören. Ich muss diese Gans unbedingt kennenlernen. Ganz früher mal hat meine Mutter Gänse geschlachtet. Im Akkord.«

Ich erschrak. Darüber, dass ich so wenig von Regine wusste. Von diesem Arbeitsplatz hat sie uns nie erzählt.

»Sie hat es gehasst. Aber sie musste Geld verdienen. Und hat sich von dem Job und ihrem Chef kaputt machen lassen. Vielleicht wollte sie es ihm irgendwie heimzahlen? Und der hat zugeschlagen?«

Ich muss ein sehr dummes Gesicht gemacht haben. Daniel lächelte mich an. »Womöglich habt ihr alle bisher die falschen Fragen gestellt. Dann könnt ihr natürlich auch nicht die richtigen Antworten kriegen.«

Er stand auf, stellte sich wieder vor das Loch in der Wand, hob einen Arm und erklärte: »Ich werde den Mörder meiner Mutter finden. *I swear to God.*«

Und dann krümelte er weinend zusammen.

Linus jaulte auf und sprang zu ihm hin.

Ich ließ die beiden allein. Der Hund würde den Jungen viel besser trösten können als ich.

Wie in Trance wanderte ich durch mein Haus. Es wirkte auf mich genauso fremd wie bei meiner Ankunft auf der Kehr vor vielen Jahren, aber gleichzeitig war es mir unendlich vertraut. Die erste wirkliche Heimstätte, die ich je in meinem Leben gekannt habe.

Doch unter diesem Dach sind Menschen ermordet worden. Die Wände haben das Böse in sich aufgesogen und könnten es jetzt nach und nach wieder an die Umwelt abgeben.

Ich ging durch die alte Melkküche, das ehemalige Arbeitszimmer meines Bruders, und öffnete die Hintertür, durch die Regine so oft gegangen war, um Nicolina zu versorgen. Der eingeschneite Whirlpool gurgelte vor sich hin. Ich muss das Ding ausstellen, dachte ich und stapfte hinüber. Der Meter Schnee auf dem Deckel machte ihn zum Anheben zu schwer. Aber nichts erschien mir in diesem Augenblick wichtiger, als meinem Jacques Uhsi das in der stillen Landschaft unanständig klingende mechanische Rödeln abzuwürgen. Ich holte eine Schaufel und machte mich an die Arbeit.

»Wie siehst du denn aus?«, fragte Daniel, als ich später ins Wohnzimmer zurückkehrte. Er lag immer noch mit Linus auf dem Boden.

Ich schüttelte die Reste des Schnees von mir ab.

»Komm, lass uns zurückgehen«, schlug ich vor.

»Kann ich nicht einfach hierbleiben? In deinem Haus schlafen? Mit Linus? Oder würde dich das stören?«

»Ich wohne nicht mehr hier.« Ich war fassungslos. Der Junge wollte in dem Haus übernachten, in dem seine Mutter erschlagen worden war?

»Warum nicht?«

»Kann ich nicht.«

»Jetzt klingst du wie mein Vater. Du läufst auch davon.«

»Ich laufe vor nichts davon«, sagte ich. »Ich habe dir alles erzählt.«

»Du läufst vor einem Haus davon. Wahrscheinlich wirst du das Restaurant auch zumachen, irgendwo anders hingehen und hoffen, dass es da keine Katastrophen gibt. Aber die sind überall. Sogar in uns selbst.«

»Komm her, Linus!«, rief ich. Der Hund blieb, wo er war.

»Er hat noch nie auf dich gehört.« Daniel kraulte das schwarze Ungetüm zwischen den Ohren. »Erzähl mir von dem Freund meiner Mutter. Sie wollte ihn heiraten, hat sie mir gesagt. Hast du ein Foto?«

»Hat sie dir keins geschickt?«

»Nein. Hast du ein Foto von ihm?«

»Nicht direkt«, antwortete ich. Jakob hatte das Familienfoto in der *Einkehr* gelassen, damit wir es einscannen und Marcel nach Sankt Vith mailen konnten.

»Was heißt nicht direkt? Entweder ihr habt ein Foto, oder ihr habt keins. Oder ist es unscharf? Meine Mutter konnte noch nie richtig fotografieren.«

»Deine Mutter hat das Foto nicht gemacht. Es ist sechzig Jahre alt.«

»Du verscheißerst mich«, sagte er. »Ich weiß, dass der Mann sehr alt ist, aber doch nicht so was von uralt.«

»Nein, nur ein bisschen urälter als ich. Wenn du mehr wissen willst, musst du schon mit mir rüber ins Restaurant kommen.«

Dort hat sich nicht nur Daniel das Foto genau angesehen. Auch ich habe das Bild wieder und wieder betrachtet. Allerdings nicht unter dem Gesichtspunkt biometrischer Daten wie der junge Mann. Er hielt es für einen Versuch wert, das Foto demnächst mit der Gesichtserkennung bei Facebook abzugleichen, auch wenn die noch nicht sonderlich ausgereift sei.

»Wohin sollte uns das führen?«, fragte ich.

»Man könnte mehr über ihn erfahren. Was habt ihr denn beim Googeln über ihn gefunden?«

»Wieso sollten wir ihn googeln? Wir kennen ihn doch.«

»Genau deswegen googelt man Leute.«

Als Hein wenig später mit Jupp in der *Einkehr* auftauchte, begann Daniel sofort mit ihm über Gesichtserkennung zu fachsimpeln.

»Ist alles noch nicht machbar«, belehrte ihn Hein. »Außerdem sind die deutschen Datenschützer voll dagegen.«

Aber in einem hat Daniel recht: Womöglich haben wir falsche Fragen gestellt und uns damit immer nur im Kreis gedreht. Marcel ist garantiert auch in einer Sackgasse gelandet. Sonst hätte er mich nicht so zynisch und uncool abgefertigt, sondern seinem Herrschaftswissen über Hermanns Alibi noch den Hinweis hinzugefügt, dass er mir über den Verlauf der weiteren Ermittlungen leider nichts erzählen dürfe. Neue Erkenntnisse scheint es also nicht zu geben. Obwohl die Sonderkommission bestimmt Überstunden macht.

Es kann aber nicht angehen, dass der Fall Regine Seifenbach irgendwann genauso zu den Akten gelegt wird wie der von Siegfried Perings. Wo die Kriminaltechnik heute so viel weiter ist und man sogar auf dem Hauch eines Fingerabdrucks schon genetische Spuren findet! Wir alle haben unsere DNA der belgischen Polizei freiwillig zur Verfügung gestellt, sogar Petronella Schröder, wie ich von Marcel erfahren habe. Jakobs Genmaterial ist schon nach dem Knochenfund in meinem Haus gespeichert worden.

Marcel würde nur zu gern auch Konrad Meissner zur Abgabe einer Speichelprobe bewegen. Dafür müsste er allerdings die deutsche Polizei einschalten und einen plausiblen Grund für seinen Verdacht anführen. Doch außer seiner herzlichen Abneigung gegen den Mann gibt es keinen. Der Hinweis, Meissner hätte vor und nach der Fahrt zu Frieda und ins Krankenhaus durchaus Zeit finden können, die Kehr aufzusuchen und dort Unheil anzurichten, dürfte kaum ausreichen. Dann müssten die Alibis sämtlicher Kaffeefahrer und Restaurantgäste überprüft werden, eben aller Menschen, die in den vergangenen Wochen jemals mit Regine in Kontakt gekommen sind. Der Kreis der Verdächtigen ist immens eingegrenzt, hat Marcel gesagt. Das könnte ein Irrtum sein und bedeuten, dass er sich und anderen die falschen Fragen stellt.

In der *Einkehr* sprach Daniel nicht mehr davon, in meinem Haus zu übernachten. Brav trottete er mit David und Gudrun zu deren Wohnhaus in Rheinland-Pfalz. Er bestand allerdings auf der Begleitung von Linus. Ohne böses Knurren hätte ihn das Tier ohnehin nicht gehen lassen. Es ist wieder ganz wie früher: Wenn Daniel da ist, bin ich bei meinem Hund abgemeldet.

»Oder hast du Angst ohne Linus im Haus?«, fragte Daniel zögerlich an der Tür. »Dann würde ich hier bei euch übernachten.«

Er ist wahrlich ein Enkel seiner Großmutter. Die auch immer erst an andere denkt, bevor sie ihre eigenen Wünsche äußert. Schon deshalb hat der Junge an seinem ersten Tag auf der Kehr ein ordentliches Frühstück verdient, finde ich.

»Nun?«, frage ich Gudrun, die auf den Schrubber gestützt voller Trauer die Reste ihres verunglückten Orangenkuchens betrachtet. »Willst du Davids Sohn denn kein Frühstück machen?«

»Er ist schon weg. Ohne was zu essen«, antwortet sie stumpf.

»Was? Wohin denn?«

»Marcel ist heute ganz früh gekommen ...«

Ach, ohne mich wach zu küssen?

»... für Daniel abzuholen«, fährt sie fort. »Regines Leiche ist von der Gerichtsmedizin Lüttich freigegeben und zum Bestatter nach Sankt Vith gebracht worden. Da ist Daniel jetzt. Damit er sich von seiner Mutter verabschieden kann. David ist auch mitgefahren.«

»Und du nicht?« Ich bereue diese Frage augenblicklich.

Gudrun verzieht das Gesicht. »Daniel hat sich meine Orangentorte gewünscht«, presst sie hervor. »Außerdem muss ich Regine nicht tot sehen. Aber den Hund, den haben sie mitgenommen!«

»Du weißt doch, wie gern Linus Auto fährt«, sage ich tröstend. Ich verstehe ja, dass Vater und Sohn Gudrun bei diesem Anlass nicht dabeihaben wollten, aber jetzt muss ich die Scherben wegräumen, oder besser gesagt die Sauerei mit ihrer Orangentorte. Dieser Tag hat für Gudrun gar nicht gut angefangen.

Sie erzählt mir, dass Regine nächste Woche auf dem kleinen Friedhof der Kehr beerdigt werden soll. Daniel habe es sich so gewünscht.

»Vielleicht solltest du schon mal mit dem Pfarrer über die

Trauerrede sprechen«, schlage ich vor. »Deine Männer sind dir bestimmt dankbar, wenn sie sich jetzt nicht darum kümmern müssen.«

Ein kleines Leuchten schleicht sich wieder in ihre Augen.

»Gute Idee.« Eilig stellt sie den Schrubber weg und greift zum Telefon.

»Warte. Regine hat doch bestimmt noch irgendwo Familie?« Ich weiß nur, dass ihre Eltern tot sind. Wie die von uns allen, bis auf Heins und Davids Mütter.

»Einen Bruder«, antwortet Gudrun und beginnt zu wählen. »Aber mit dem war sie übers Erbe total zerstritten. Außerdem wohnt der in der Schweiz.«

»Trotzdem sollte man ihn informieren.«

Sie winkt ungeduldig ab, holt tief Luft und rattert ins Telefon: »Einen gesegneten guten Morgen, sehr geehrter Herr Pastor, hier spricht die Gudrun Arndt. Sie wissen ja, dass bei uns etwas ganz Trauriges passiert ist ...«

Ich verlasse die Küche und gehe erst mal duschen.

»Darf ich dein Auto holen?«, fragt sie, als ich im Bademantel zurückkehre.

Ich deute zum Schlüssel auf der Anrichte.

»Na, dann werde ich es mal frei schöppen«, seufzt sie.

»Nicht nötig«, sage ich nach einem Blick aus dem Fenster. Im Dämmerlicht des Morgengrauens kann ich erkennen, dass es seit meiner Rückkehr in der sehr frühen Stunde nicht mehr geschneit hat.

Sie stellt sich neben mich ans Fenster.

»Wieso liegt auf deinem Auto kein Schnee?«, ruft sie empört. »Wo der doch die ganze Nacht runtergekommen ist!« Misstrauisch sieht sie mich von der Seite her an. »Ist ja ein Ding, Katja! Dann musst du ja noch vor mir aufgestanden sein. Warum? Wo warst du?«

»Das willst du gar nicht wissen«, sage ich jetzt tatsächlich. Das Duschen hat mir die Müdigkeit aus den Knochen nicht vertrieben. Ich sehe immer noch hypnotisierende Schneeflocken auf meine Windschutzscheibe zutanzen.

»Geh zum Pfarrer, Gudrun«, lenke ich ab und setze schnell hinzu: »Aber triff noch keine endgültigen Entscheidungen. Vielleicht hat Daniel spezielle Wünsche für die Trauerfeier. Ich lege mich jetzt wieder hin, muss noch eine Runde schlafen.«

Um weiteren Fragen auszuweichen, kehre ich sofort in die Hinterkammer zurück.

»Aber du kannst mir doch sagen, wo du warst!«, tönt mir Gudruns Stimme hinterher, als ich mich auf mein Bett werfe und mir die Decke über den Kopf ziehe.

Ich war in Buchet.

Weil mich die Sache mit dem Foto einfach nicht loslassen wollte. Vielleicht ist es ja wirklich eine Glaubenssache, denn ich kann in diesem Fall einfach nicht an einen Doppelgänger glauben. Zwischen fremden Menschen mag es sicherlich verblüffende Ähnlichkeiten geben, aber doch nicht bis zu so einem Detail wie dem seltsamen Zwillingsgrübchen in Hermanns Kinn. Ein Genvergleich mit Jakob Perings sollte hier sehr schnell Klarheit schaffen können. Aber da Marcel mit mir nicht einmal darüber reden möchte, beschloss ich, Hermann und Frieda zu besuchen.

Nach dem Routenplaner im Internet hätte ich die zwanzig Kilometer in spätestens einer knappen halben Stunde schaffen müssen, aber das Programm berücksichtigt natürlich weder Wetter- noch Straßenverhältnisse. Beide sorgten dafür, dass ich allein für die Hinfahrt mehr als eine Stunde brauchte. Da ahnte ich allerdings noch nicht, dass ich auf der Rückfahrt drei Stunden lang durch die weiße Hölle der Schnee-Eifel irren würde; menschenleeres Niemandsland, gekennzeichnet durch zugeschneite Schilder, auf denen im Sommer zu lesen war, dass diesen Wegen kein Winterdienst vergönnt sei. Ohne das Allradmonster wäre ich nie durchgekommen. Ich sandte einen Abschiedsgruß zu meinem alten Auto, das mich vor Jahren aus Berlin in die Eifel transportiert hatte und seit Tagen in der Werkstatt von Karl-Heinz steht. Er braucht es nicht mehr zu reparieren.

Buchet erwies sich als ein kleiner Ort, in dem die meisten Bewohner offensichtlich sehr frühzeitig zu Bett gehen, den wenigen erleuchteten Fenstern nach zu urteilen. Zunächst erwog ich, an einer Tür zu klingeln, um nach dem Haus der Kerschenbachs zu fragen. Aber dann lockte mich ein helleres Licht den Hügel hinauf.

Es kam aus der Kapelle, von der Regine so begeistert gewesen war. Sie hatte recht gehabt. Dies ist eine ganz andere Kirche als die sonst in Eifeldörfern übliche; weiß gestrichen, hochmodern mit viel Glas, nirgendwo rechte Winkel, dafür eigenwillige Rundungen, wie hingegossen. Alles unter einem flott geschwungenen Dach. In Form eines Buchenblattes, hatte mir Regine erzählt, aber das konnte ich in der Nacht von unten nicht so recht erkennen.

Ein außergewöhnliches katholisches Gotteshaus, von überwältigend sympathischer Schlichtheit. Ich stieß die Holztür auf und trat in einen Vorraum, wo ein grauhaariger Herr gerade Gläser in einen Karton packte. Er begrüßte mich höflich.

»Sie können sich gern unsere Kirche ansehen«, sagte er, »aber ich möchte in fünf Minuten zumachen. Dauert eben, bis nach so einem Vortrag alles aufgeräumt ist.«

»Vortrag?«, fragte ich überrascht. »Was für ein Vortrag?«

»Heute war Karl der Große dran. Ein Mann vom Geschichtsverein aus Prüm hat einen Vortrag über die Karolinger gehalten, und dann hat eine Schriftstellerin aus ihren historischen Romanen gelesen.«

»Aber das hier ist doch eine Kirche?«

»Unsere eigene Kirche«, antwortete der Mann stolz. »Wir

vom Dorf haben sie gebaut. Und wir müssen sie unterhalten. Deshalb machen wir solche Veranstaltungen. Die Frau hat ihre Bücher ganz gut verkauft.«

»Profane Literatur?«, fragte ich ungläubig. »Die verkaufen Sie in der Kirche? Was sagt denn Ihr Bischof dazu?«

Lachend räumte er weitere Gläser in Kisten.

»Zum Glück gehören wir nicht zu Köln. Kommen Sie etwa von da?«

»Nein«, antwortete ich und betrat den Kirchenraum mit der riesigen Fensterfront und einer sehr massiven Holztreppe, die ins Gebälk der Empore führte. Staunend musterte ich eine etwa fünf Meter hohe schlanke Holzskulptur neben dem Tisch, der den Altar markierte. Eine Plastik, die ich eher in einer Ausstellung von Künstlern der Dritten Welt verortet hätte als in der Kirche eines winzigen Eifeldorfs. Keine Ahnung, wen oder was dieses gewaltige Holzbildnis symbolisiert, aber es ist zum Niederknien.

Stattdessen setzte ich mich erst mal auf einen Stuhl. Ich bin schließlich nicht katholisch, war dafür aber sehr erschöpft von einer Fahrt, auf der meiner Windschutzscheibe unentwegt Schneeflocken entgegengewirbelt waren. Sie schienen mir das Chaos in meinem Kopf zu symbolisieren. Irgendwie muss ich meine Gedanken wieder ordnen, um den Kerschenbachs die richtigen Fragen zu stellen. Und wo könnte man sich besser sammeln als in einer Kirche?

»Wollen Sie noch länger bleiben?«, fragte der freundliche Herr.

Ich erkundigte mich nach der Plastik.

»Erkennen Sie, wer das sein soll?«

Ich schüttelte den Kopf.

»Da sind Sie nicht die Einzige«, fuhr er fort. »Manchen im Ort ist sie zu modern, unsere heilige Barbara, die Schutzpatronin der Bergleute. Hier wurde früher Bleierz gefördert, daher. Also, soll ich Ihnen den Schlüssel hierlassen?«

»Nein, danke«, antwortete ich, stand auf und fragte ihn, wo die Kerschenbachs wohnten.

Nachdem er das Licht ausgeknipst und die Kirche abgeschlossen hatte, trat er mit mir vors Gebäude, wies die Straße hinunter und beschrieb mir das Haus.

Das Licht meiner Autoscheinwerfer erfasste das Heck des Setras im Hof. Ich zog kurz an der Glockenschnur neben der Tür. Augenblicklich begannen ein paar Hunde in der Nachbarschaft zu bellen.

Frieda öffnete.

»Katja!«, sagte sie atemlos und stützte sich auf eine Krücke. »Ist der Hermann bei dir?«

»Nein«, antwortete ich verblüfft. »Wieso?«

»Er ist weg«, sagte sie aufgeregt. »Einfach verschwunden. Ich habe solche Angst!«

Ihre Augen waren gerötet, und ihre Hände zitterten.

Ich folgte ihr in ein sehr dicht möbliertes Wohnzimmer.

»Seit wann ist er weg?«

»Ich weiß es nicht.«

»Wann haben Sie ihn zuletzt gesehen?«

»Guten Abend ...«, ertönte eine sonore Stimme. Konrad Meissner schälte sich aus einem Sessel.

Rasch suchte ich hinter einem ausladenden Sofa Deckung vor allzu herzlicher Begrüßung.

»Guten Abend, Frau Katja, wenn man das an einem solchen Abend überhaupt sagen darf.« Er breitete beide Arme aus und ließ die Zähne blitzen. »Sie sehen mal wieder, wie immer, zum Anbeißen aus. Aber ich verspreche, mich zurückzuhalten.«

»Guten Abend«, erwiderte ich knapp und wandte mich wieder an Frieda. »Wo könnte Hermann denn sein?«

»Ich weiß es doch nicht! Er war noch nie eine ganze Nacht weg!«

Diese Nachricht musste ich erst einmal verdauen. Ein

Mittfünfziger soll noch nie eine Nacht fern seiner älteren Schwester verbracht haben?

»Also haben Sie ihn gestern zuletzt gesehen?«

»Gestern Mittag«, flüsterte sie.

»Der arme Mann ist außer sich vor Trauer«, sagte Konrad Meissner. »Er fährt bestimmt nur durch die Gegend, um sich abzureagieren.«

»Doch nicht tagelang!«, rief Frieda. »Und schon gar nicht bei diesem Wetter!«

»Vielleicht ist er bei einem Freund?«, schlug ich vor.

»Wer sollte das denn sein? Möchtest du auch einen Wein, Katja?«

»Nein danke, bitte lieber einen Kaffee«, sagte ich, an die Rückfahrt denkend. Um Hermanns Verbleib machte ich mir keine großen Sorgen. Der sensible Mann hatte vielleicht auch ein Eigenleben, von dem die Schwester nichts zu wissen brauchte. Oder er wollte einer erstickenden Fürsorge entgehen und mit seiner Trauer einfach allein sein.

»Wenn es nicht um Hermann geht, was verschafft uns dann die Ehre Ihres Besuchs?«, fragte Konrad Meissner, als wäre er hier der Hausherr. Ich hörte Geschirrklappern in der Küche. Und überlegte, wie ich Meissners Weinglas einsacken könnte, ohne dass es auffallen würde. Wenn ich Marcel mit dem von ihm so sehnlich gewünschten Genmaterial versorgte, könnte er im Gegenzug vielleicht auch ein paar Infos rausrücken. Die Sonderkommission müsste allmählich doch irgendetwas aufgedeckt haben!

»Also«, hakte er nach, »was führt Sie bei diesem Wetter hierher?«

»Ein Foto. Zu dem ich eine Frage habe: Was für eine Verbindung gibt es zwischen den Kerschenbachs und den Perings'?«

»Den *wen*?« Konrad Meissner hob die buschigen Augenbrauen.

»Sie waren doch dabei, als der alte Herr wiederbelebt wurde. Und wissen Sie, warum er überhaupt zusammengeklappt ist?«

»Ein schwaches Herz?«, bot er an.

»Ein Schock«, gab ich zurück. »Weil er jemanden gesehen hat, der schon längst tot ist.«

Das Geschirr auf dem Tablett zitterte.

»Wer ist schon längst tot?«, fragte Frieda Kerschenbach.

Ich nahm ihr das Tablett ab und deutete auf die Krücke, die sie auf dem Sofa abgelegt hatte. »Lassen Sie mich machen, Frieda. So eine Hüftoperation ist nicht ganz ohne. Und dann noch der Unfall mit der Leiter.«

»Zum Glück war ich ja in der Nähe«, sagte Meissner. »Ich …«

»Wer ist schon längst tot?«, drängte Frieda.

»Der Vater von Jakob Perings. Ich habe sein Foto gesehen. Er sieht genauso aus wie Hermann. Hat sogar dieses komische zweifache Grübchen.«

»Hatte mein Vater auch«, sagte Frieda. »Ist gar nicht so selten. Aber schon ein komischer Zufall, dass Hermann einem ganz Fremden ähnlich sehen soll.«

»Mehr als ähnlich.« Ich schenkte uns Kaffee ein. »Vielleicht ist es gar nicht so komisch. Es könnte doch sein, dass ihr mit den Perings verwandt seid.«

»Ausgeschlossen«, meldete sich Meissner.

»Wir sind nicht von hier«, sagte Frieda. »Unsere Familie kommt von ganz woandersher. Hermann war drei, als wir hierher zogen, und ich siebzehn.«

Irgendetwas stimmt da nicht, dachte ich, und dann fiel es mir wieder ein. Als Hermann Regine zum ersten Mal abholen wollte, hatte er mir erzählt, seine Eltern seien gleich nach seiner Geburt gestorben und Frieda sei damals vierzehn gewesen. In einer so wichtigen Angelegenheit kann man sich doch nicht irren.

»War das gleich nach dem Autounfall Ihrer Eltern?«, bohrte ich nach. »Hermann hat mir davon erzählt.«

»Ach, der kann sich leider gar nicht mehr an sie erinnern. Er war ja noch so klein, der Arme.«

Und dann sprach Frieda von den Eltern, die sich Ende der Fünfzigerjahre des vergangenen Jahrhunderts ihre erste Urlaubsreise geleistet hatten.

»Nach Italien. Woanders fuhr man damals gar nicht hin. Aber für Hermann und mich reichte das Geld nicht. Wir Kinder verbrachten die Sommerferien in der Eifel.«

»Bei uns in Buchet«, bestätigte Meissner. »Ich hatte gerade geheiratet, meine wunderschöne Helga, Frau Katja, die war Ihnen sehr ähnlich. Deshalb ...«

Er rückte näher und ich ab.

»Und dann kam die Nachricht«, sagte Frieda dumpf.

»Ein Autounfall«, setzte Meissner hinzu. »Beide sofort tot.«

»Wie furchtbar«, sagte ich.

»Ja, furchtbar. Mein kleiner Bruder und ich waren auf einen Schlag Vollwaisen. Die Behörden wollten uns trennen und Hermann in ein Heim stecken.«

»Was meine Frau und ich nicht zulassen konnten«, meldete sich Meissner. »Wir haben angeboten, die beiden aufzunehmen. Und so ist es dann auch gekommen.«

»Dafür bin ich dir noch heute dankbar.«

Meissner winkte ab. »Ihr beide habt mir später über den Tod meiner Helga hinweggeholfen.«

»Und wo stammt ihr ursprünglich her?«, wollte ich von Frieda wissen.

»Aus dem Bergischen Land.«

Ich komme aus Berlin. Viele Regionen Deutschlands sind mir beklagenswerterweise unbekannt. Bergisches Land klang für mich nach Süddeutschland, nach Almen, vielleicht nach Bayern.

»Liegt das sehr weit weg von hier?«

»Ja.«

»Aus welcher Stadt?«

»Eine Kleinstadt. Wird Ihnen nichts sagen«, erwiderte Meissner.

»Radevormwald«, murmelte Frieda.

Ich horchte auf. Zum zweiten Mal innerhalb weniger Wochen wurde ein fern gelegener Ort genannt, von dessen Existenz ich zuvor noch nie gehört hatte. Das konnte natürlich Zufall sein.

»Aber das sagt mir etwas!«, erklärte ich fast fröhlich. »So weit weg kann das gar nicht sein. Ich kenne da jemanden.«

Was nicht ganz stimmte. Ich kenne den Internetmann überhaupt nicht, weiß nur, dass er Robert heißt. Aber durchaus möglich, dass ich eine interessante Verbindung zutage gefördert habe. Keine zur Familie Perings. Aber eine zu Regine. In der von mir jetzt eingeleiteten Sammler- und Jägerphase wird es höchste Zeit, diesen Robert endlich kennenzulernen.

KAPITEL 11

Kehrer Allerlei

Streifen von Paprika, Süßkartoffeln, Auberginen, Zucchini, Kohlrabi, Sellerieknollen, Zwiebeln, Mango, Äpfeln und Rote Bete, mit Knoblauch, Thymian, Rosmarin und Oregano gewürzt und mit Olivenöl besprüht, im Ofen geröstet

Ich liege mit geschlossenen Augen auf einer sommerlichen Wiese. Eine warme Brise streichelt meine Wange; Spitzen von Grashalmen kitzeln mir den Mund. Oder sind es etwa doch stachlige Insekten?

Ich mache die Augen auf.

Marcel zieht den Kopf ein wenig zurück und zupft an seinem offensichtlich frisch und wieder einmal schief gestutzten Schnurrbart.

»Es funktioniert, *ma princesse*«, sagt er. »Ich habe dich wach geküsst. Guten Mittag, übrigens.«

Er setzt zu einem richtigen Kuss an. Aber ich presse die Lippen fest zusammen. Den schalen Geschmack in meinem Mund möchte ich mit niemandem teilen; schon gar nicht mit dem Mann, den ich unter normalen Umständen herzlich gern küsse.

»Dann eben nicht«, sagt er friedfertig und richtet sich auf.

»Bist du krank? Oder warum liegst du immer noch im Bett?«

»Nicht noch – wieder.« Gähnend rappele ich mich hoch. »Ich war heute Nacht sehr lange unterwegs.«

»Ach ja? Bei dem fiesen Wetter? Wo denn? Und das große Auto steht auch nicht vor der Tür.«

»Hat sich Gudrun ausgeliehen«, beantworte ich die letzte Frage und stelle selbst eine: »Was machst du hier?«

»Ich habe Daniel und David zurückgebracht.«

Er setzt sich neben mich auf den Bettrand, streicht mir die Haare aus dem Gesicht und lässt seine Hände dann weiter nach unten wandern.

»Aus Sankt Vith«, murmele ich und schiebe seine Hände weg. »Ihr wart beim Bestatter?«

»Genau«, sagt er und steht mit einem Seufzer auf. »Oh je, meine Katja, es war so … furchtbar traurig. Der arme Junge. Die anderen sitzen nebenan und probieren, ihn zu trösten. Aber wer kriegt das schon hin? Wo warst du heute Nacht?«

»Erst Zähne putzen.«

Ich erhebe mich und verschwinde im Bad. Wo mich mein Spiegelbild erschreckt. Ich sehe aus, als hätte ich seit Tagen nicht geschlafen. Und so fühle ich mich auch. Gar nicht dazu aufgelegt, mit Marcel Spielchen zu spielen. Ihn zum Beispiel herumraten zu lassen, wo ich in der Nacht gewesen bin.

»Ich war in Buchet«, sage ich, als ich zurückkehre. »Hast du übrigens eine Ahnung, wo Hermann steckt? Er ist gestern nicht nach Hause gekommen. Seine Schwester ist völlig aufgelöst. Schon komisch, wie sie sich benimmt. Als wäre ihr Bruder nicht ein gesetzter Mann in reichlich fortgeschrittenem Alter, sondern ein gefährdeter Teenager, der sich mit zwielichtigen Figuren in Discos die Nacht um die Ohren schlägt. Ich konnte sie einfach nicht beruhigen.«

Soll er doch denken, Frieda habe mich in Buchet einbestellt. »Mich würde allerdings auch interessieren, wo Hermann gerade steckt«, füge ich an, »weil ich ihn nämlich etwas fragen möchte.«

»Hermann Kerschenbach?«, fragt er, als ob wir noch einen anderen Hermann kennen würden.

»Ja, natürlich.«

»Der ist mit seinen Kaffeefahrern unterwegs. Wir haben

sein Baby eben gesehen, als wir aus Krewinkel hochkamen. Er schoss mit ziemlichem Tempo direkt an uns vorbei. Richtung Losheim.«

Marcel hält mir meinen grünen Pullover hin. »Zieh doch bitte den an. Ich finde, du siehst in ihm besonders schön aus. Was hast du sonst noch in Buchet gehört?«

»Dass die heilige Barbara Schutzpatronin der Bergleute ist.«

Sehr seltsam, dass Hermann gestern eine Kaffeefahrer-Fuhre für heute zusammengestellt haben soll. So groß kann die finanzielle Not doch nicht sein, dass er nach dieser Katastrophe und in seinem Zustand einfach so weitermachen würde wie bisher. Komisch auch, dass Frieda von diesem Ausflug offensichtlich nichts gewusst hat.

Marcel scheint es nicht merkwürdig zu finden, dass Hermann schon wieder mit seinem Setra unterwegs ist. Das Leben geht eben weiter, sage ich mir, und der Eifeler ist ein Meister im Herstellen von Normalität, vor allem, wenn seine Welt gerade unterzugehen droht. Dann fährt er mit Senioren nach Belgien und kauft Kaffee.

Ich ignoriere den Pullover von gestern und ziehe eine frische Bluse aus dem Schrank.

»Die steht dir auch gut«, sagt Marcel freundlich. »Und weiter? Was ist in Buchet sonst noch so los?«

»An der Geschichte von Hermann und Frieda stimmt etwas nicht«, platze ich heraus.

»Ich weiß.«

»Was weißt du?«

»Wir prüfen da gerade einiges nach. Ihre enge Beziehung zu deinem Freund Konrad Meissner ist ziemlich verdächtig. Der Mann ist früher schon einmal straffällig geworden.«

Ah, natürlich hat Marcel beim EPICC nachgefragt, dem Euregionalen Polizei-Informations-Cooperations-Centrum in Heerlen, jener länderübergreifenden Einrichtung, wo seit einigen Jahren Polizisten und Zöllner aus Deutschland, Belgien und den Niederlanden ihre Informationen untereinander austauschen. Ganz unbürokratisch, wie Marcel immer behauptet, und, wie ich argwöhne, gegebenenfalls auch ganz unvereinbar mit der Gesetzeslage der jeweiligen Länder. Aber was der Wahrheitsfindung dient, wird eben geduldet.

»Lass mich raten: Der Mann war früher Schmuggler«, sage ich.

Marcel schüttelt den Kopf.

»Was dann?«

»Wie gesagt, wir prüfen da einiges nach.«

»Er hat seine Frau umgebracht«, presche ich vor.

Marcel lächelt. »So 'ne große Nummer ist er nun auch wieder nicht. Ein ziemlich kleiner Fisch. Aber für unseren Fall vielleicht interessant.«

»Dann hast du ja endlich seine DNA.« Ich versuche, mir meine Enttäuschung nicht anmerken zu lassen.

»Leider nicht«, seufzt Marcel. »Das war alles vor ganz langer Zeit. Was zum Teufel machst du da?«

Es ist gar nicht so leicht, ein zusammengeknülltes steif getrocknetes Papiertaschentuch mit einer Fleischgabel aus der Hosentasche einer Jeans herauszupfriemeln. Aber heute ist mir zuwider, das Papier mit den Fingern zu berühren, das ich gestern Nacht gänzlich bedenkenlos Konrad Meissner aus der Jackentasche gezogen habe. Als ich mich von ihm zum Abschied fest umarmen ließ. Der Mann hat sich darüber genauso gefreut wie ich mich über den gelungenen Coup.

Triumphierend halte ich das Beutestück an der Fleischgabel hoch.

»Tausche DNA gegen Infos.«

Ich trete ein paar Schritte zurück, als Marcel es ergreifen will.

»Das hier ist Unterschlagung von Beweismaterial«, warnt er mich.

»Das hier ist Deutschland«, enthülle ich ihm. »Da darfst du überhaupt nicht ermitteln. Schon gar nicht in belgischer Uniform.«

»Wenn Gefahr im Verzug ist ...«

Ich winke mit dem Taschentuch am Fleischgabelende wie mit einer weißen Fahne. »Was hat sich Meissner zuschulden kommen lassen?«

»Er hat gefälschte Geldscheine in Umlauf gebracht«, knurrt Marcel und zieht eine kleine Plastiktüte aus seiner Uniformjacke.

»Wann?«

»Vor dreißig Jahren.«

»Das ist alles?«

»Wir finden bestimmt noch mehr raus. Ich traue dem Mann nicht.«

»Und was für ein geheimnisvolles Alibi hat Hermann?«

»Rahm dir doch dein Rotztuch ein«, sagt Marcel ungehalten und verlässt das Zimmer.

Gudrun ist zurück. Sie streicht sich über den Bauch und schluchzt hemmungslos.

»Wenn ich mir vorstelle, dass mein Kind mich da so liegen sieht, auf so einem kalten Tisch! Und wie dann das Laken vom Kopf gezogen wird und sie ganz grau ist und so tot und all das Blut in den Haaren ...«

»Da war kein Blut«, sagt Daniel. »Mama war nicht grau. Sie sah wunderschön aus. Als wenn sie schliefe. Ihre Haare haben geleuchtet.«

»Deine Mutter hat immer geleuchtet«, sagt Hein. »Sie war so konsequent. Wusste immer ganz genau, wie sie sich stylen musste. Ich habe sie sehr bewundert.«

»Ja«, seufzt Gudrun, »das stimmt. Sie konnte sogar in

richtigen High Heels bedienen. Und in weißer Kleidung. Nie kam da ein Fleck drauf. Sie war so ein guter Mensch. Vor allem zu Nicolina.«

»Die Gans ist ihr Vermächtnis«, erklärt Jupp. »Schon deswegen darf sie nicht geschlachtet werden.«

»Wird sie ja auch nicht«, sage ich. »Sie wird sich vermehren. Jakob will ihr einen Ganter besorgen.«

Daniel blickt auf und sieht mich an. »Ob ich da ein Wörtchen mitreden darf?«

»Darüber wird sich Herr Perings bestimmt freuen«, versichere ich, sehr bereit, mir den Vortrag über das Paarungsverhalten von Gänsen anzuhören, der auch prompt kommt. Gudrun ist sichtlich fasziniert.

»Erst tanzen sie, und dann gehen sie ins Wasser?«, wiederholt sie ungläubig.

Daniel nickt.

»Der Ganter packt das Weibchen am Hals und taucht es während der Begattung immer wieder unter.«

Marcel hört auch interessiert zu. Wehe, ihm kommen hier Ideen für meinen Jacuzzi!

»Und das lässt sich die Gans gefallen?«, wirft Hein ein. »Interessantes Sadomasospiel ...«

»Arme Nicolina«, ruft Gudrun und schüttelt sich. »Wie furchtbar, dass sie immer nach Luft schnappen muss, wenn es gerade besonders schön ist!«

»Haben Tiere überhaupt Spaß am Sex?« Hein sieht Jupp fragend an.

»Es geht bei ihnen nicht um Spaß«, klärt Jupp ihn auf. »Sondern um Vermehrung. Das ist immer noch besser, als geschlachtet zu werden und bei Frau Schröder an Weihnachten in den Ofen zu kommen.«

»Wollen wir an Heiligabend wirklich nach Krewinkel gehen und eine fremde Gans essen?« Gudrun fährt plötzlich hoch, schlägt sich erst selbst auf den Mund und dann Daniel auf die Schulter. »Junge, du musst endlich was essen! Ofengemüse, ja? Dauert etwa eine halbe Stunde.«

David folgt ihr in die Küche. Auch Marcel erhebt sich.

»Und du musst jetzt bestimmt zur Arbeit fahren«, stelle ich fest.

Er schüttelt den Kopf.

»Nee. Noch nicht. Ich hab im Auto noch was für Daniel. Momentchen, bitte.«

Er ist sehr schnell zurück. Mit Regines roter Handtasche. Er nimmt sie in beide Hände und überreicht sie Daniel mit einer richtigen Verbeugung. Wie eine Devotionalie, denke ich, was die Tasche inzwischen wohl auch ist.

»Die Sachen von deiner Mutter.« Behutsam legt er ein Papier vor den Jungen auf den Tisch. »Bitte schau nach, Daniel, ob auch wirklich alles drin ist, was da steht, und ob nichts kaputt ist. Dann musst du bitte hier unterschreiben.«

Daniel stellt die Citybag vor sich ab. Er betrachtet sie sehr lange, ehe er sie öffnet. Zieht dann langsam einen Gegenstand nach dem anderen heraus: Regines Lesebrille, ihr Portemonnaie, ihr Handy, die Armbanduhr, ihre Brillantohrstecker, zwei Haarspangen, einen losen Knopf, ein Paket Tempotücher, den Schlüsselbund, Lippenstift und Puderdose. Er reiht alles vor sich auf und starrt so intensiv auf die Gegenstände, als könnten sie ihm über den Tod seiner Mutter Aufschluss geben. Schließlich greift er zu Regines Handy, schaltet es ein und blickt dann fragend zu Marcel.

»Siebzehn zehn«, sagt der leise.

Ein Lächeln erhellt Daniels bis dahin so nachdenklich trauriges Gesicht.

»Sein Geburtstag«, sagt David, der im Gegensatz zu mir sofort verstanden hat, dass es um die PIN von Regines Handy geht. Klar, die belgische Polizei wird den geknackt und in Zusammenarbeit mit der deutschen alle jüngeren Verbindungen überprüft haben.

»Da ist auch noch ein Teil der Kleidung«, sagt Marcel leise. »Der, welcher …« Er bricht ab, setzt wieder an. »Aber die Schuhe sind …«

Daniel schüttelt den Kopf, während seine Daumen unermüdlich die Tasten des Handys bearbeiten.

»Brauche ich nicht.« Er ist sehr blass geworden. »Das hier reicht.« Er legt das Handy weg, zieht sein eigenes Smartphone hervor und daddelt auf diesem weiter.

»Nein«, melde ich mich. »Da fehlt noch etwas.«

»Ich sag ja, die Kleidung …«

»Die Kette«, unterbreche ich Marcel. »Regines Verlobungskette. Die sie von Hermann bekommen hat. Und immer unter ihrer Kleidung getragen haben soll.«

Marcel nickt. Er legt einen Arm um Daniel und bedeckt mit der anderen Hand dessen Smartphone.

»Hör mal damit auf, mein Junge. Das hier ist jetzt sehr wichtig. Du kannst nachher weiterspielen.«

»Ich spiele nicht«, entgegnet Daniel ernst. »Ich suche den Mörder meiner Mutter.«

Mit den vermutlich sehr unzureichenden Mitteln seiner Generation, denke ich und blicke Marcel genauso gespannt an wie jetzt Daniel. Der Polizeiinspektor braucht allerdings mehrere verstotterte Anläufe, ehe er einen vernünftigen Satz hervorbringen kann.

»Ja«, sagt er schließlich und gibt sich einen Ruck. »Da war eine Kette. Die ist ihr vom Hals gerissen worden.« Er räuspert sich und drückt Daniel kurz an sich. »Nach den Erkenntnissen der Gerichtsmedizin ist es zu einem kurzen Kampf gekommen, wo der Täter Regine entweder …« Über Daniels Kopf blickt er uns verzagt an. »… etwas fest um den Hals gelegt oder ihr etwas vom Hals gerissen hat.«

»Mit *fest um den Hals gelegt* meinst du, dass der Mörder erst versucht hat, sie zu strangulieren?«, fragt Hein. »Bevor er sie erschlagen hat?«

Ich könnte Hein strangulieren. Daniel ist noch eine Spur blasser geworden.

»Jetzt wissen wir genau, dass ihr eine Kette abgerissen worden ist«, fährt Marcel zögernd fort. »Was uns eventuell ein ganzes Stück weiterbringt. Wer kann mir die Kette beschreiben?«

Wir rufen Gudrun aus der Küche. Und erhalten von ihr die Bestätigung, dass Regine ihre Verlobungskette nie abgelegt hat.

»Sie war aus richtigem Gold und hatte einen Anhänger. In Herzform. Mit einem hübschen Muster drauf.«

»Stimmt«, bestätigt David, der mit einem Messer in der Hand in der Tür steht. »Man konnte es aufklappen. Ungefähr wie eine Taschenuhr. Und da war ein Bild drin.«

»Also eine Art Medaillon?«, hake ich nach.

»Ja, kann sein ...« Gudrun blickt David fragend an. »Was genau ist eigentlich ein Medaillon?«

»Ein Pänneck«, übersetzt Marcel, der deutschsprachige Belgier aus der Nachbarschaft.

»Häh?«, macht Gudrun.

»Pänneck?«, fragt Hein ungeduldig. »So ein Quatsch. Brosch heißt das!«

»Unter einer Brosche verstehe ich aber etwas anderes«, wende ich ein. »Eine Anstecknadel.«

»Ist auch eine Brosch«, sagt Hein. »Wie ein Medaillon. Eine Brosch an einer Kette.«

»Ach so ...« Gudrun wirkt sichtlich erleichtert, endlich verstanden zu haben. »Ja, ja, Regines Anhänger war eine Brosch.« Sie denkt einen Augenblick nach. »Also hat die Frau Schröder damals auch eine Brosch verloren? Jetzt ist mir das klar. Stimmt schon, Hermann hat Regine eine Brosch geschenkt, mit einem Bild drin.«

Marcel und ich sehen einander an.

»Aber die Brosch, die Frau Schröder dem Herrn Backes

schicken wollte, kann doch nicht die Brosch von der Regine sein, oder?«, stellt Jupp die Frage, die uns allen in diesem Augenblick durch den Kopf geht.

Noch so ein seltsamer Zufall. Jahrzehntelang hat man nichts von einem Medaillon gehört, und dann taucht der Begriff innerhalb weniger Tage plötzlich zweimal aus der Versenkung auf. Das ist ja wie mit Radevormwald.

»Wir sollten uns unbedingt noch mal mit dem Internetmann aus Radevormwald unterhalten«, schlage ich vor.

Daniel, der sich schon wieder seinem Smartphone gewidmet hat, blickt plötzlich auf.

»Wieso soll der Robert die Brosch haben?«, fragt Gudrun. Sie sieht mich misstrauisch von der Seite an. »Bist du da gestern Abend etwa hingefahren? Nach Radevormwald? Du kennst doch den Robert gar nicht! Oh Gott, dem müssen wir es ja auch noch sagen ...«

Aus den Augenwinkeln sehe ich, wie Daniel und Hein einen Blick wechseln. Irgendwie verschwörerisch.

»Nicht nötig«, meldet sich Marcel. »Da läuft schon eine Anfrage bei der deutschen Polizei. Die muss ja sein Alibi überprüfen.«

»Der war es nicht!«, ruft Gudrun empört. »Das ist ein ganz feiner Mann! Sag doch auch was, David!« Zustimmung erheischend zupft sie ihn heftig am Ärmel.

Ich verstehe ihre Aufregung. Der Gedanke, aus dem ihr einst so suspekten Internet möglicherweise selbst Regines Mörder ins Haus einbestellt zu haben, ist schwer zu ertragen; zumal sie ja auch einen schönen Abend mit ihm verbracht hatte. Also erkläre ich, dass ich mit diesem Robert aus einem ganz anderen Grund unbedingt sprechen möchte, und berichte von meinem Ausflug in der vergangenen Nacht.

Die zweimalige Nennung eines Ortsnamens interessiert meine Zuhörer allerdings weit weniger als die Beschreibung meiner Rückfahrt. Bis auf Daniel, der wie ein Wilder in sein

Smartphone tippt. Was ich ihm nicht verdenken kann; all die Ortsnamen sagen ihm nichts; er kennt sich in dieser Gegend ja noch weniger aus als ich.

»Spätestens in Winterspelt hättest du doch merken müssen, dass du in die falsche Richtung fährst«, sagt Marcel kopfschüttelnd.

»Du hättest links auf die L17 abbiegen müssen«, sagt Hein.

»Und dann noch mal links auf die Hauptstraße«, fügt Jupp nickend hinzu.

»Wie hätte ich die denn sehen sollen!«, fahre ich die Männer an. »Alles war dunkel, Unmengen an Schnee, schlecht oder überhaupt nicht geräumte Straßen, die den Namen nicht verdienen; manchmal war einfach Schluss. Ich musste wieder umdrehen und einen anderen Weg suchen. Mein Gott, es war schwer genug, den Wagen überhaupt zu lenken. Und dabei hat er Vierradantrieb!«

»Und weiter?«, fragt Marcel. »Wie bist du dann gefahren?«

»Keine Ahnung. Einfach da, wo es Spurrinnen gab und das Auto Halt am Boden kriegte. Wo es eben weiterging. Ich habe immer gehofft, endlich ein bekanntes Ortsschild zu sehen. Aber nix da. Ich glaube, ich bin tief nach Belgien reingekommen, war vielleicht sogar schon in Luxemburg. Diese elenden Schneeverwehungen. Bin durch einen Ort gefahren, der ganz zu Recht Verschneid heißt.«

»Aber da warst du doch schon fast zu Hause!«

»Woher sollte ich das wissen? Bin einfach weitergefahren. Und war dann irgendwann in Amel.«

Marcel und Jupp stöhnen auf. Hein hört mir nicht mehr zu. Er hat den Kopf vorgebeugt und bespricht sich flüsternd mit Daniel.

»Von da fand ich dann den Weg nach Sankt Vith.« Ich erinnere mich daran, wie warm mir ums Herz wurde, als ich endlich begriffen hatte, wo ich mich befand. Dass ich nicht dazu verdammt war, den Rest der Nacht im Kreis durch die Eifeler Schneewüste zu gondeln. »Und von da wusste ich ja, wie ich nach Hause komme.«

»Da hättest du ja direkt in Sankt Vith bleiben können«, sagt Marcel leise.

»Na, da hättest du dich aber riesig gefreut, wenn ich dich um drei Uhr nachts aus dem Bett geklingelt hätte!«, fahre ich ihn an.

Mein Tonfall scheint den anderen mehr über unser derzeitiges persönliches Verhältnis zu verraten, als mir lieb ist. Marcel antwortet nicht. Unbehagliches Schweigen breitet sich aus. Daniel hat inzwischen das Tippen eingestellt und das Smartphone vor sich auf den Tisch gelegt. Er zieht das Papier mit der Aufstellung des Handtascheninhalts zu sich heran und unterschreibt, ohne es durchzulesen.

»Das Ofengemüse!«, ruft Gudrun und springt auf. »Der arme Junge verhungert uns noch.«

Ich folge ihr in die Küche und frage, wie das Gespräch mit dem Pfarrer verlaufen ist. Sehr gut, erfahre ich, Pastor May sei bereit, die Trauerfeier auf der Kehr zu halten, obwohl sich die Kapelle eigentlich außerhalb seines Zuständigkeitsbereichs befinde.

»Aber er war doch Regines Pfarrer!«, rufe ich, während ich das Gemüse auf dem Blech großzügig mit Olivenöl einsprühe.

»Ja, und meiner ist er auch. Weil unser Haus in Rheinland-Pfalz steht«, antwortet Gudrun und schließt die Ofentür mit einem Knall. »Zwanzig Minuten reichen.« Sie stellt die Ofenuhr ein. »Deshalb wollte Regine ja auch in der Kirche von Hallschlag heiraten. Eben weil wir zum Bistum Trier gehören.«

Im Gegensatz zu unserer Kapelle auf der Kehr. Die, wie auch mein Restaurant und das Wohnhaus von Jupp und

Hein, Nordrhein-Westfalen zugeordnet ist, also dem Aachener Bischof untersteht, wie mir Gudrun mitteilt. Der sei aber nicht zuständig für die katholischen Belgier auf der Kehr, das sei der Bischof von Lüttich.

Erstaunt registriere ich, dass auch das Personal des lieben Herrgotts sich den willkürlich gezogenen weltlichen Grenzen zu beugen hat. Ich verstehe nichts von Glaubensbehörden, hatte aber bisher angenommen, dass sich in einer pfarrerlosen Kirche wie unserer jeder katholische Pastor an den Altar stellen dürfe.

»Dann wird Pastor May seine Amtsbrüder in Nordrhein-Westfalen also erst um Erlaubnis fragen müssen?«

Gudrun schüttelt den Kopf. »Ist alles viel zu umständlich. Er weiß zwar nicht, wie der zuständige Pfarrer im Bistum Aachen darüber denkt, aber er wird es einfach tun, ohne groß zu fragen.«

So wie ja auch Marcel, ohne groß zu fragen, in Deutschland ermittelt, denke ich. Was er allerdings eher heimlich tut und am liebsten im Kreise seiner Freunde. Für offizielle Amtshandlungen hat er sich, soweit ich weiß, bisher immer Erlaubnis von deutscher Seite eingeholt.

Wie alle Amerikaner verschmäht Daniel beim Essen das Messer, wenn er es nicht unbedingt braucht. Allerdings hält er die Gabel in der linken Hand. Weil er mit der Rechten immer noch unentwegt an seinem Smartphone herumfummelt. Am Gespräch beteiligt er sich überhaupt nicht.

Ich kann mir nicht vorstellen, dass seine Großmutter solche Tischmanieren duldet. Verkneife mir angesichts seiner Traurigkeit allerdings die Frage. Hein ist der Einzige, der nicht immer wieder verstohlene Blicke zu dem Jungen sendet. Zu meiner stillen Empörung nickt er ihm sogar aufmunternd zu. Ganz offen, als verhalte sich Daniel, wie es sich gehöre. Den anderen geht es wohl so wie mir: Ich frage mich, ob der Junge die schlimme Erfahrung vom frühen Morgen offenbar nur durch unermüdliches Gedaddel verarbeiten kann, und wundere mich darüber, wie sich die Zeiten verändert haben.

Plötzlich springt Daniel auf, geht zu Hein und hält ihm sein Spielzeug vor die Nase.

»Sehr gut«, sagt Hein, strahlt uns an, greift nach dem Gerät und reicht es Marcel.

Der blickt ratlos auf das Display und drückt irgendwo drauf.

»Nein.« Hein nimmt ihm das Ding wieder ab. »Jetzt ist es weg. Warte, ich zeige es dir.«

»Wollt ihr uns Unwissende nicht auch an eurem Spiel teilhaben lassen?«, frage ich Hein mit mühsam unterdrückter Entrüstung.

»Es ist kein Spiel«, sagen Hein und Daniel wie aus einem Mund.

»Robert hat eben eine sehr interessante Info geschickt«, erklärt Daniel. »Auch wenn ich noch nicht weiß, ob sie uns zu dem Mörder meiner Mutter führen wird.«

»Robert?«, frage ich verwirrt.

»Der aus Radevormwald?«, kommt es ungläubig von Gudrun. »Aber den kennst du doch gar nicht, Daniel!«

»Doch. Seit gestern.«

»Er hat über Facebook mit ihm Kontakt aufgenommen«, erklärt Hein. »Ich kannte ja seinen Account.«

»Und jetzt ist er also einer deiner viertausendachthundertsiebenundneunzig Freunde, oder was?«, wende ich mich ungeduldig an Daniel.

»Sind nur zweihundertzweiundzwanzig.«

»Aber der Erste, der bei der Stadtverwaltung Radevormwald arbeitet«, merkt Hein an. »Und jetzt ratet mal, was er für Daniel herausgefunden hat. Ach so«, sagt er zu Marcel, »die deutsche Polizei hat ihn übrigens noch nicht befragt. Er war noch nicht über Regines Tod informiert. Das haben wir gestern getan, Daniel und ich. Robert war echt geschockt und hat uns seine Hilfe angeboten. Tja, und die ...«

Er bricht erschrocken ab. Wir sind alle zusammengefahren.

»Stell den Klingelton deines Handys doch mal auf normale Lautstärke!«, belle ich Marcel an.

Der hört mich nicht. Wirft sein Glas um, als er vom Tisch aufspringt.

»Entführung?«, brüllt er ins Telefon. »Was? Wann? Geiselnahme? Gibt's nicht! *Incroyable!*«

Er atmet sehr schwer und starrt mit aufgerissenen Augen zu uns herüber. Wir sind alle ganz still.

Ich kann kaum glauben, was da gesagt wird. Klingt nach Großeinsatz. Aber Marcel gehört doch keinem Sonderkommando an. Er ist nur ein kleiner Polizeiinspektor. Wieso sollte er zu einer so riesigen Sache gerufen werden?

»Wie viele Geiseln? Gut. Bin in einer Minute da. Ist ja hier vor der Tür.«

Er kappt die Verbindung.

»Was ist hier vor der ...«

Marcel reißt seine Mütze vom Tisch.

»Hermanns Setra«, sagt er tonlos. »Ist entführt worden. Mit allen Leuten drin.«

»Wo ist der Bus?«, fragt Gudrun atemlos. »Etwa hier auf der Kehr?«

Marcel ist schon an der Tür.

»Auf der Grenze«, ruft er in den Gastraum zurück.

»Auf welcher?«, fragt Jupp schnell.

»Auf allen«, hören wir noch, und dann ist Marcel verschwunden. Es gibt kein Halten mehr. Wir rennen ihm hinterher.

KAPITEL 12

Eintopf to go
aus den Resten des Ofengemüses, dazu Süßkartoffeln, Kürbis und Rinderhack in Sambal Manis angebraten, mit Korianderblättchen überstreut

Zwei Stunden später
Es tut sich nichts.

Hermanns mintgrüner Kaffeefahrer-Bus steht immer noch einen knappen Kilometer von der *Einkehr* entfernt auf allen Grenzen: das linke Vorderrad in Rheinland-Pfalz, das linke Hinterrad in Nordrhein-Westfalen und die beiden rechten Seitenräder in der belgischen Böschung. Die Straße ist in beiden Richtungen gesperrt, und die Polizei hat in gehörigem Abstand eine Art Kordon um den Bus gezogen.

Die Einheiten der Polizeizone Eifel vor Ort halten sich allerdings noch zurück. Sie warten auf die POSA-Kommandotruppe aus Lüttich, Kurzform für Peloton Protection, Observation, Soutien et Arrestation, die jeden Moment eintreffen soll. Diese Sondereinheit wird im Fall von Geiselnahmen herbeigerufen, sich aber bei den derzeitigen Straßenverhältnissen ziemlich schwertun, die hundert Kilometer von Lüttich bis zur Kehr in gebotener Eile zurückzulegen.

Das alles hat mir Marcel mitgeteilt, der zu meinem Erstaunen meinen Anruf nicht nur entgegengenommen, sondern mir sogar bereitwillig und ausführlich Auskunft gegeben hat: »Keiner weiß, was hier los ist.«

Es falle schwer, ein Dispositiv aufzubauen, also eine Analyse der Situation zu erstellen, wenn nichts weiter bekannt sei, als dass ein alter Reisebus der Marke Setra S6 mit betagten Eifeler Kaffeefahrern von unbekannten bewaffneten Entführern aus unbekannten Gründen gekapert worden sei und jetzt zur Hälfte auf dem belgischen Rand der deutschen Bundesstraße 265 stehe. Niemand weiß, wer im Bus mitgefahren ist, wie viele Entführer es gibt oder was sie wollen. Forderungen haben sie noch nicht gestellt.

»Sie haben nur ein einziges Mal Kontakt mit uns in Sankt Vith aufgenommen«, erklärt Marcel, »da haben sie Hermann einen Text ablesen lassen; vermutlich um selber der Spracherkennung zu entgehen.«

Hermanns Stimme habe entsetzlich gezittert.

»Würde meine auch bei so einer Entführung«, bemerke ich.

»Genau. Richtige Todesangst hatte er, meint der Psychologe«, fährt Marcel fort. »Auf Nachfragen von uns durfte er nicht antworten.«

Vermutlich habe man dem armen Busfahrer beim Sprechen jene Waffe an den Kopf gehalten, aus der wenig später ein Schuss abgefeuert worden sei. Nicht im Setra selbst, sondern aus der Tür heraus, einfach aufs Feld. Wohl, um deutlich zu machen, wie ernst die Bedingung gemeint sei, dass sich niemand, und schon gar kein Polizist, dem Bus auf weniger als hundert Schritte nähern dürfe.

Was im Fahrzeug selbst vorgehe, bleibe allen Blicken verborgen. Sämtliche Vorhänge seien dicht zugezogen und graue Jalousien an der Windschutzscheibe heruntergelassen worden. Die Kraft der Richtmikrofone reiche nicht aus, um Gesprächsfetzen aus dem Inneren aufzunehmen.

Das Ganze sei ein Rätsel.

Für mich ist es ein Rätsel, dass Marcel angesichts der hochdramatischen Lage Zeit findet, mir alles so ausführlich zu schildern.

»Musst du denn nicht irgendwas tun?«

»Was denn?«, entgegnet er. »Wir sind auf alles vorbereitet, aber niemand kann hier etwas tun. Wir warten ab.«

»Warum haben die Entführer bei euch und nicht bei der Polizei in Nordrhein-Westfalen oder Rheinland-Pfalz angerufen? Bei all den deutschen Schildern können sie doch nicht geglaubt haben, dass sie in Belgien sind?«

»Sind sie aber, mit zwei Rädern«, sagt Marcel, »und die Passagiertür geht auch nach Belgien auf. Wir wissen nicht, warum, aber es ist bestimmt kein Zufall, dass der Bus genau so angehalten wurde, mit einem Rad in Nordrhein-Westfalen, einem in Rheinland-Pfalz und zweien in Belgien. Das lässt darauf schließen, dass die Leute so viel Aufmerksamkeit wie möglich in Belgien und den beiden deutschen Bundesländern haben wollen und dass sie sich hier in der Gegend auskennen.«

»Ich mich auch«, gebe ich zurück und setze hinzu: »Aber ich könnte meinen Wagen nicht so exakt auf alle Grenzen setzen, weil ich nicht weiß, wo die punktgenau verlaufen.«

»Du weißt ja nicht mal, dass Verschneid um die Ecke ist. Stell dir vor, es gibt Leute, die Karten lesen können. Und darauf zum Beispiel erkennen, dass da, wo der Bus steht, die belgische Grenze genau in einem rechten Winkel verläuft.«

»Wie, rechter Winkel?«, frage ich irritiert. »Von uns aus gesehen gehört doch die ganze rechte Seite bis fast nach Mooshaus zu Belgien!«

»Irrtum. Der kleine Feldweg ist schon in Deutschland. Und das rechte Vorderrad steht genau noch in diesem belgischen Winkel, *c'est fou*!«

Wie immer interessieren mich Menschen mehr als geografische Gegebenheiten. Ich mache mir Sorgen um die armen alten Leute, die jetzt schon seit über zwei Stunden voller Ungewissheit und möglicherweise Todesangst in dem entführten Bus ausharren müssen.

»Wahrscheinlich kenne ich die meisten«, sage ich, »wenn auch nicht ihre Namen, aber ganz bestimmt vom Sehen!«

»Wunderbar!«, ruft Marcel. »Da hätte ich auch selber draufkommen können!«

Erst denke ich, dass er sich wieder über mich lustig macht, aber dann bittet er mich, augenblicklich zu *Dallas* zu fahren, um seinen Kollegen bei der Auswertung der Videoüberwachung des Supermarkts zu helfen.

»Der Setra ist erst auf dem Nachhauseweg entführt worden. Also haben die Passagiere vorher noch was eingekauft. Nimm David mit, der hat einen guten Blick für Details. Ach ja, und danke für das betierte Tuch.«

Ich brauche einen Moment, um zu begreifen, dass er damit Meissners Genmaterial meint, das ich ihm in einem Plastiktütchen so heimlich in die Jacke hineingesteckt habe, wie ich es aus einer anderen herausgezogen hatte.

Es ist zumindest ein kleiner Trost, dass Hermanns Fuhre im Bus weder Hunger noch Durst zu fürchten braucht. Auf dem Monitor im *Delhaize*-Büro können wir schnell zwölf Fahrgäste identifizieren, die nicht nur Kaffee in Pulver- und Bohnenform eingekauft, sondern sich auch reichlich mit Schokolade, Wein und ein paar anderen unkompliziert genießbaren Lebensmitteln eingedeckt haben, darunter Ardenner Schinken, süß eingelegter australischer Ingwer, englisches Weingummi, bayerische Weißwurst, elsässische Gänseleberpastete und französischer Camembert. Belgisches Brot sehe ich in keinem Einkaufswagen. Obst leider auch nicht.

Konrad Meissner legt nur zwei Kartons tiefgefrorener Froschschenkel auf das Band an der Kasse. Er ruft jemandem etwas zu, der zwar von der Kamera nicht erfasst wird, aber die Spitze einer Krücke ins Bild hält. Eingekauft hat Frieda allerdings nichts. Ich schüttele den Kopf, als ich Hermann mit einem ganzen Wagen voller pfandfreier belgischer Wasserflaschen an der Kasse sehe. Bei Hein wundere ich mich nie darüber, dass er zu faul ist, die leeren Flaschen in Deutschland zurückzugeben, aber Hermann hätte ich umweltbewusster eingeschätzt.

»Gehört die etwa auch zu Ihrer Gruppe?«, fragt mich der Supermarktleiter.

Er hält das Bild kurz an, deutet auf eine Frau mit einer dunklen Pudelmütze, unter der lange weiße Haarsträhnen hervorlugen. Das Bild läuft im langsamen Durchlauf weiter. Mit der linken Hand lässt die Frau ein Päckchen gepulter Nordseekrabben in ihre rechte Manteltasche gleiten, während sie gleichzeitig mit den rechten Fingern einen eingeschweißten Räucheraal in den linken Ärmel schiebt. Eine erstaunliche Choreografie, eine taschenspielerische Meisterleistung und in diesen Stunden zudem eine gesunde kulinarische Alternative für Hermanns Fahrgäste. Denn als sie zur Seite blickt, erkenne ich die Weinfrau, die nach dem Knochenfund unbedingt mein Haus von innen hatte besichtigen wollen. Ich hätte ihr nachgeben sollen. Vielleicht hätte sie das Waffeleisen geklaut und somit großes Unheil verhindert.

»Nein, die gehört nicht dazu«, lüge ich, sehe David intensiv an und knuffe Polizeiinspektor Erwin Hannen, der neben mir steht, leicht in die Seite. Er nickt fast unmerklich und macht sich eine Notiz. David klappt den Mund rechtzeitig wieder zu.

Sollte diese Busentführung so unblutig ausgehen, wie wir alle hoffen, darf am glücklichen Ende nicht die Festnahme einer geschickten alten Ladendiebin stehen, die mit gestohlener Omega-3-Fettsäure möglichen Herzinfarkten der greisen Passagiere an Bord entgegengewirkt haben könnte.

»Sehr ärgerlich«, sagt der Supermarktleiter. »Wozu haben wir all die Kameras, wenn keiner aufpasst! Das nächste Mal erwischen wir die Frau, das kann ich Ihnen sagen!«

»Hoffentlich überlebt sie es«, sagt David.

»In Belgien gibt es keine Todesstrafe mehr«, setzt Erwin noch einen drauf.

»Wovon reden Sie?«, fragt der Supermarktleiter empört. »Die Frau kriegt Hausverbot!«

»Genau das wünsche ich ihr«, sage ich, »dass sie morgen hier nicht mehr reingelassen wird.«

Und dann flüchten wir zu dritt in die Cafeteria. Wir haben insgesamt vierzehn Fahrgäste identifiziert.

»Wir dürfen jetzt keine Witze mehr machen«, sagt David, als wir uns in einer Ecke an einem winzigen Tisch zusammenquetschen, getroffen von unzähligen Blicken. Jeder in diesem Café weiß, was ein paar Kilometer von hier entfernt gerade passiert. Die ersten Sensationstouristen sind schon eingetroffen und überbrücken die Wartezeit vor ihren Handys bei Milchkaffee, belgischen Torten und wilden Theorien. Der Mann in belgischer Polizeiuniform wird unverhohlen, nahezu feindselig, angestarrt. Die unausgesprochene Frage steht im Raum: Wieso stürmt der nicht den Bus? Damit endlich was passiert.

Natürlich müssen wir uns flüsternd unterhalten.

»Doch«, erwidere ich David. »Wir dürfen Witze machen. *Comic relief*; bei all dieser Anspannung müssen wir auch Dampf ablassen.«

Erwin nickt.

»Denen im Setra ist egal, ob wir lachen oder weinen. Die wollen nur raus. Wenigstens wissen wir jetzt, wer drin ist.«

Meine Lieblingskellnerin macht mir Zeichen.

»Entschuldigung«, sage ich zu den beiden Männern und zwänge mich aus der engen Bank heraus, »ich muss mal ...«

Da fällt mir etwas ein. Müssen. Der Reisebus. Die Senioren. Ihr erster Besuch in der *Einkehr*.

Ich bleibe vor dem Tisch stehen und schlage mir die Hand

vor den Mund. David und Erwin sehen mich verständnislos an. Anja eilt herbei.

Ich beuge mich vor, stütze beide Hände auf dem Holztisch ab, lasse dabei einen dekorativen Weihnachtsengel zu Fall gehen und hauche den beiden Männern zu: »Hermanns Baby hat kein Klo!«

Sie sehen sich ratlos an. Erwin begreift als Erster, zumindest teilweise. Er nickt besorgt und erklärt nicht ganz leise: »Prostata!«

Ein Raunen geht durch die Cafeteria. Als hätte der belgische Polizeiinspektor endlich den Grund der geheimnisvollen Reisebusentführung enthüllt.

David beugt sich vor und flüstert beschwörend: »Aber es sind doch nur drei Männer im Bus!«

Zum Beweis, dass auch Frauen ein gewisses Bedürfnis verspüren können, lasse ich die beiden allein. Anja folgt mir zu jenem den Toiletten vorgelagerten Flügel der Cafeteria, den Erwin und David nicht einsehen können.

»Ich wollte es der Polizei nicht sagen«, flüstert sie, als wir uns an einem Zweiertisch niederlassen, »aber mir ist etwas Komisches aufgefallen.«

»Marcel und Erwin kannst du doch vertrauen«, sage ich verwundert.

»Sicher, aber das sind doch auch nur Männer. Die würden das nicht verstehen. Nur glauben, dass ich mich wichtig mache. Mich für bescheuert halten.«

Ich blicke in ihr klares, offenes Gesicht, registriere den neuen Haarschnitt mit den frechen Strähnchen im glänzenden Dunkelbraun und erinnere mich daran, wie sie Marcel und mir bei unserer allerersten Begegnung vor sehr vielen Jahren meinen ersten belgischen Kaffee serviert hat. Tassenweise, damit sie so wenig wie möglich von den Verdächtigungen verpasste, die mir Marcel damals anhängen wollte. Zu der Zeit arbeitete sie noch im Hotel gegenüber.

»Jedes Detail ist wichtig«, sage ich und fange an zu lachen. Weil ich so bescheuert bin, einen Satz loszulassen, der zwar in allen Krimis vorkommt, aber völlig sinnfrei ist. Anja sieht mich unsicher an.

»Ich weiß nicht, ob das wichtig ist. So ganz sicher bin ich mir ja auch nicht. Aber ich habe Hermanns Oldtimer hier schon so oft gesehen.« Sie rückt ihre Brille zurecht. »Die sagen doch alle, dass die Vorhänge im Bus zugezogen sind, oder?«

Ich bestätige, dass mir Marcel das auch mitgeteilt hat. Anja steht auf und hebt hilflos die Arme.

»*Sorry*, Katja, ich muss wieder arbeiten, aber ich könnte fast schwören, dass die Vorhänge früher nicht drin waren, nicht in dem alten Ding. Kann mich aber auch irren. Und ist wahrscheinlich auch wirklich nicht wichtig.«

»Hatte Hermanns Baby eigentlich Vorhänge?«, frage ich David, als wir das Ardenner Center verlassen. Die Klänge von *Jingle Bells* wehen von der Krippana, der größten Krippenausstellung Europas, auf den Parkplatz herüber. David ist stehen geblieben und lauscht.

»Meine Kindheit«, sagt er versonnen. »Das und *White Christmas*. Dabei habe ich in Texas ganz selten Schnee gesehen. 1983 zum letzten Mal, glaube ich. Trotzdem ist Schnee für mich Weihnachten, weil dann Santa im Schlitten kommt.«

»Santa hat Winnetous Schwester umgebracht«, winke ich ab und wiederhole schnell meine Frage, um seiner entsetzten zuvorzukommen.

Er vergisst Winnetous Schwester.

»Vorhänge?«

»*Curtains*«, übersetze ich.

»Ich weiß, was Vorhänge sind!«

»Was für eine Farbe haben die in Hermanns Bus?«, frage ich den Mann, der nach Marcels Ansicht einen guten Blick für Details hat, und ärgere mich über mich selbst.

Wenn an den Fenstern Vorhänge angebracht sind, müsste ich sie doch auch wahrgenommen und mir zumindest den flüchtigen Gedanken erlaubt haben, ob sie zu dem Mintgrün der Karosserie passen. Schließlich war ich mal Journalistin. Noch dazu in der Modebranche. Da achtet man doch auf Stoffe!

Und Hermanns Baby parkt schon seit Monaten regelmäßig vor meinem Restaurant. Gut, dass ich nicht mehr darauf angewiesen bin, meinen Lebensunterhalt mit genauer Beobachtung meiner Umgebung zu verdienen! Wobei es derzeit sicher beruhigender wäre, das Leben der anderen aus einem gewissen Abstand heraus zu beobachten, als selbst Teil dieses Albtraums zu sein. Der mit einem Knochenfund in meinem Haus begonnen hat, in dem Mord an Regine kulminiert ist und mit der aktuellen Busentführung zu unvorstellbaren weiteren Katastrophen führen kann.

»Vorhänge interessieren mich nicht«, sagt David.

»Ich fahre jetzt wieder hin«, meldet sich Erwin. »Soll ich Marcel was von dir ausrichten?« Er reicht mir die Hand und fügt lächelnd hinzu: »Ihm was von Vorhängen erzählen?«

»Oder was vom Pferd«, murmele ich; ein Kommentar, den *Rudolph the Red-Nosed Reindeer* aus den Krippana-Lautsprechern zum Glück übertönt.

Die Frage nach früherem Sein oder Nichtsein von Vorhängen dürfte Marcel piepegal sein, solange sich dahinter Menschen in Gefahr befinden. David blickt immer noch auf die andere Straßenseite, reißt plötzlich den Mund auf und erschreckt mich mit atonalem Gesang: *»Rudolph with your nose so bright, won't you guide my sleigh tonight?«*

»Hör auf!«, flehe ich ihn an.

»Ich versuche in Stimmung zu kommen. In ein paar Tagen ist doch Weihnachten.«

Sein Gemüt hätte ich gern. Aber auch mir geht ein völlig

abwegiger Gedanke durch den Kopf, nämlich dass mir Rehkeule zu Weihnachten erheblich besser schmecken würde als Gänsebraten. Ich werde Frau Schröder diesen Vorschlag unterbreiten.

In der *Einkehr* werden wir so innig begrüßt, als hätten wir eine lange abenteuerliche Reise hinter uns gebracht, über die wir jetzt berichten sollen. Das ist nach relativ kurzer Zeit erledigt. Ich nehme Gudrun zur Seite und frage sie nach den Vorhängen. Nicht etwa, weil ich diesem Detail eine entführungsrelevante Bedeutung zumesse, sondern nur, weil ich wissen möchte, ob sie ihre Umgebung mit größerer Aufmerksamkeit beobachtet als ich.

»Die meisten Reisebusse haben doch Vorhänge«, weicht sie aus.

»Die meisten Reisebusse haben auch Klos«, erwidere ich. »Hermanns nicht.«

Sie sieht mich betroffen an. »Das ist ja furchtbar!«

»Entführer sind Unmenschen. Die werden keinen zum Pinkeln rauslassen.«

»Mein Gott, die armen Leute!«

»Ganz so arm sind sie nicht, die haben zumindest ordentlich Wein gekauft.«

»Umso schlimmer!«

Wo sie recht hat, hat sie recht.

Ich versuche, Marcel zu erreichen, kriege aber nur die Mailbox.

»Und Hunger werden die auch haben«, sagt Gudrun, »nach all dem Wein.«

Ich zähle die Lebensmittel auf, die über die Bänder an der Kasse gelaufen sind.

»Alte Menschen brauchen mittags was Warmes im Bauch«, sagt Gudrun. »Vor allem bei dieser ganzen Aufregung. In Krimis bestellen die Bankräuber bei der Polizei immer Pizza.

Aber das dauert viel zu lang, bis wir die Böden gemacht haben und so.«

»Eintopf«, sage ich. »Den können wir schnell fertig machen. Mit den Resten des Ofengemüses von gestern. Und ordentlich Hackfleisch, pikant, aber nicht zu scharf gewürzt. Nimm den Sambal Manis aus dem Grenzmarkt. Die Frage ist nur, wie wir das alles nachher zum Bus befördern.«

»Mit dem Auto in zwei großen Töpfen«, antwortet Gudrun. »Tiefe Teller. Und Löffel. Müssten wir auch hinbringen.«

»Es geht nicht darum, wie wir es den Leuten servieren, sondern ob wir überhaupt an den Bus rankönnen.«

»Geht gar nicht«, erklärt Daniel, der soeben mit einem hechelnden Linus zur Tür hereinflitzt. Sein Gesicht ist gerötet.

»Wir joggen schon die ganze Zeit hin und her.« Er wirft sich auf einen Stuhl am runden Tisch. »Niemand darf sich dem Bus nähern. Und es passiert immer noch nichts. Da sind ganz wild aussehende belgische Polizisten, aber die hocken abseits hinter so einer Zeltwand und warten nur. Ist wahrscheinlich Zermürbungstaktik. Kenne ich von meinen Tieren.«

David verwuschelt ihm das Haar, das in Amerika sehr lang geworden ist, und sieht ihn liebevoll an. Gudrun fasst sich an den Bauch.

»Es bewegt sich! David, dein Kind hat grad gestrampelt! Fühl mal!«

Oh je, denke ich. Bitte, liebe Gudrun, werde nicht eifersüchtig auf Davids Sohn, der gerade seine Mutter auf so grausame Weise verloren hat! David eilt sofort an Gudruns Seite. Ich rufe den Jungen zu mir.

»Du hattest da vorhin doch was Interessantes entdeckt, Daniel. Über den Internetmann aus Radevormwald.« Mir fällt ein, dass ich sogar seinen Namen kenne. »Über diesen Robert. Was war das?«

Daniel strahlt mich an. »Nichts über Robert. Was von ihm.«

»Und?«

»Er arbeitet bei der Stadt in Radevormwald. Und du hast doch gesagt, dass da was nicht stimmt.«

Ich verstehe überhaupt nichts mehr.

»Setz dich wieder«, fordere ich ihn freundlich auf und schiebe ihm einen Stuhl zu. »Was meinst du damit, Daniel? Was stimmt in Radevormwald nicht? Ich war noch nie da.«

»Eben! Frieda und Hermann Kerschenbach auch nicht. Jedenfalls sind sie da nie gemeldet gewesen. Und auch nicht geboren.«

Ich bin wie vom Donner gerührt und sage gar nichts.

»Robert hat den direkten Draht zur Frau vom Standesamt«, fährt Daniel fort. »Er hat nachgefragt. Da gibt es überhaupt keine Kerschenbachs. Hat es nie gegeben.«

Hein blickt von seinem Notebook am Nachbartisch hoch.

»Ist ja auch ein Eifeler Name. Kerschenbach. Ganz in der Nähe hier. Kleiner Ort. Neben Hallschlag.«

»Natürlich weiß ich, wo Kerschenbach ist!«, fahre ich Hein an. »Aber stell dir vor, Frieda und Hermann stammen nicht aus der Eifel.«

»Zumindest nicht aus Radevormwald«, sagt Daniel. »Robert ist echt cool. Schade, dass meine Mutter ...«

»Hermann ist schwer in Ordnung«, verteidige ich Regines letzte Liebe. »Du kennst ihn nicht. Er wäre ... Er hätte ...«

Ich breche ab.

Wärewärewäre. Hättehättehätte.

Wie müßig doch Konjunktive sind. Regine ist tot.

Und jetzt ist auch noch das Leben ihres Verlobten bedroht. Dessen Bus einen Kilometer von hier entfernt steht mit mindestens vierzehn Geiseln. Die sich selbst nicht nur in Lebensgefahr, sondern überhaupt in einem riskanten Alter befinden.

Vor der Tür meines Restaurants werden geräuschvoll Schnee und Matsch von den Füßen gestampft. Jupp öffnet die Tür und lässt Petronella Schröder und Jakob Perings eintreten.

»Furchtbar!«, ruft Frau Schröder. »Ganz furchtbar! Die armen Leute!«

»Wir haben es im Radio gehört«, bringt Jakob Perings keuchend hervor. »Und wollten wissen, ob wir irgendwie behilflich sein können.«

Ich springe auf und rücke ihm einen Stuhl zurecht.

Gudrun eilt aus der Küche herbei.

»Wollt ihr was essen?«

Beide schütteln den Kopf.

Gudrun blickt mich an.

»Soll ich in den Eintopf noch die restlichen Süßkartoffeln tun, Katja? Gut für die Farbe und macht das Ganze sämiger.«

Ich stimme zu und deute auf den Kürbis auf der Fensterbank. Er hat als Deko ausgedient. Wenn die *Einkehr* nicht geschlossen wäre, hätte Gudrun schon längst Krippenfiguren aufgestellt, Weihnachtssterne in die Fenster gehängt und alles mit künstlichem Schnee vollgepudert.

»Schau mal, ob der Kürbis auch noch zu gebrauchen ist«, sage ich und wende mich den Neuankömmlingen zu.

»Du hättest unten in Krewinkel bleiben sollen, Jakob. Das hier ist doch alles viel zu aufregend für dich! Denk bitte an dein Herz.«

»Habe ich ihm auch gesagt«, springt mir Petronella Schröder bei. »Aber er will nicht hören. Ist den Berg ganz allein raufgestürmt, als ob sein Leben davon abhinge.«

»Doch nicht ganz allein«, sage ich und nicke ihr freundlich zu.

»Sehr wohl allein! Er ist einfach weitergegangen. Als ich zurückmusste. Wegen der Gans.«

»Was ist mit ihr?«, fragt Daniel alarmiert.

»Die ist irgendwie aus dem Gatter entkommen. Jakob hinterher den Berg raufgeflattert. Als ob sie zu euch zurückwollte. Aber ich habe sie eingefangen und heimgebracht. Und Jakob erst wieder oben auf der Kehr eingeholt. Jung ...«, sagt sie zu ihm, »da hat die Frau Katja recht. Das ist gar nicht gut für dein Herz.«

Jakob Perings schüttelt den Kopf.

»Ich habe meine Tabletten für Herzklabaster geholt, Nellchen. Mit mir ist alles in Ordnung. Aber mit Hermann nicht. Da kann ich nicht unten nur vorm Radio sitzen und hören, was Stephan Pesch von hier oben berichtet. Hermann ist da jetzt ganz allein. Mit den Entführern. Und der ganzen Verantwortung für seine Passagiere. Wie der Kapitän auf einem Schiff. Ich muss was tun. Irgendwie fühle ich mich für Hermann ...«

Er sagt das Wort nicht, weil es absurd wäre. Weshalb sollte er sich für den Mann verantwortlich fühlen, dessen Anblick ihn kurzzeitig in den Tod getrieben hat?

Trotzdem glaube ich, ihn zu verstehen. Hermann Kerschenbach ist das Ebenbild des Vaters, der früh verstorben ist. Der Jakob einen Hof hinterlassen hat, den zu bewirtschaften er nicht in der Lage gewesen war. Vielleicht versucht er in seinen Träumen immer noch, dem Vater Rechenschaft abzulegen; bittet ihn um Verzeihung, weil er sein Lebenswerk so gnadenlos an die Wand gefahren hat.

Sieht Jakob die wahrlich erschreckende Ähnlichkeit mit Hermann als Mahnung oder als zweite Chance, um an einem anderen Menschen etwas gutzumachen, was er bei seinem Bruder versäumt hat? Hat damals je zur Debatte gestanden, dass auch Siegfried den Hof hätte übernehmen können? Vielleicht hätte der jüngere Sohn, das wilde und unberechenbare Kind, als das ihn Jakob uns geschildert hat, tatsächlich das Familienerbe retten können. Durch unkonventionelle Methoden und risikobehaftete, aber womöglich auch Erfolg versprechende Aktionen; Waghalsigkeiten, die der Mann, der später sein Leben als Buchhalter in Brüssel gefristet hat, als unheimlich und suspekt ablehnte? Wirft sich Jakob vor, den Bruder ausgebootet und so indirekt in den Tod getrieben zu haben? Denn eins steht fest: Wenn Siegfried in den Familienbetrieb eingebunden gewesen wäre, hätte er den Job als Aushilfsbriefträger nicht annehmen können. Dann wäre er in meinem Haus nicht ermordet und eingemauert worden.

Nicht zum ersten Mal frage ich mich, mit wie vielen Geistern Jakob Perings in stillen Stunden zu kämpfen hat. Ganz allein. So wie er vorhin den Berg durch den Schnee hinaufgestapft ist.

Er hat nie geheiratet. Hermann auch nicht. Noch eine Ähnlichkeit, die mir jetzt erst bewusst wird. Ich weiß zu wenig über Hermanns Vorleben. Finde es aber immer noch sehr schräg, dass Regine die erste Frau gewesen sein soll, die einem offensichtlich eingeschworenen Junggesellen von Mitte fünfzig ein Eheversprechen abgenommen hat.

Gudrun eilt aus der Küche herbei.

»Mir ist da eine Idee gekommen, Katja.«

»Vorhänge?«, frage ich gespannt. »Oder Eintopf?«

Sie schüttelt den Kopf.

»Viel wichtiger. Sollten wir Pastor May nicht bitten, aus Hallschlag raufzukommen?«

»Das ist doch Unsinn. Was soll der hier?«

»Er ist Seelsorger«, sagt sie eindringlich. »Vielleicht kann er was tun.«

»Und was?«

»Weiß nicht. Mit den Entführern sprechen? Er war mal Militärdekan.«

»Gudrun«, sagt David sanft, der selbst einmal bei der US Army war, »es ist nicht Krieg auf der Kehr.«

»Terroristen«, flüstert Gudrun. »Die führen auch Krieg. Und wir wissen doch, dass die überall sind. Vielleicht haben die den Bus entführt. Und bevor sie den in die Luft sprengen, um irgendein Zeichen zu setzen, könnte Pastor May …«

»Du hast ganz recht, Frau Gudrun«, unterbricht Petronella Schröder. »Der Pastor soll kommen.«

»Wozu?«, frage ich sie, jetzt ziemlich aufgebracht.

»Für die armen alten Leute aufzufangen, wenn die aus dem Bus rauskommen.«

Daniel nickt.

»Die werden echt voll traumatisiert sein. Und es wird lange dauern, bis sie danach wieder normal funktionieren können. Da ist ein Pfarrer als erste Instanz genau richtig. Später kann man über weitere Therapien nachdenken. Pferde, Hunde, Delfine, sogar Schmetterlinge … ihr habt ja keine Ahnung, in welcher Weise unsere vernachlässigten Mitkreaturen, die Tiere, den Menschen …«

»Schluss!«

Ich schlage auf den Tisch.

Es gibt Worte, auf die Menschen so reagieren wie ein besser erzogener Hund als Linus auf *Sitz*.

Es ist ganz still geworden. Alle starren mich an. Wenn ich könnte, würde ich das auch tun. Ich habe mich selbst erschreckt. Früher fand ich es ganz normal, meine Stimme zu erheben, Menschen anzubrüllen, rumzupoltern und *Schluss* zu rufen. Dieses Verhalten gehörte einst zu der ungeschriebenen Arbeitsplatzbeschreibung jener Berliner Moderedakteurin, die ich mal war. Und wurde mir zur zweiten Natur. Die ich in meinen ersten Eifeler Jahren nicht abgelegt habe, weil ich nahezu ohne Übergang eine andere Verantwortung übernommen hatte. Für mein neues Restaurant. Nein, denke ich, für die Menschen, die in meinem Restaurant arbeiten.

Für Menschen. Und auch für Tiere. Sehr oft hatte ich beide nur als Rohstofflieferanten betrachtet. Das wirft kein gutes Licht auf mich.

Ich atme tief durch, spüre das Unbehagen, mit dem Gudrun, David, Daniel, Hein, Jupp, Jakob und Frau Schröder an meinen Lippen hängen. Als fürchteten sie mein wahres Ich. Das sich schon vor meinem Donnerschlag in meiner Ungläubigkeit manifestiert hatte, in meinem Widerstreben, einem Pfarrer Zutritt zu meinen heiligen Hallen zu gewähren. Nie bin ich nach Hallschlag in die Kirche gegangen. Meine Leute haben es immer geahnt: Katja ist des Teufels. Dafür habe ich soeben einen weiteren Beweis geliefert. Weil ich mich dem Selbstverständlichen widersetzt habe, nämlich den Pfarrer in einer Notlage herbeizurufen. Und weil ich nach langer Zeit wieder laut geworden bin.

Petronella Schröder hingegen hat die Hoffnung am Leben erhalten. Dass die Entführung glimpflich ausgeht und die Passagiere danach getröstet werden können.

Glaube und Hoffnung. Dazwischen war doch noch irgendwas? Richtig, Liebe. Was macht eigentlich Marcel?

»Sie haben völlig recht, Frau Schröder«, sage ich, bitte Gudrun sehr höflich, den Pastor anzurufen, und möchte dann dringend zum eigentlichen Thema zurückkommen. Sehe aber aus den Augenwinkeln, wie Daniel vor Jakob Perings etwas auf den Tisch legt.

Ich will den Jungen anfahren, wie er dazu komme, die beiden alten Fotoalben aus meinem Haus zu entfernen, schaffe es aber tatsächlich, mich zusammenzureißen.

»Du warst also wieder drüben?«, frage ich ihn möglichst freundlich.

Er hebt die Schultern.

»Das Haus ist nicht abgeschlossen. Und du hast es ja schon abgeschrieben. Wahrscheinlich hoffst du, dass es dir irgendjemand abfackelt. Wie in Horrorfilmen, wo das Haus des Grauens am Schluss in Flammen auf- und alles Böse in der reinigenden Kraft des Feuers untergeht.«

»Du solltest Bücher schreiben«, sage ich. »So wie du sprichst. Warum hast du meine Fotoalben geklaut?«

»Nicht geklaut. Ich habe sie mir angesehen. Da habe ich Kühe entdeckt, die es heute gar nicht mehr gibt. Mit Hörnern und …«

Jakob blickt nicht auf Bilder von Kühen. Er hat eine Seite mit Fotos von sehr vielen Menschen aufgeschlagen. Erntebilder, soweit ich das beurteilen kann.

»Dein Papa, Katja«, sagt er und deutet auf den Mann, den auch ich als meinen Erzeuger identifiziert hatte. »Der Karl. Ein ganz lieber Kerl. Daneben die Maria, seine Frau.«

»Meine Mutter habe ich auf keinem Foto gesehen«, sage ich.

»Natürlich nicht.« Jakob legt seine Hand auf meine. »Die war doch das Mädchen aus dem Geschäft in Hallzech. Bei der Ernte hat sie natürlich nicht mitgeholfen. Aber die da, an die erinnere ich mich noch.« Er deutet auf ein blondes junges Mädchen, das in die Kamera lacht.

»Sie sieht schwanger aus«, sage ich.

»Lass sehen!«, ruft Gudrun, die neue Fachfrau für Fortpflanzung, und stürzt sich auf das Foto.

»Ganz klar schwanger«, bestätigt sie.

»Kann nicht sein«, sagt Jakob. »Das ist sicher nur Babyspeck. Sie war ja selbst noch ein halbes Kind, als sie bei uns gearbeitet hat. Das Foto muss ungefähr um die Zeit entstanden sein. Wie hieß sie noch mal? Richtig. Elisabeth. Eines unserer Mädchen. Ein hübsches Ding. Aber sie konnte meiner Mutter nichts recht machen und wurde irgendwann rausgeschmissen. Wie die meisten anderen vorher und nachher auch.«

Er blättert weiter. »Schau, hier ist die Elisabeth noch mal, da, mit dem Kind auf dem Arm. Vielleicht ist das tatsächlich von ihr. Na so was, ich wusste gar nicht, dass sie in der Gegend geblieben ist. Und geheiratet hat. So jung.«

»Ist das mein Bruder daneben?«, frage ich und setze hinzu: »Mein Halbbruder Gerd?«

»Könnte sein.« Er lacht und klappt das Album zu. »Kinder sehen irgendwie doch alle gleich aus.« Sofort wird er wieder ernst. »Entschuldigung, Katja«, murmelt er, »ich hab das mit deinem Bruder ganz vergessen. Was aus ihm geworden ist. Muss das Alter sein, da wird man gedankenlos ...«

»Kein Problem«, sage ich und meine es. Ich habe den Sohn meines Vaters nicht gekannt, nur einmal ein unerfreuliches Telefongespräch mit ihm geführt.

Die Tür fliegt auf.

Marcel stürmt herein. Hinter ihm ein grimmig und militärisch ausgestattetes Geschöpf, das ich sofort der POSA-Einheit Lüttich zuordne. Als Gegengewicht wäre mir ein friedlich ausstaffierter Pfarrer aus Hallschlag jetzt mehr als willkommen.

»Die Entführer haben uns gesimst«, sagt Marcel atemlos.

»Was haben die?«, ruft Jakob entsetzt und fasst sich ans Herz.

Daniel beugt sich vor und erklärt es ihm.

Währenddessen sprudeln die Informationen aus Marcel hervor.

»Sie bestehen darauf, ihre Forderungen über deinen Telefonanschluss zu stellen. Und sie wollen ausschließlich mit mir verhandeln. Ist irgendwie komisch.«

Ich springe auf und lege das schnurlose Telefon meines Festnetzanschlusses auf den Tisch. Hoffentlich ist genug Saft drin. Daniel hat bestimmt dauernd mit seiner Großmutter telefoniert. Wegen all dem elenden Viehzeug in Texas. Sollte er ihr erzählt haben, was auf der Kehr wirklich passiert ist, steht sie bestimmt morgen vor der Tür. Ich kenne doch Mathilde. Aber Daniel kenne ich noch besser. Er wird seiner Großmutter erst alles erzählen, wenn es vorbei ist.

»Wann rufen sie an?«, frage ich Marcel, als er geendet hat.

»Wann immer sie wollen.«

»Aber warum hier und warum du? Woher sollen wir die

Leute kennen? Ob das mal Gäste waren? Und hier alles heimlich ausspioniert haben?«

Ein sehr unbehaglicher Gedanke.

»Es geht nicht um Sie«, meldet sich der Mann hinter der POSA-Maske in perfektem und so sächsisch gefärbtem Deutsch, wie ich es zuletzt bei einem Fotoshooting in Leipzig gehört hatte. »Sondern um den nächstgelegenen Festnetzanschluss. Weshalb die Entführer ein weiteres Gespräch über Handy ablehnen, versuchen wir gerade zu ergründen.«

»Und warum wollen sie nur mit Polizeiinspektor Langer sprechen?«, frage ich.

»Raffinierte Personen«, antwortet der maskierte Sachse. »Ein normaler Polizeibeamter ist einfach nicht so geschult wie wir. Die Entführer wollen kein Risiko eingehen. Lieber mit einem Mann reden, wo es keinen doppelten Boden gibt, wenn Sie mich verstehen.«

»Natürlich«, sage ich und frage mich, wie seine Kollegen in Lüttich ihn verstehen.

Gudrun hat andere Sorgen. Sie rüttelt an Marcels Schultern.

»Die Leute müssen essen. Kannst du da auch was aushandeln? Wir machen gerade einen Eintopf und wissen nicht, wie ...«

Das Telefon klingelt.

»Die Leute müssen auch aufs Klo gehen«, werfe ich ein, während Marcel den Apparat auf dem Tisch vor sich anstarrt.

»Nimm ab!«, drängt Gudrun.

Marcel schüttelt den Kopf.

»Die müssen da drüben doch alle mithören«, erklärt Daniel. »Bis die Leitung steht, dauert es.«

»Genehmigung aus Deutschland eingeholt?«, werfe ich ein und ernte einen bösen Seitenblick.

»Lautsprecher!«, befiehlt der POSA-Mann aus Sachsen.

Es klingelt und klingelt.

Endlich ergreift Marcel das Telefon, drückt auf Empfang und Lautsprecher.

»Ja?«

»Marcel?«

»Hermann?«

»Ja.«

»Wie geht es dir?«

»Schlecht.«

»Und den anderen?«

»Ganz gut.«

»Katja hat was zum Essen für euch gekocht.«

»Kein Essen.«

»Und wie ist es mit dem Gegenteil?«

Eine lange Pause.

»Hermann?«, fragt Marcel.

Der POSA-Mann hebt verzweifelt die Hände. Am liebsten möchte er Marcel das Telefon entreißen. Um endlich in die Verhandlungen einzutreten.

»Ja?«

»Die Leute müssen zum Klo, Hermann.«

»Kein Problem.«

»Du hast doch kein Klo im Bus.«

»Doch. Habe ich.«

»Seit wann?«

Hermann schweigt.

Jakob Perings beugt sich zu uns hin und flüstert verständnislos: »Was soll das? Warum fragt er ihn nicht nach den Entführern? Nach ihren Forderungen?«

Marcel aber fragt etwas anderes: »Sag mal, Hermann, warum hast du eigentlich deinen eigenen Bus entführt?«

KAPITEL 13

Krisenkonfekt in Kokoskugeln
klein geschnittene Datteln, fein zerdrückte geröstete Mandeln und Schokolade, geriebener frischer Ingwer, mit Sahne angerührt und Eierlikör befeuchtet, in Kokosraspeln mit Chiliflocken gewälzt

Wir alle ziehen synchron die Luft ein. Die Zeit steht plötzlich still, hinterlässt ein Standbild von sieben reglosen Körpern mit geöffneten Mündern. Denen kein Laut entweicht. Dem Telefon auch nicht mehr. Hermann hat aufgelegt.

Als Erster lässt der POSA-Mann seinem Atem wieder freien Lauf.

»Sind Sie wahnsinnig«, fährt er Marcel an. »Deeskalieren! Nicht provozieren! Wer weiß, wann der sich wieder meldet! Jetzt ist der Kontakt abgebrochen!«

»Nein«, gibt Marcel ruhig zurück. »Der ist jetzt endlich hergestellt worden. Ich kenne den Mann. Bloß kein Zugriff, sagen Sie das Ihren Leuten. Warten Sie bitte ab.«

Die gewichtige Gesetzesautorität bedenkt den belgischen Polizeiinspektor mit einem Kopfschütteln, aus dem Ungeduld, Missbilligung und persönliche Abneigung herauszulesen sind, zieht sich in einen hinteren Winkel des Restaurants zurück und spricht in irgendein Gerät.

Verstehen können wir den Mann nicht, weil es vor dem Haus plötzlich laut geworden ist.

Eine Gruppe Schaulustiger will die *Einkehr* stürmen. Aber Marcels Kollegen aus Nordrhein-Westfalen halten uns Katastrophentouristen und Journalisten vom Leib und vom Restaurant. Nicht etwa, weil wir geschlossen haben, sondern wohl eher, weil unser Laden inzwischen zu einer Art Außenstelle des Einsatzkommandos avanciert und somit für Gäste jeglicher Art uneinnehmbar geworden ist.

»Hermann?«, piepst Gudrun mit glasigen Augen. Wie uns anderen ist auch ihr die Tragweite von Marcels ungeheuerlicher Bemerkung erst mit Verzögerung aufgegangen. Sicherheitshalber wiederholt sie das Nichtglaubbare: »Der Hermann hat seinen eigenen Bus entführt?«

»Unmöglich«, erklärt Jupp.

Jakob Perings wiegt zustimmend das Haupt. »Da muss ein Irrtum vorliegen. Der junge Mann ist ein Opfer, nicht der Täter.«

»Krass«, sagt Hein. »Wie kannst du so was nur raushauen, Marcel?«

»Ist bestimmt ein Bluff«, meldet sich Daniel.

»Ach so«, sagt Gudrun verständnislos. »Du meinst, Hermann tut nur so, als ob er seinen Bus entführt habe?« Sie streichelt wieder ihren Bauch, sagt dann: »Aber das mit der Entführung hat Marcel doch selber gesagt. Der Hermann hat nur vom Klo gesprochen ...«

David schlägt sich an den Kopf. »Klo! *Curtains! Of course!*«

Genau. Toilette und Vorhänge. Beides hat es in diesem Bus bis zu diesem Tag nicht gegeben. Plötzlich bin ich mir sehr sicher, an den großen Scheiben des Busses nie auch nur einen Stofffetzen gesehen zu haben. Mir dämmert, weshalb Hermann gestern aushäusig gewesen ist. Er hatte sehr viel zu tun. Wahrscheinlich war er mit den Vorbereitungen für seine rätselhafte Tat noch beschäftigt, als ich gestern Nacht vor seinem Haus in Buchet parkte. Den Bus im Hof habe ich aus den Augenwinkeln registriert, zumindest dessen hinteren Teil.

Jedes kleine Detail kann wichtig sein, halte ich mir jetzt selber vor. In meiner Erinnerung leuchtet ein matter Schimmer auf. Dem ich gestern keine Beachtung schenkte, weil ich ihn für einen Lichtreflex der Scheinwerfer des Monsterautos im Schnee hielt. Aber das Leuchten könnte durchaus aus dem Bus gekommen sein. Wo Hermann zu dieser Zeit hinter den zugezogenen neuen Vorhängen ein Campingklo installiert haben könnte. Und vielleicht schnell das verräterische Licht gelöscht hat, als er einen Wagen in die Einfahrt hineinknirschen hörte.

Ich verwerfe den Gedanken, dass Frieda und Meissner in die geplante Entführung des Kaffeefahrer-Busses eingeweiht gewesen sein könnten. Dann hätte die Schwester mir gegenüber stillgehalten, sich nicht so über Hermanns Verschwinden aufgeregt, und Konrad Meissner hätte sich statt mit tiefgefrorenen Froschschenkeln mit vernünftigem Reiseproviant eingedeckt.

Hermann hat die Entführung ganz allein geplant. Und dabei sogar seine eigene Schwester als Geisel genommen. Was nur will er damit bezwecken?

Die Indizien sind überwältigend; ein weiteres kommt mir in den Sinn.

»Die Wasserflaschen!«, rufe ich David zu. »Da hätten wir doch auch stutzig werden müssen!«

»Stutzig?«, fragt David unsicher.

»Wasserflaschen?«, ruft Hein. »Ihr spinnt doch!«

»Senioren dürfen nicht dehydrieren«, erkläre ich. »Deshalb hat Hermann bei *Delhaize* eine riesige Ladung Mineralwasser eingekauft.«

»Tue ich ständig«, gibt Hein zurück. »Ohne einen Bus zu entführen.«

»Weil du eine Umweltsau bist! Zu faul, um in Deutschland Pfandflaschen zurückzubringen!«

»Ich fasse zusammen«, sagt Hein. »Wer in Belgien Mineralwasser kauft, ist eine Umweltsau oder entführt Busse?«

Das Telefon klingelt.

Erschrecken und Stühlescharren. Auch am Nebentisch,

direkt hinter Marcel. Von uns unbemerkt sind zwei weitere fremde Männer ins Restaurant gekommen; ein offensichtlich hochrangiger Polizist und ein älterer Mann in Zivil. Sie schütteln die Köpfe, was wohl heißt, dass wir sie nicht weiter beachten sollen. Was wir auch nicht tun. Denn das Telefon klingelt weiter.

Der zivile Offizielle klappt sein Notebook auf, tippt wild darauf herum. Der Polizist flüstert Marcel etwas ins Ohr. Wir anderen halten den Atem an und starren auf das Telefon. Endlich nimmt Marcel es in die Hand und drückt auf die Tasten.

»Hermann?«

»Es ist immer noch eine Entführung«, hören wir Hermann sagen. »Ich habe eine Waffe.« Seine Stimme zittert.

»Verstehe«, sagt Marcel.

»Jetzt kommen meine Forderungen.«

»Lass kommen, Hermann.«

»Hier ist die erste.«

Zum Äußersten angespannt beugen wir uns alle vor. Mein Puls rast. Aber Hermann lässt sich Zeit. Er atmet schwer und beginnt zu husten. Natürlich, der Mann hat Asthma.

»Was können wir für dich tun?«, fragt Marcel mit bewundernswerter Gelassenheit. »Was willst du?«

»Dich«, keucht Hermann. »Du kommst in den Bus, und dafür lasse ich vier Leute raus.«

»Sehr gut«, sagt Marcel. »Und weiter?«

»Katja. Dafür lasse ich noch mal vier Leute raus.«

Marcel sieht mich an. Ich nicke heftig.

»In Ordnung. Noch jemand?«

Angstvoll klammert sich Gudrun an David.

»Ich geh da nicht rein«, flüstert sie ihm zu. »Was wird dann aus unserem Baby?«

Daniel streckt sich zu ihr hin, streichelt ihr eine Schulter und flüstert: »Keine Angst, Gudrun, ich werde für dich gehen. Aber du musst dich um Linus kümmern, wenn uns was passiert. Versprichst du das?«

Hermann stößt einen tiefen Seufzer aus.

»Ja«, sagt er. »Da ist noch jemand.«

»Nein, Daniel«, haucht Gudrun. »Du darfst da auch nicht rein. Das bin ich deiner Mutter selig schuldig. Dass ich mich um dich kümmere.«

»Hör doch auf mit der Panikmache«, sage ich.

Marcel macht uns Zeichen. Wir sollen die Klappe halten.

Hermann öffnet seine wieder sehr lange nicht. Ich kann Gudrun nicht ansehen. Ihr nervöses Kopfschütteln macht mich ganz schwindlig.

»Hermann? Bist du noch dran?«, fragt Marcel schließlich.

Am anderen Ende wird geräuschvoll Luft eingesogen. Aha, der Inhalator. Danach kommen schwer verständliche Worte: »Ja. Noch jemand. Herr Perings. Der muss auch dabei sein. Hol den bitte aus Krewinkel.« Hermann hustet kurz und setzt mit kräftigerer Stimme hinzu: »Dann lasse ich noch vier Leute raus.«

Jakob Perings nickt grimmig. Petronella Schröder fasst sich mit einer Hand an den Mund, mit der anderen ans Herz.

»Nein«, wehrt Marcel ab. »Das geht nicht, Hermann. Du weißt doch, dass Herr Perings ein schwaches Herz hat.«

»Ich habe Tabletten hier. Und die Musik. Du weißt schon. Es wird ihm nichts passieren. Ich verspreche ...«

Mit schnellem Griff entreißt Jakob Perings Marcel das Telefon.

»Hermann, Jung!«, brüllt er hinein. »Was machst du da für Dummheiten?«

Wieder eine Pause. Der POSA-Mann an unserem Tisch flüstert in sein Gerät. Ich schnappe das Wort *geistesgestört* auf.

»Gut, dass Sie da sind, Herr Perings«, antwortet Hermann. »Bitte entschuldigen Sie die Unannehmlichkeit. Aber es ist sehr wichtig, dass Sie auch dabei sind.«

Marcel erobert das Telefon zurück. Petronella Schröder klammert sich an Jakob.

»Bei was, Hermann?«, fragt Marcel freundlich in den Apparat.

»Bei ...«

Im Bus passiert irgendetwas. Dumpfe, undefinierbare polternde, abgehackte Geräusche. Eine Frau schreit. Dann fällt ein Schuss. Und die Verbindung ist wieder unterbrochen.

Entsetzen steht uns jetzt allen in den Gesichtern. Der Mann von der Sondereinheit ist mit dem hochrangigen Polizisten bereits aus dem Restaurant gerannt. Der Zivilist klappt sein Notebook zu.

Marcel springt auf.

»Wir fahren sofort hin. Schnell, Katja.«

»Ich komme mit«, sagt Jakob und reißt sich von Petronella Schröder los.

»Nicht ohne mich«, erklärt sie und ist erstaunlich flink noch vor uns an der Tür.

»Und wir?«, schreit Gudrun.

»Bleibt beim Telefon«, befiehlt Marcel. »Wenn er noch mal anruft, dann sagt ihm, dass wir direkt da sind.«

»Und hol unbedingt den Pastor!«, rufe ich hinterher.

»Oh Gott, die Letzte Ölung ...«, höre ich Gudrun keuchen.

»Moment«, sage ich zu Marcel und stecke meinen Kopf noch mal in den Gastraum: »Höchstens für das Hackfleisch, Gudrun! Pastor May soll mit den Senioren Eintopf essen! Wenn er den denn mag. Und mach das Krisenkonfekt fertig!«

Kann nicht schaden, mit meiner speziellen Nervennahrung aus Schokolade, Datteln, Mandeln, Ingwer, Chili und Kokosnuss den Glückshormonen der Freigelassenen einen Schub zu versetzen. Außerdem muss Gudrun dringend beschäftigt werden. Sonst dreht die auch noch durch.

Wie Hermann. All seinen Vorbereitungen zum Trotz halte ich seine Busentführung immer noch für eine Kurzschlussreaktion.

Angst habe ich nicht. Weil ich mir nicht vorstellen kann, dass Hermann wirklich fähig ist, den Menschen in seiner Gewalt Böses anzutun. Schnell verdränge ich Erinnerungsfetzen, die sich aufdrängen. Von dem Mann, der seine Familie bestialisch ausgelöscht hat. *Das war ein richtig netter und hilfsbereiter Nachbar.* Von dem Serienmörder, der einem Mädchen in Äthiopien eine Niere gespendet hat; von all den Schwerverbrechern, denen die Menschen in ihrer Umgebung nie im Leben zugetraut hätten, im Supermarkt auch nur Nordseekrabben oder einen eingeschweißten Räucheraal zu klauen.

Nein, ich habe keine Angst. Aber ich bin zutiefst erschrocken.

Es kann nur einen Grund für Hermanns Verzweiflungstat geben: Er ist schuld an Regines Tod. Er hat seine große Liebe in einem Wutanfall erschlagen und jetzt nichts mehr zu verlieren. Aus irgendeinem Grund braucht er eine große Bühne, um sich zu erklären. Mit seinem zweiten Alibi, davon bin ich jetzt überzeugt, muss er Marcel einen fulminanten Bären aufgebunden haben.

»Kompliment, Katja«, sagt Marcel, als er die Straße Richtung Prüm, die wir zur Rennbahn erklärt haben, offiziell als solche nutzt, »Erwin hat mir das von den Vorhängen erzählt. Sehr aufmerksam von dir. Und dann habe ich noch ein paar andere Sachen zusammengezählt.«

Er wird Anja mindestens einen ausgeben müssen.

»Aber warum tut er das nur?«, fragt Herr Perings. »Warum in Gottes Namen entführt dieser liebe Kerl seinen eigenen Bus voller unschuldiger Passagiere?«

»Wenn wir zusammen sterben ...«, beginnt Petronella Schröder, aber Marcel unterbricht sie harsch: »Niemand wird sterben, Frau Schröder! Und Sie gehen auf keinen Fall in diesen Bus.«

»Oh doch!«, sagt sie. »Ich kann Jakob da drinnen nicht allein lassen.«

»Nach unserer Zählung hat Hermann vierzehn Geiseln«, melde ich mich. »Aber vielleicht haben wir nicht alle erfasst. Gut möglich, dass ein paar Männer in der Eisenbahnausstellung gegenüber waren. Oder ein paar Frauen in der Krippana. Die könnten wir dann gegen Frau Schröder austauschen.«

»Genau«, sagt diese von hinten, greift nach vorn und erwürgt mich vor lauter Zustimmung fast auf dem Beifahrersitz. In dem Moment, als Marcel scharf bremst.

Nicht hundert, sondern etwa zwanzig Meter vor dem entführten Kaffeefahrer-Bus.

Tiefschwarze Vorhänge. Hätte Marcel das erwähnt, wäre mir sofort klar gewesen, dass die frisch angebracht worden sind. Nie im Leben hätte ich schwarze Vorhänge an den Fenstern eines Busses aus den Endfünfzigern übersehen, aus der Zeit von Streublümchen auf Beige.

Hinter uns sehe ich wildes Gestikulieren. Wir haben die Bannmeile, die Absperrung der Polizei, durchbrochen. Eine ganze Division ist hinter uns. Wir befinden uns an vorderster Front.

»Faites marche arrière!«, erklingt es aus einem Megafon. *»Il y a eu des coups de fusil dans le bus.«* Und dann das Ganze auf Deutsch: »Kehren Sie um. Es ist im Bus geschossen worden. Wir wissen nicht, ob da …«

Die Stimme verliert sich.

Marcel ist aus dem Wagen gestürzt und hat sich neben dem Setra aufgebaut.

»Hermann!«, ruft er. »Wir sind da! Lass endlich die Leute raus!«

So schnell habe ich noch nie ein Fahrzeug verlassen und

zwanzig Meter zurückgelegt. Schwer atmend stehe ich neben Marcel. Und dann glaube ich zu träumen. An einem Fenster wird der schwarze Stoffstreifen zur Seite geschoben und enthüllt das Gesicht jener Kaffeefahrerin, die in meinem Lokal ausschließlich Eierlikör bestellt. Dass sie mir jetzt eine Flasche Wein prostend entgegenhält, schockiert mich weit weniger als ihre Miene. Die Frau lacht!

Was Marcel nicht sieht. Er starrt auf die einzige Tür auf dieser Seite des Busses.

»Komm schon, Hermann«, schreit er. »Ich hab kalt und will rein. Frier mir hier fast den Arsch ab!«

Der Vorhang ist wieder gefallen. Ich muss mir das vergnügte Gesicht der Eierlikörfreundin eingebildet haben. Schließlich können Extremsituationen die Wahrnehmung empfindlich trüben. Geiseln haben nichts zu lachen. Sie fürchten um ihr Leben, sehen verschreckt, verzweifelt, entgeistert, todesmutig oder verkniffen aus; all dies haben mich Filme und Berichte über Geiselnahmen gelehrt.

Wir können Stimmen im Bus hören, aber nichts verstehen. Weil drinnen jetzt sehr laute Musik läuft. Die Bee Gees.

»Das kenne ich«, sagt Jakob Perings erstaunt. »Das ist mein Lebenslied. Wie schön.«

Die Tür öffnet sich.

Eine Frau mit einer Einkaufstasche steht schwankend auf dem Treppchen. Marcel hilft ihr hinaus und widmet sich dann gleich der zweiten Aussteigerin, einer zierlichen alten Dame, die ihm eine prall gefüllte Plastiktüte entgegenhält.

»Können Sie das entsorgen, Herr Polizist? Wir wollen unseren Müll ja nicht im Bus zurücklassen.«

Es klirrt laut, als Marcel die Tüte einfach in die Böschung wirft und dann die protestierende Frau hinunterhebt und auf den Boden stellt.

Was er bei der nächsten Passagierin unterlässt. Sie hat etwa mein Format, blickt mich unbekümmert an und sagt:

»Schade«, als ich sie in Empfang nehme. Enttäuschung steht ihr ins Gesicht geschrieben. Als würde man sie zwingen, vor der Verkündigung des Hauptgewinns eine Lotterieveranstaltung zu verlassen. Ich befinde mich eindeutig im falschen Film.

»Restaurant *Einkehr*«, rufe ich den Männern der Sondereinheit zu, die inzwischen ein Stück weit näher gerückt sind. »Da sollen sie sich alle sammeln, hat Polizeiinspektor Langer gesagt. Zu essen und trinken gibt es da auch. Und einen Pastor.«

»Endlich Eierlikör«, sagt die vierte Frau und nickt mir fröhlich zu. »Wein bekommt mir auf Dauer nicht.«

Marcel ist eingestiegen. Und hilft von innen den nächsten vier Passagieren hinaus. Alle sind bester Dinge. Die Stimmung erinnert mich sehr an die jenes Tages, an dem die Knochen von Siegfried Perings in meinem Haus zutage gefördert worden sind. Überleben durch Erleben.

Marcel winkt mir zu. Ich soll einsteigen.

Auf dem Busfahrersitz hält Hermann seine Flinte im Anschlag. Ich tippe auf den Kolben.

»Muss das sein?«, frage ich ihn und lasse mich gleich hinter ihm nieder.

»Ja«, sagt er. »Sonst nehmen die mich da draußen nicht ernst.«

»Aber du hast eben hier drinnen geschossen.«

»Unfall«, murmelt er und nickt nach unten. Ich beuge mich vor und sehe etwas Blut an seinem Schuh.

»Hermann! Dein Fuß muss versorgt werden!«

»Die Nächsten, bitte«, sagt er zu Marcel. Der tritt zur Seite, um vier weitere Senioren aus dem Bus zu lassen.

»Moment.« Ich halte die letzte Frau am Ärmel fest, als sie an mir vorbeikommt.

»Darf ich hierbleiben?«, fragt sie.

Ich fasse ihr in die Manteltasche. Da ist nichts mehr.

»Haben die Krabben geschmeckt?«, frage ich freundlich und blicke auf ihre Plastiktüte, aus der ein eingeschweißter Aalschwanz lugt. »Den hätten Sie auch mit den anderen teilen können, wo er doch nichts gekostet hat. Aber vielleicht ist er ja ranzig. Ich würde vorerst jedenfalls nicht mehr bei *Delhaize* einkaufen.«

Sie reißt sich los.

»Bei *Dallas* hängen Kameras«, rufe ich ihr hinterher, damit sie mich auch versteht.

Jakob Perings hat sich liebevoll von seiner Begleitung verabschiedet und steigt ein. Petronella Schröder steht im Schnee und ringt um Fassung. Mit ausgebreiteten Armen fleht sie um Einlass.

»Lass die beiden anderen auch frei«, sage ich zu Hermann und deute auf seine Schwester und Konrad Meissner, die reglos im Bus sitzen geblieben sind, direkt vor dem neu angebrachten langen schwarzen Vorhang, der den hinteren Teil des Busses abtrennt. Sie sehen überhaupt nicht fröhlich aus. »Frau Schröder wird die Stelle von deiner Schwester und Herrn Meissner einnehmen.«

»Das kann sie nicht«, sagt er friedfertig. »Die beiden bleiben drin. Aber Frau Schröder darf gern mitfahren, wenn sie möchte und Herr Perings das auch will.«

»Mitfahren?«, fragt Marcel. »Wohin denn?«

»Die deutsche Polizei soll verschwinden«, fordert Hermann und winkt mit der Flinte.

»Aber die belgische ist viel schlimmer«, gebe ich zu bedenken und weise durch die offene Tür auf die furchterregend aussehenden Männer der POSA-Truppe, die den Kaffeefahrern das Geleit zur *Einkehr* geben.

»Marcel ist für mich die belgische Polizei.« Hermann nickt dem Polizeiinspektor zu, der gerade einer dankbaren Frau Schröder in den Bus hilft. »Deswegen parke ich ja hauptsächlich in Belgien. Und jetzt bitte die Türen schließen.«

Auf der Passagierseite gibt es nur eine, die Marcel gehorsam zuzieht. Da nur vier der kleinen Innenleuchten eingeschaltet sind, wird es ziemlich duster. Jetzt erkenne ich auch, dass die oberen Panoramafenster mit schwarzer Folie abgeklebt worden sind.

»Wenn du für zu fahren die Jalousien aufmachst«, warnt Marcel, »haben die Scharfschützen freies Schussfeld.«

Erschrocken will ich das alte Paar ganz nach hinten scheuchen, aber Jakob besteht darauf, vorn sitzen zu bleiben.

»Du wirst fahren, Marcel.« Umständlich wühlt sich Hermann aus seinem Sitz, humpelt nach hinten, zieht den Vorhang ein wenig zur Seite, hockt sich mit seiner Flinte auf das Campingklo und sagt nichts mehr.

»Und was soll ich den Kollegen sagen?«, fragt Marcel, während er das Armaturenbrett begutachtet. Es sieht im Vergleich zu dem des Allradungetüms, dessen Kauf seit gestern Nacht beschlossene Sache für mich ist, recht spartanisch aus.

»Sehr übersichtlich«, murmelt er, »hat sogar Lenkradschaltung. Wohin fahren wir, Hermann?«

»Du musst wenden, Marcel«, kommt es von hinten. »Sag deinen Leuten, sie sollen sich zurückziehen. Sonst schieße ich.«

Ich drehe mich um. Weshalb wirkt Frieda Kerschenbach nicht auf ihren Bruder ein? Weshalb ist Konrad Meissner, der Mann mit der großen Klappe, jetzt so still? Niemand kennt Hermann besser als diese zwei Menschen. Weshalb haben sie die seltsame Busentführung zugelassen? In der schummrigen Beleuchtung kann ich die Gesichter der beiden nicht erkennen. Ich stehe auf.

»Bitte wieder hinsetzen, Katja!«, befiehlt Hermann. »Und losfahren, Marcel.«

»Haben wir denn genug Sprit im Tank?«, erkundigt sich Marcel, der über sein Handy der Kommandostelle etwas zugeraunt hat, was ich nicht verstehen kann.

Wäre die Lage nicht so dramatisch, könnte ich glatt sentimental werden. Alles hat damit angefangen, dass Hermann der Diesel ausgegangen ist.

Nein, es hat schon sehr viel früher angefangen. Das wird mir klar, als Hermann Marcel anweist, gegenüber der *Einkehr* in meinen Hof einzufahren und so nah wie möglich an der Haustür zu parken. Er erhebt sich vom Klo und erklärt: »Ich war schon mal vor langer Zeit hier. Als Kind. Da bin ich jetzt ziemlich sicher. Alle aussteigen.«

Niemand rührt sich. Jakob Perings dreht sich zu ihm um.

»Also doch«, murmelt er. »Ich habe mir schon so was gedacht.«

Im Gang fuchtelt Hermann mit seinem Gewehr herum. »Rein ins Haus! Du steigst als Erste aus, Katja. Mach die Tür auf und dich so breit, dass die Polizei hinter uns nicht schießen kann. Schnell!«

Klar, eine bessere menschliche Deckung als mich hat er nicht im Bus. Also drücke ich die Tür auf, springe hinaus und fummele in der Tasche meines Wintermantels nach dem Schlüssel.

»Wieder mal nicht abgeschlossen«, erinnert mich Marcel, der hinter mir ausgestiegen ist. »Daniel war doch drinnen.«

Wie wir jetzt alle auch. Sehr schnell.

»Daniel. Regines Sohn«, sagt Hermann und bleibt im Flur stehen. »Der ist hier?«

»In der *Einkehr*«, antworte ich. »Bei den anderen.«

»David und Gudrun?«

»Ja, und Hein und Jupp.«

»Brauche ich nicht. Aber Daniel soll rüberkommen.«

Ich halte es für keine gute Idee, dem Jungen völlig unvorbereitet den Mörder seiner Mutter vorzustellen.

»Daniel ist sehr sensibel«, sage ich abwehrend.

»Ich weiß. Alles über ihn. Genau deshalb soll er hier sein.

Er muss wissen, was mit seiner Mutter passiert ist. Damit es ihm nicht so geht wie mir.«

Endlich meldet sich Frieda. Sie lehnt an der inzwischen geschlossenen Tür. Ihr Gesicht ist kalkweiß.

»Hermann«, sagt sie tonlos. »Du bist krank.«

Sie hat recht. Das ist die einzig vernünftige Erklärung.

»Wir sollten einen Arzt kommen lassen«, sagt Konrad Meissner. »Schon wegen deinem Fuß, Hermann.«

Ich deute auf eine Tür. »Den können Sie doch versorgen, Herr Meissner. Da im Badezimmer ist Verbandsmaterial, Jod und alles, was Sie sonst noch brauchen. Sonst holt sich Hermann noch eine Blutvergiftung.«

Der betagte Medizinstudent, der bereit war, das Herz eines alten Mannes wiederzubeleben, ist am Problem eines angeschossenen Fußes offensichtlich wenig interessiert. Marcels Telefonat mit den Kollegen draußen vor meiner Tür ist entschieden spannender. Die Sondereinheit hat inzwischen mein Haus umzingelt und fordert Informationen an, so viel können wir verstehen. Marcel winkt uns zu, Hermann zu folgen, der die Wohnzimmertür bereits geöffnet hat.

»Setzt euch«, sagt Hermann und weist auf meine ererbten wuchtigen Polstermöbel in belgischen Eichenrahmen. Wir sehen einander unschlüssig an und bleiben stehen, bis Marcel ins Zimmer getreten ist.

»David will auch mitkommen«, sagt er. »Bist du einverstanden, Hermann?«

Der nickt. »Es ist gut, wenn man einen Vater hat.«

»Unserer ist leider tot«, meldet sich Frieda. Sie lässt sich stöhnend auf der Sofakante nieder. Ihre Krücke hat sie im Bus vergessen. Konrad Meissner breitet sich im Sessel neben ihr aus. »Ich konnte dir vielleicht ein bisschen die Mutter ersetzen, Hermann, den Vater aber leider nicht.«

Frieda rückt zur Seite, als Petronella Schröder Jakob Perings auf das Sofa hilft. Da, wo Hermann vor erst einer Woche gesessen hat. Mit Regine, die seiner Schwester gegen die Kälte fürsorglich jene Mohairdecke umgelegt hat, die zu ihrem eigenen Leichentuch geworden ist.

Ich bleibe stehen und schließe alle Knöpfe meines Wintermantels. Mich fröstelt.

Die Heizung ist ausgestellt. Es gibt keinen Kamin, in dem Feuer gemacht werden könnte. Nur ein Loch in der Wand. Auf das Hermann jetzt deutet. Mit der anderen Hand stützt er sich auf seinem Gewehr ab.

»Das habe ich schon mal gesehen«, sagt er. »Diese Wand und das Loch.«

»Natürlich«, sagt Frieda. »Letzte Woche. Als wir bei Katja zum Kaffeetrinken waren.«

»Nee, nee, vor ganz langer Zeit. Ich habe gedacht, es ist nur ein böser Traum. Aber letzte Woche habe ich alles wiedererkannt. Die Wand. Das Loch. In meinem Traum ist es nicht so groß wie jetzt, da war es schon fast ganz zugemauert. Aber immer noch groß genug, für mich hineinzustecken. Ich bin ja noch so klein. In meinem Traum. Mich muss man da nicht durchquetschen wie den Erwachsenen. Ich habe Angst, dass ich in dem Loch da auch für immer verschwinde.« Hermann redet jetzt sehr schnell. »Der Traum war lange Zeit weg. Ist seit einer Woche wieder voll da. Fast jede Nacht. Macht mich verrückt.«

Wir nicken alle zustimmend. Hermann ist tatsächlich nicht mehr bei Sinnen.

»Ich will nicht mehr schlafen«, sagt er. »Habe meine Regine mit meiner Angst genervt. Ihr gesagt, dass das nicht nur ein Traum ist. Dass da ...« Er klopft sich heftig an die Stirn. »... irgendwas drin ist, wie eine Erinnerung, die eingesperrt ist und rauswill, die rausmuss. Regine wollte mir helfen, hat sie gesagt. Und jetzt ist sie tot.« Tränen laufen ihm die Wangen runter. Er beginnt zu husten. »Und es ist meine Schuld.

Weil es vielleicht doch keine Erinnerung ist. Sondern ein Wahrtraum. Der mich warnte, dass vor dem Loch was ganz Furchtbares passieren wird. Gott schickt mir einen Traum, und ich tue nichts ...«

»Ach, Hermann«, unterbricht ihn Frieda. »Was redest du da! Du hast immer schon sehr lebhaft geträumt. Ein Traum, weiter nichts. In deinem Kopf geht alles drunter und drüber. Natürlich ist es eine Erinnerung! Wir hatten in unserem alten Haus genauso eine Wand wie die hier. Weißt du nicht mehr, wie wir das Loch für den Durchbruch gemacht haben? Wie viel Angst du vor der dicken Mauer hattest? Weil dabei so viel Steine und Schutt rausfielen? Da kommt der her, dein dummer Traum, Hermann, von früher, von unserem alten Haus.«

»Das wo stand?«, frage ich freundlich.

»Da, wo wir herkommen, natürlich«, antwortet Frieda und lächelt mich gequält aus ihrem faltigen Puppengesicht an. »Im schönen Radevormwald. Da hatten wir genauso ein ...«

»Da hattet ihr gar nichts«, sage ich hart. »Kerschenbachs hat es im schönen Radevormwald nie gegeben.«

Marcel blickt von seinem Handy auf.

»Na so was«, sagt er und schaut mich vorwurfsvoll an.

Ich hebe die Schultern.

»Wann hätte ich es dir sagen sollen, bei all dem Trubel?«

Marcel grinst.

»Kompliment«, sagt er zu Meissner, wie vorhin noch zu mir. »Da müssen Sie ja die Papiere hervorragend gefälscht haben, wenn über all die Jahre nichts aufgeflogen ist. Warum studieren Sie eigentlich nicht Kunst?«

Hermann richtet das Gewehr kurz auf seine Schwester.

»Hör auf, mich wie einen dummen Jungen zu behandeln!«, herrscht er sie an und stützt sich dann wieder auf den Kolben. »Ich frage dich seit Tagen!«

Er wendet sich wieder uns zu.

»Und was kriege ich? Keine Antworten! Nicht einmal darauf!«

Aus der Brusttasche seines Hemdes zieht er einen Gegenstand hervor, tritt auf seine Schwester zu und hält ihn ihr vor die Nase.

»Sag es jetzt allen, Frieda, wenn du es mir allein schon nicht sagen kannst. Wieso ist die Kette wieder bei dir? Ich habe sie schon vor Wochen Regine gegeben. Als Verlobungsgeschenk. Und sie hat sie immer getragen!«

Petronella Schröder hyperventiliert. Sie reißt Hermann das Schmuckstück aus der Hand.

»Mein Medalljong!«, keucht sie. »Das ist mein Medalljong!«

»Nein«, sagt Frieda und greift nach der Kette. Die sie tatsächlich erobert, allerdings ohne das Medaillon. Das hält Frau Schröder fest in der Hand.

»Das Medaillon hat unserer Mutter gehört, Hermann. Da ist ihr Foto drin. Das Einzige, was wir noch von ihr haben. Du hast es Regine nicht geschenkt. Sondern bestimmt gestern aus meinem Schmuckkästchen geklaut. Weiß der Teufel, weshalb!«

Petronella Schröder hat ihre Brille aufgesetzt und hält das geöffnete Medaillon mit zitternden Händen näher ans Licht.

»Meins«, sagt sie befriedigt und zeigt es Jakob: »Da, PH, für Petronella Henkes, ein bisschen schwach, aber Sie haben ja junge Augen, Frau Katja, sehen Sie selber!«

Sie reicht es mir über den Tisch, und ich krame meine Lesebrille hervor. Kein Foto im Medaillon. Aber dort, wo es normalerweise prangen würde, erkenne ich, fein ins Gold eingraviert, tatsächlich die beiden geschwungenen Initialen.

Frieda hat sich in die Tiefen meines mächtigen Sofas zurückgezogen und streicht sich die Haare aus der Stirn. Ihr Mund ist schmal wie ein Strich. Perings beugt sich vor, sieht ihr an Petronella vorbei ins Gesicht und flüstert heiser: »Elisabeth! Elisabeth, was hast du nur getan!«

Die Frau, die wir als Frieda Kerschenbach kennen, blickt auf und rutscht wieder an die Sofakante. Ihre Augen sind trübe, aber ihre Stimme ist klar.

»Ich war es nicht«, bricht es aus ihr heraus. »Aber er hat den Tod verdient. Er hatte einen sehr bösen Charakter. Den er zum Glück Hermann nicht vererbt hat.«

»Oh doch«, wirft Konrad Meissner ein, bevor wir die soeben geäußerte Offenbarung als eine solche überhaupt begreifen können. »Immerhin ist Regine tot. Und niemand anders als Hermann ist daran schuld. Darum geht es jetzt, nicht um die längst verjährten alten Sachen. Hermann hat seine Freundin umgebracht. Weil er verrückt ist. Und einen bösen Charakter hat.«

»Was?«, ruft Hermann. »Bist du wahnsinnig?« Er hebt das Gewehr. Bevor er es wieder auf einen Menschen richten kann, hat Marcel es ihm mühelos entwunden.

Hermanns Waffe ist jetzt das Wort. »Du hast Regine getötet!«, schreit er seine Schwester an. »Sag es endlich! Vor allen Leuten!«

Jakob fasst sich ans Herz.

»Deine Pillen«, ruft Frau Schröder. »Ein Glas Wasser!«

Ich gebe ihr das Medaillon zurück und greife wie in Trance zur Wasserflasche, die von letzter Woche noch auf dem Buffet steht, fülle bis zum Rand eines jener roten Römergläser, die Jupp auf dem Flohmarkt verticken soll, und reiche es Jakob. Hermann starrt immer noch seine Schwester an. Von dem Wortwechsel zwischen Frieda und Jakob scheint er nichts aufgenommen zu haben.

Ich bin plötzlich unsicher, ob ich richtig gehört und die richtige Schlussfolgerung gezogen habe. Es ging alles so schnell. Jakob hat Frieda Elisabeth genannt. Frieda hat nicht widersprochen. Ist sie die Elisabeth auf den beiden alten Fotos? Das Mädchen mit dem Kind im Arm? Ist dieses Kind Hermann? Der Sohn von Siegfried Perings? Aber das müsste Jakob doch wissen.

»Hermann«, sagt Frieda leise. »Du weißt doch, dass ich Regine nichts getan haben kann. Ich war in Buchet, als ... als das mit ihr passierte. Ich bin von der Leiter gefallen, weil ich die Vorhänge waschen wollte ...«

Was hatte Gudrun noch mal gesagt? Richtig.

»Wer wäscht schon im Winter Vorhänge?«, frage ich, aber mein Einwurf verhallt ungehört.

»Ihr beide habt sie umgebracht!«, schreit Hermann und blickt mit irren Augen von Meissner zu Frieda. »Ihr habt meine Regine erschlagen. Hier!« Er streckt einen zitternden Finger aus und deutet auf das Loch in der Wand. »An dieser Stelle. Hier habt ihr sie fertiggemacht!«

»Hör auf, Hermann!« Meissner rutscht in seinem Sessel herum, als sitze er auf einer kaputten Sprungfeder. »Du bist vor lauter Kummer irregeworden. Aber das geht zu weit. Deine Schwester hat genug gelitten. Alles nur wegen dir. Und dann noch ihr Sturz. Sie hätte sich das Genick brechen können. Seit Tagen machst du uns mit deinem Unsinn fertig, Hermann. Genug ist genug. Verhaften Sie ihn, Herr Polizeiinspektor, damit die Sache ein Ende hat. Ist ja nicht mehr zum Aushalten.«

»Ja!«, brüllt Hermann außer sich. »Es ist nicht zum Aushalten! Was meinst du, warum ich den Bus entführt habe, Konrad?«

»Weil du nicht bei Sinnen bist«, sagt Frieda.

»Weil die Wahrheit rausmuss! Die ganze Wahrheit!«

Er macht einen Schritt auf sie zu, stolpert, verzieht das Gesicht und blickt auf seinen Fuß. Als hätte er jetzt erst begriffen, dass die Wunde schmerzt.

Ohne Frieda aus dem Blick zu lassen, setzt er sich langsam auf den Sessel, den ich frei gemacht habe. Er kramt seinen

Inhalator aus der Westentasche, verschafft sich Atem, lässt das Gerät dann fallen und sagt leise: »Ich wollte Regine heiraten.«

»Du wolltest sie ganz bestimmt nicht erschlagen«, sagt Meissner begütigend. »Ihr habt euch gestritten. Und du hast die Beherrschung verloren. Es war ganz bestimmt ein Unfall.«

Hermann beachtet ihn nicht.

»Aber zum Heiraten«, sagt er, »braucht man eine Geburtsurkunde.«

»Na und?«, gibt Frieda zurück. »Du hast doch eine.«

»Eine alte. Zum Heiraten braucht man eine neue. Die darf nicht älter als ein halbes Jahr sein.«

»So ein Quatsch!«, empört sich Meissner. »Als ob sich am Geborensein jedes halbe Jahr was ändern würde!«

»Dadurch habe ich es erfahren«, fährt Hermann fort. »Ich bin nicht in Radevormwald geboren. Im Standesamt kennt man mich nicht, die Nummer auf meiner alten Geburtsurkunde ist falsch. Wer bin ich, Frieda?«

Es ist ganz still im Raum. Dann entringt sich ein tiefer Seufzer der Brust von Jakob Perings.

»Mein Neffe«, sagt er. »Vielleicht bist du das. Vielleicht siehst du meinem Vater so ähnlich, weil du sein Enkel bist; der Sohn meines Bruders, der ...«, er dreht sich wieder zur Seite, um Frieda ins Gesicht zu blicken, »... der deiner Mutter in meinem Elternhaus Gewalt angetan hat. War es so, Elisabeth?«

Frieda reagiert nicht. Ihr Gesicht ist völlig ausdruckslos. Jakob streckt eine knorrige Hand aus und berührt über Frau Schröder hinweg Friedas Hände, die leicht gefaltet in ihrem Schoß liegen.

»Wenn es so war, dann ist sie nicht deine Schwester, sondern deine Mutter, Hermann. Dann heißt sie Elisabeth. Meine Eltern haben sie aus dem Waisenhaus geholt. War es so, Elisabeth?«

Frieda blickt auf die alte Hand, die ihre nicht sehr viel jüngere sanft streichelt. Sie sagt nichts.

»Als meine Mutter merkte, dass du in Hoffnung warst, hat sie dich aus dem Haus gejagt. War es so, Elisabeth?«

Frieda schüttelt Jakobs Hand ab, lehnt sich in das Sofa zurück und schließt die Augen. Als ginge sie nichts von alledem etwas an.

»Du hast dein Kind bekommen und dich allein durchgeschlagen«, fährt Jakob fort. »Irgendwann bist du auf die Kehr gekommen. Zu Katjas Vater und seiner Frau. War es so, Elisabeth?«

Jakob leert den Römer in einem Zug, räuspert sich laut und spricht im gleichen ruhigen Tonfall weiter.

»Dann kam der Tag vor dem Tag, als Losheim deutsch wurde. Als mein Bruder Briefträger spielte. Er kam auf die Kehr. Du warst allein im Haus, und du hast ihn zum ersten Mal wiedergesehen. War es so, Elisabeth?«

»Bitte, Jakob«, mischt sich Petronella Schröder ein. »Denk an dein Herz!«

Mühsam rappelt sich Jakob vom Sofa hoch. Mit dem Rücken zu uns stellt er sich vor das Loch in der Wand, breitet beide Arme aus und sagt leise: »Ich weiß nicht, was damals zwischen euch hier vorgefallen ist. Ich weiß nur eines ...« Langsam dreht er sich wieder um. Und dann wird seine Stimme sehr laut.

»Du hast mit dem Waffeleisen zugeschlagen! Du hast ein junges Leben ausgelöscht. So war es, Elisabeth, so war es!«

»Sie war es?«, kommt Daniels Stimme von der Tür. »Sie hat meine Mutter erschlagen? Diese alte Frau?«

Wir haben ihn und David nicht eintreten hören.

»Nein, Jakob«, sagt Frieda. »So war es nicht. Ich schwöre beim Leben meines Sohnes, ich habe Siegfried nicht getötet.«

KAPITEL 14

Arme Ritter nach Grenzgansart
eingeweichtes altes Brot mit geriebenen Karotten und Äpfeln vermengen, zu handtellergroßen Plätzchen formen, durch geschlagenes Ei ziehen, mit gezuckerten Haferflocken bestreuen und bei niedriger Temperatur eine halbe Stunde im Ofen backen

Zwei Stunden später
»Willst du jetzt etwa da rüber gehen?«, fragt Daniel, als ich zur Tür schreite. Seine Stimme klingt verzagt. In meine Bettdecke gehüllt, wirkt er auf dem mächtigen Sofa noch jünger, als er ohnehin ist, und sehr verletzlich. »Da sind bestimmt immer noch ganz viele Menschen. Das ertrage ich jetzt nicht.«

Ich kann ihn gut verstehen. Nach allem, was wir in den vergangenen Stunden erlebt und gehört haben, nach diesem Einblick in grausame Schicksale und ihre bösen Folgen kann auch ich mir nicht vorstellen, mich irgendeinem Trubel auszusetzen.

Ein solcher herrscht in der *Einkehr*, wie ich schnell erkenne, als ich meine Haustür öffne und auf die andere Straßenseite nach Deutschland blicke. Das Blitzlichtgewitter der Zeitungsreporter ist zwar endlich vorbei; dafür sind aber mehrere Fernsehteams angerückt, die mit ihren Übertragungswagen den gesamten Vorplatz blockieren. Klar, es ist früher Abend; da können die Beiträge bis zur besten Sendezeit noch fertiggestellt werden.

Schlagzeile: *Eifelmorde nach Busentführung aufgeklärt.*

Lärm und Lachen dringen aus der offenen Restauranttür

bis zu mir nach Belgien herüber. Offenbar setzen die Kaffeefahrer das Fest ihrer fröhlichen Geiselhaft immer noch in der *Einkehr* fort. Sie haben den Journalisten einiges zu erzählen. Zum Beispiel, wie Frieda versucht hat, Hermann das Gewehr zu entreißen, wobei er sich aus Versehen in den Fuß schoss. Dabei hatte er niemanden mit der Flinte bedroht, nur einmal aus dem offenen Wagen einen Warnschuss aufs menschenleere Feld abgegeben. Ansonsten hatte er die Waffe als Taktstock geschwungen, zu *Schneeflöckchen, Weißröckchen* und anderen Winter- und Weihnachtsliedern.

Gleich zu Anfang hatte er seinen Passagieren versichert, dass sie nicht wirklich Geiseln seien; er dies nach außen hin nur spiele. Als Protestaktion, als Demonstration in seinem Kampf um die Wahrheit. Wer aussteigen wolle, könne dies tun, bis auf seine Schwester und Konrad Meissner; die müssten ihm weiterhin zur Seite stehen. Da alle wussten, dass die Freundin ihres sympathischen Busfahrers unter furchtbaren Umständen ums Leben gekommen war, erklärten sie sich mit seinem Kampf um die Wahrheit solidarisch. Die Polizei habe sich gefälligst zu bewegen und den Mord schnellstens aufzuklären. Bis dahin würden sie es sich im Bus gemütlich machen. Während sich draußen die Polizei bewegte, erklärte Hermann drinnen das Buffet für eröffnet. Er spendierte die ersten Flaschen Wein und belgischen Pralinen selber, und dann ging die Party los. Keiner habe sich bedroht gefühlt, bestätigte Hermann den Eindruck, den wir selbst auch gewonnen hatten.

Der Himmel ist so schwarz wie der neue Stoff an den Busfenstern. Erste dicke Flocken fallen schon. Gut, dass ich diesmal nicht unterwegs bin. Ich will die Haustür gerade wieder zuziehen, als mich ein Geräusch aufschreckt. Die Tür von Hermanns Setra öffnet sich knarzend.

»Wer ist da?«, frage ich scharf.

»Ganz ruhig, Katja.« Marcel springt aus dem Bus. »Nur ich.«

»Was machst du da?«

»Warm bleiben. Während ich alle verscheuche, die dir zu nahe kommen wollen.«

»Wie damals Herrn Meissner?«

Kurzes Lachen. »Der wird dir so schnell nicht wieder auf die Pelle rücken! Nein, die Presse und alle anderen, die auf dich, das Haus und die ganze Geschichte neugierig sind, sich eben hier den Vorwitz holen kommen wollen.«

»Warum bist du nicht in Sankt Vith? Nach allem, was passiert ist ...«

»Es ist manchmal sehr gut, nur ein kleiner Polizeiinspektor zu sein«, sagt er. »Ich liebe meine Freiheit. Das Wesentliche habe ich hier zu Protokoll gegeben. Und jetzt machen andere die wichtige Arbeit. Die Verhöre werden bestimmt die halbe Nacht dauern. Mindestens fünf Straftaten, darunter Kapitalverbrechen, das ist schon was.«

»Aber deinen Bericht schreiben ...«

»Das kann ich morgen auch noch. Wie geht es Daniel?«

»Er hält sich wacker. Aber er will nicht rüber.«

»Ist auch besser so. Halt ihn von der Presse fern. Der hat genug mit seiner Trauer zu tun. Und mit seiner Wut.«

»Er ist nicht wütend.«

»Ja«, sagt Marcel. »Er hat für jede Kreatur Verständnis. Ein erstaunlicher Junge. Geh wieder rein, Katja, sonst kriegst du noch kalt hier. Aber einen schönen starken Kaffee, den kannst du mir gern herbringen.«

»Whisky auch?«, frage ich.

»Nein. Ich bin im Dienst.«

»Ich denke, du hast frei?«

»Im Dienst für meine wunderschöne, kluge und aufmerksame Frau. Ohne deine Hinweise ...«

»Schon gut. Du kriegst deinen Kaffee.«

Daniel nickt dankbar, als ich ihm sage, dass wir im Haus bleiben können und uns Marcel draußen vor der Tür unliebsame Besucher vom Hals hält. Er will keinen Kaffee, aber er hat Hunger.

Darauf bin ich nicht vorbereitet.

»Ich esse immer im Restaurant. Hier habe ich nichts.«

»Gar nichts?«, fragt er. »Muss ja nicht was Umständliches sein. Vielleicht eine Scheibe Brot?«

»Ist nur uraltes hier. In der Melkküche.«

Übrig gebliebenes Brot hat Regine immer für Nicolina abgezweigt.

»Dann machen wir daraus arme Ritter«, erklärt Daniel. »Ganz besonders arme Ritter.«

So arm nun auch nicht, denke ich, als ich mit ihm in der Melkküche stehe und auf dem Gänsefutterregal Karotten, Äpfel, Haferflocken und sogar zwei Eier vorfinde.

Ich habe schon lange nichts mehr in meiner Privatküche gekocht, aber die Schränke geben doch noch ein paar Basics her. Zucker wird nicht schlecht, das Olivenöl ist in Ordnung, und die getrockneten Gewürze riechen nicht muffig. Ich setze meinen Ehrgeiz daran, aus dem, was da ist, eine ordentliche Mahlzeit hinzukriegen; arme Ritter mit Zutaten aus dem Speiseplan unserer Nicolina, der Grenzgans, wie Marcel sie mal genannt hat.

Gestern hätte ich mir nicht vorstellen können, in diesem Bruchsteinhaus jemals wieder am Herd zu stehen, auf der anderen Seite jener schicksalsschweren Wand. Ich hatte nur noch herkommen wollen, um vor meiner geplanten Flucht aus der mörderischen Eifel meine Siebensachen zu packen.

»Auf diesem Haus liegt ein Fluch«, murmele ich, während ich die Karotten reibe.

»Nein, Katja«, sagt Daniel. »Das Haus kann nichts dafür. Es ist aus Stein. Der Fluch, der kommt von den Menschen.«

Von Jakob Perings' Mutter zum Beispiel. Die sich schwer an einem Mädchen versündigt hat. Das einmal Elisabeth hieß, für mich aber Frieda bleiben wird.

Es war so, wie Jakob gesagt hatte: Anfang der Fünfzigerjahre hatte seine Mutter die Elfjährige aus dem Waisenhaus geholt. Sie kannte kein anderes Zuhause, konnte sich nicht an die Eltern erinnern, die acht Jahre zuvor auf der Straße nach Malmedy von einer Bombe aus einem alliierten Tiefflieger getroffen worden waren.

»Im Heim habe ich immer von einer Familie geträumt«, sagte sie vorhin zu Jakob. »Und dann kam deine Mutter. Nach zwei Söhnen will sie eine Tochter, hat sie gesagt und war vor den Nonnen ganz lieb zu mir. Ich war glücklich. Dass ich endlich in eine richtige Familie komme.«

»Für uns warst du das Mädchen«, sagte Jakob verwundert. »Das Hausmädchen. Hast du denn keinen Lohn bekommen?«

»Ich war elf!«, fuhr sie ihn an. »Vor der Schule musste ich melken und Brot backen, danach eure Wäsche machen, putzen, auf dem Feld und im Garten arbeiten. Weißt du das denn nicht mehr?«

Eines Juniabends habe seine Mutter sie gezwungen, im Vorgarten zu jäten. Ein Gewitter hing in der Luft. Der Pfarrer sei vorbeigekommen und habe ihr geraten, schleunigst ins Haus zu gehen.

»Aber ich habe mich nicht getraut. Weil die Arbeit noch nicht fertig war und ich dann wieder Schläge kriegen würde.«

Das konnte sie dem Pfarrer natürlich nicht sagen. Also beachtete sie ihn nicht und arbeitete einfach weiter. Da nahm er sie am Arm und schleppte sie ins Haus.

»Weißt du, was deine Mutter dem Pastor gesagt hat, Jakob?«

»Ich kann es mir denken«, sagte Jakob finster. »Ich glaube, ich erinnere mich sogar an diesen Vorfall. Weil meine Mutter furchtbar über deine Undankbarkeit geschimpft hat und trotz der vielen Arbeit, die sie hatte, eine Zeit lang jeden Sonntag zur Kirche gegangen ist. Sonst war sie nicht sehr fromm.«

»Nein«, sagte Frieda. »Nächstenliebe kannte sie nicht. Sie hat dem Pfarrer gesagt, sie hätte mir verboten, bei dem Wetter rauszugehen, aber ich würde ja nicht auf sie hören. Vor seinen Augen hat sie mir eine Ohrfeige gegeben. Und mich windelweich geschlagen, als er weg war.«

»Meine Mutter hatte ein schweres Leben«, sagte Jakob. »Als Witwe mit all der Verantwortung für einen Hof. Ich war keine große Hilfe.«

»Aber du hast mir einmal ein Brot mit Marmelade zugesteckt. Ganz dick mit Butter bestrichen, sodass man die Zähne sehen konnte, wenn man davon abbiss. Ich habe es sehr langsam gegessen. Natürlich heimlich, damit deine Mutter das nicht mitkriegt.«

Jakob Perings schlug die Hände vors Gesicht.

»Ach, Elisabeth, warum hast du damals denn nichts gesagt?«

»Wem denn? Für euch war das doch alles normal. Aber es gab noch was Schönes. Ich schlief in der Dachkammer. Die hatte eine Luke. Wenn ich mich auf den Hocker stellte und sie öffnete, konnte ich rausschauen. In die Ferne. Da wartete irgendwo eine bessere Zukunft auf mich. Im Sommer hatte ich vom Bett aus beim Aufwachen den Blick auf den Himmel. Das war Freiheit für mich.«

Die ihr Jakobs Mutter nicht zugestehen wollte.

»Sie kriegte einmal mit, wie ich dem Nachbarjungen vom Dach aus zuwinkte, und schickte Siegfried mit ein paar Brettern nach oben, für die Luke dicht zu nageln.«

Und da geschah es. Der jüngste Sohn des Hauses fiel über die inzwischen knapp dreizehnjährige Frieda her. Danach zimmerte er ihr den Himmel zu.

Als sich ihr Bäuchlein rundete, schickte Jakobs Mutter Frieda mit einem bösen Brief ins Waisenhaus zurück. Von dort kam sie in ein Heim für werdende Mütter. Nach der Entbindung sollte ihr Kind zur Adoption freigegeben werden. Frieda wurde dazu nicht einmal befragt. Sie spürte das Leben in sich heranwachsen und begrüßte es. Endlich ein Geschöpf, das zu ihr gehörte. Für das sie leben könnte und das sie lieben würde. Sie verdrängte die Erinnerung an die Vergewaltigung, freute sich darauf, ganz aus sich selbst heraus ein bisschen Familie erschaffen zu können. Die durfte ihr niemand fortnehmen. Also riss sie aus, kurz bevor die ersten Wehen kamen. Sie lebte auf der Straße, stahl sich ihr Essen zusammen und übernachtete bei Regen in verlassenen Bunkern.

Hermann kam bei Sonnenschein zur Welt; hinter einem Gebüsch an der Höckerlinie nahe Losheim.

Frieda wäre wohl verblutet, wenn nicht zufällig eine junge Krankenschwester vorbeigekommen und ihren Schrei gehört hätte.

»Meine Helga«, seufzte Konrad Meissner. »Die hat dir und Hermann das Leben gerettet.«

Und sie zu ihren Eltern nach Hallschlag gebracht; einer Familie Klein, die einen kleinen Lebensmittelladen führte, aber in diesen Zeiten selber fast am Hungertuch nagte und nicht in der Lage war, auf Dauer eine fremde Mutter und ihr Kind durchzufüttern.

»Das kann nicht sein«, sagte ich erschüttert, als Frieda an dieser Stelle ihrer Geschichte angelangt war. »Das waren meine Großeltern. Meine Mutter hatte keine Schwester.«

»Bist du sicher?«, fragte Marcel und brachte mir damit in Erinnerung, wie wenig ich über meine Herkunft weiß. Meine Mutter hatte mir nie etwas über ihre Familie erzählt. Woher sie stammte, habe ich erst nach ihrem Tod erfahren und mich damals sofort auf die Suche nach meinen Eifeler

Wurzeln begeben. Als einige freigelegt worden waren und sich immer tiefere menschliche Abgründe auftaten, wendete ich mich mit Schaudern ab und verzichtete auf jegliche weitere Ahnenforschung.

»Doch, die Kleins hatten ein zweites Mädchen«, meldete sich Jakob Perings. »Die hatte ich ganz vergessen. Ich kann mich nicht erinnern, sie je gesehen zu haben.«

»Weil sie verstoßen wurde, als sie mich heiraten wollte«, gab Konrad Meissner grimmig zurück. »Für die Kleins war ich ein Krimineller. Da hatten die plötzlich nur noch eine Tochter, Ihre Mutter Anna, Frau Klein. Und die hatte einen besonderen Draht zur Familie Christensen auf der Kehr, wie Sie ja wissen.«

Ja, aus diesem Draht bin ich hervorgegangen. So viel weiß ich immerhin. Konrad Meissner gestand, schon am ersten Tag geahnt zu haben, dass ich seine angeheiratete Nichte sein könnte.

»Weshalb haben Sie denn nichts gesagt?«, fragte ich fassungslos.

»Es gibt ja so viele Kleins in dieser Gegend«, wich er aus. »Ich wollte mir die Illusion bewahren. Ein Stückchen Helga wiederzufinden ... dem konnte ich einfach nicht widerstehen. Deshalb, Frau Klein ...«

»Deshalb sollten wir jetzt wieder zur Sache kommen«, unterbrach ihn Marcel erstaunlich freundlich.

Frieda musste ihren Unterhalt bei meinen Großeltern verdienen. Konrad Meissner verschaffte der inzwischen Vierzehnjährigen neue Papiere, in denen er als Vormund für die Geschwister Frieda und Hermann Kerschenbach aufgeführt wurde. Frieda machte er zwei Jahre jünger, was nicht auffiel, da sie mit ihrem Puppengesicht sehr kindlich aussah. So konnte sie gerichtlich nicht belangt werden, wenn sie beim Kaffeeschmuggel erwischt wurde.

Meine Mutter stellte den Kontakt zu den Christensens her,

bei denen sie im Haushalt gelegentlich aushalf. Mein Halbbruder Gerd wurde Hermanns Spielkamerad.

»Hatte ich also recht mit den Papieren«, sagte Marcel befriedigt und winkte ab, als Konrad Meissner anmerkte, er habe aus Menschlichkeit gehandelt. Damit Frieda ihren Sohn bei sich behalten konnte, wenn auch offiziell als Bruder. Zudem sei die Sache ohnehin längst verjährt.

»Wie kamen Sie auf Radevormwald?«, warf ich ein.

»Hatte ich zufällig Gebührenmarken von und Stempel vom Standesamt«, erklärte er. »Und war schön weit weg, kannte hier keiner. Nachfragen waren damals komplizierter.«

»Warum heiße ich Kerschenbach?«

Hermanns Frage schreckte uns alle auf. Der Mann, der am Nachmittag mit der Entführung seines Busses Polizisten aus Belgien und zwei Bundesländern auf die Beine gebracht hatte, war die ganze Zeit reglos in seinem Sessel sitzen geblieben. Und dann meldete er sich mit so einer Frage?

Wir waren alle zusammengezuckt, als Frieda beim Leben ihres *Sohnes* geschworen hat. Der Sohn nicht. Ich dachte, dass er alles ausgeblendet hatte, was nicht mit dem Tod von Regine zusammenhing, aber ich irrte mich. Hermann war nicht fähig, sich zu rühren oder irgendetwas zu sagen. Das von Frieda errichtete Lügengebäude seines Lebens war über ihm eingestürzt. Die Trümmer hatten ihn verschüttet und sprachlos gemacht.

Er war dabei, seinen Kampf um die Wahrheit zu gewinnen. Aber zum Preis der eigenen Identität. Die er in seinem Namen manifestiert gesehen hatte, die aber mit jeder weiteren Offenbarung immer schwammiger wurde.

»Ich sah das Ortsschild und fand den Namen schön«, antwortete Frieda. »Hättest du lieber einen anderen gehabt?«

»Wer bin ich? Wie heiße ich?«

»Du bist Hermann«, flüsterte Frieda, »mein Sohn.«

»Was passierte auf der Kehr am Tag, bevor Losheim deutsch

wurde?«, fragte Marcel. Der Polizeiinspektor brauchte keine Sentimentalitäten, sondern Tatsachen.

Die Frau meines Vaters hatte Frieda gebeten, im Haus zu bleiben und sich um den Sohn zu kümmern, weil sie für das Großereignis die Kirche in Losheim schmücken wollte. Frieda stand am Herd und bereitete für meinen Halbbruder Gerd und ihren Sohn Hermann Waffeln zu, als sich die Tür öffnete und der Briefträger eintrat.

»Ist es nicht gruselig«, frage ich Daniel, als ich die Masse aus altem eingeweichten Brot, Zucker, geriebenen Möhren und Äpfeln knete, »dass der Briefträger genau hier erschlagen worden ist?«

»Mit demselben Waffeleisen wie meine Mutter nebenan«, sagt der Junge tonlos und bearbeitet die Eier mit dem Schneebesen so intensiv, als seien sie nie Keimzellen für Kreaturen gewesen.

Im Halbdunkel der Küche erkannte Frieda ihren Peiniger in der Verkleidung des Briefträgers nicht sofort. Erst als er seine Tasche abwarf und sich auf sie stürzte. Sie ließ das Waffeleisen fallen, hörte, wie die Kinder nebenan *Ich sehe was, was du nicht siehst* spielten, und versuchte verzweifelt, sich ihrer Haut zu erwehren. Aber Siegfried ließ sich nicht abschütteln.

»Hab dich nicht so; du willst es doch auch«, sagte er. »Ist doch nicht das erste Mal.« Er riss ihr die Bluse auf, griff ihr unter den Rock und warf sie auf den Küchenboden.

»Und dann ...«, sagte sie zu uns und brach ab.

»... und dann kamen wir in die Küche!« Hermann sprang auf. »Jetzt weiß ich es wieder! Ich sehe es genau vor mir. Wie du am Boden liegst und schreist. Der andere Junge und ich! Wir haben das Waffeleisen vom Boden aufgehoben und auf den Einbrecher eingeschlagen!«

»Nein, Hermann. Ihr habt nebenan weitergespielt. Ihr habt überhaupt nicht gemerkt, was in der Küche passiert ist.«

»Nein, nein!« Hermann geht vor Frieda in die Hocke und greift nach ihren Händen. »Du verstehst nicht! Alles ist wieder da. Weißt du das denn nicht mehr? Gerd hat einen Griff genommen, ich den anderen. Und dann haben wir mit dem Waffeleisen so lange zugeschlagen, bis sich der böse Mann nicht mehr bewegt hat. Mein Gott ...«

Er lässt Friedas Hände los, fällt auf den Hosenboden und starrt entgeistert zu Jakob Perings hinauf. »Ich war es! Ich habe diesen Siegfried erschlagen! Mein Gott! Es tut mir so leid!«

Jakob Perings schüttelt den Kopf.

»Hermann, du warst vier Jahre alt«, sagte er leise. »Da hättest du meinen Bruder gar nicht erschlagen können. Vier Jahre! Ein kleines Kind!«

»Genau«, bestätigte Frieda. »Das bildet er sich jetzt nur ein. *Ich* habe zugeschlagen. Das Waffeleisen lag neben mir am Boden. Ich musste nur zugreifen. Und genau das habe ich getan.«

Hatte sie das nicht soeben beim Leben ihres Sohnes abgestritten? Weshalb das plötzliche Geständnis?

Ich sehe das Waffeleisen vor mir. Die langen, leicht gebogenen Griffe, die Schwere der Vierecke an deren Ende. Die Unhandlichkeit. Hätte eine Frau, die mit dem Rücken auf dem Boden lag, ein solches Gerät überhaupt anheben und damit zuschlagen können? Wäre dies zwei fast fünfjährigen Jungen leichter gefallen? Und hätten diese dann wirklich die Kraft aufbringen können, einem Mann damit den Schädel einzuschlagen?

Hermann barg sein Gesicht in den Händen. »Wir waren es«, schluchzte er. »Der Gerd und ich. Meine Erinnerung ist wieder voll da. Wir haben zugeschlagen. Wieder. Und immer wieder. Damit der Mann dich loslässt. Er hat geschrien. Mein Gott, ist das furchtbar! Ich habe einen Menschen getötet!«

»Unsinn, Hermann. Das ist keine Erinnerung. Nur ein Albtraum.« Frieda rutschte vom Sofa, um den Sohn, der bis vor Kurzem ihr Bruder war, in die Arme zu nehmen. Ein Zucken flog über ihr Gesicht. Die kaputte Hüfte musste sie mindestens so schmerzen wie Hermann der Fuß. Beide gehbehindert, Mutter und Sohn, beide lebensbehindert durch ein Kriegsschicksal.

»Du hast dir da was zusammengereimt, Hermann«, sagte sie und wog ihn wie ein kleines Kind in ihren Armen. »Denk doch mal nach. Zwei vierjährige Knaben können keinen ausgewachsenen Mann erschlagen!« Aus leeren Augen blickte sie flehentlich zu uns allen auf.

»Das ist wirklich unmöglich«, bestätigte Jakob Perings. »Außerdem werden die Kinder meinen Bruder wohl kaum eingemauert haben können.«

»Natürlich nicht«, entgegnete Frieda. »Aber er war tot. Und musste verschwinden. Was hätte ich denn tun sollen? Ich habe ihn ins Wohnzimmer gezogen. Die Kinder haben mir geholfen. Die dachten, das gehört zu ihrem Spiel. Und da war das Loch in der Wand ...«

Sie drückte Hermanns Hände.

»*Das* ist dein böser Traum. Wir drei haben den toten Mann durchs Loch gequetscht, und du musstest da auch noch mit rein! Das werde ich mir nie verzeihen!«

Sie wusste, dass die letzten Steine am übernächsten Tag eingesetzt werden sollten, am Tag nachdem Losheim deutsch geworden war. Niemand würde später in all den Müll hineinsehen, mit dem die Wand schon seit Tagen verfüllt worden war, aber Frieda wollte auf Nummer sicher gehen. Sie hob den kleinen Hermann durch den Spalt und forderte ihn auf, den bösen Mann mit allem, was drin war, so zuzudecken, dass nichts mehr von ihm zu sehen war. Meinen Halbbruder

Gerd stellte sie auf einen Hocker davor und leuchtete dann mit einer Lampe in das Loch hinein. Das ist unser neues Spiel, sagte sie den Kindern. Ein neues Spiel mit einem alten Namen.

»Ich sehe was, was du nicht siehst«, murmelte Hermann. »Genauso war es. Und jetzt ist meine Regine tot. Weil wir damals einen Mann durchs Loch gequetscht haben. Einen Mann, den Gerd und ich erschlagen haben. Deshalb musste sie sterben. Gott hat mich gestraft. Mir das Liebste genommen.«

»Es ist noch Ei übrig«, sagt Daniel, nachdem ich ein Dutzend handtellergroßer Plätzchen durch die Eiermasse gezogen und im Hafer-Zucker-Gemisch gewälzt habe.

»Dann mach dir doch schon mal ein kleines Omelett gegen den ärgsten Hunger«, schlage ich vor und deute auf die kleine gusseiserne Pfanne, die über dem Herd hängt. »Gibt leider nur Olivenöl zum Anbraten.«

Er nimmt sie vom Haken und wiegt sie in den Händen. »Ganz schön schwer«, sagt er und holt mit der Pfanne wie zum Schlag aus. »Könnte ein kleines Kind die überhaupt halten? Ist das möglich?«

Ich bin überfordert. Daniel will nicht wirklich über den Tod von Siegfried Perings reden. Sondern über alles, was wir jetzt vom Mord an seiner Mutter wissen. Aber er kann es nicht. Findet dafür ebenso wenig Worte wie Hermann vorhin, als Frieda seine wahre Identität enthüllt hatte.

Ich kann nur ahnen, was in Daniel vorgeht. Und auch das nur im Ansatz. Ich war selbst zu sehr wie vom Donner gerührt, als ich so ganz nebenbei erfuhr, dass meine Mutter eine Schwester gehabt haben soll. Die mit Konrad Meissner verheiratet gewesen ist. *Ihr seid hier doch alle miteinander verwandt*. Ich bin das offenbar auch. Ich stamme von hier.

»Eine halbe Stunde sollte reichen«, sage ich, als ich das

Blech mit den Plätzchen in den Ofen schiebe. »Schade, dass ich hier keine Mandelsplitter habe.«

Das Öl in der Pfanne zischt, als Daniel die restliche Eimasse hineinkippt.

»Hätte Frieda meine Mutter am Leben gelassen, wenn sie gewusst hätte, dass in Belgien Mord nach fünfzehn Jahren verjährt ist?«, fragt Daniel. »Und jetzt sag bitte nicht, dass es doch die Kinder waren.«

»Nein.« Ich schließe die Ofenklappe mit einem Knall. »Wenn sie Siegfried Perings umgebracht hat, wäre es kein Mord gewesen, sondern Notwehr mit Todesfolge. Da hätte sie nichts zu befürchten gehabt. Und der Raub der Briefträgertasche ist auch schon längst verjährt. Es ging ihr nie um Siegfried Perings' Tod, sondern um ihr jetziges Leben und das von Hermann. Sie konnte nicht zulassen, dass alles herauskommt. Sie hatte sich etwas aufgebaut, eine Geschichte erfunden, die sie ihre und Hermanns Vergangenheit nannte und die alle glaubten; sie selbst irgendwann wahrscheinlich auch. Sie wird von den Leuten respektiert. Vielleicht war es nicht ganz das Leben, das sie sich als Kind von der Dachluke im Haus der Perings' aus erträumt hatte, aber nach dem üblen Start war es wohl mehr als okay. Und dann kam deine Mutter und verlangte Aufklärung.«

Regine telefonierte mit Frieda am Morgen des Tages, dessen Ende sie nicht mehr erleben sollte. Sie sagte der Frau, dass sie dringend mit ihr reden müsse, und zwar an einem ganz bestimmten Ort. Sie würde sie gegen elf in Buchet abholen.

Frieda war unbehaglich zumute, aber sie stimmte zu. Regine klang sehr aufgeregt.

Sie fuhren mit Heins Wagen auf die Kehr. In meinem Wohnzimmer forderte Regine von Frieda eine Erklärung. Was sei an dieser Stelle vor vielen Jahren geschehen? Sie könne nicht länger ertragen, dass sich Hermann mit so schrecklichen Träumen abquäle. Waren es wirklich nur Träume? Oder doch tatsächliche Erinnerungen? Schließlich habe man die Knochen eines Menschen in genau diesem Loch gefunden. Da müsse es doch einen Zusammenhang geben.

Regine wurde immer wütender und resoluter. Sie habe Erkundigungen eingezogen und Widersprüche gefunden, sagte sie. Dass Frieda und Hermann nicht aus Radevormwald stammten, zum Beispiel, und dass nirgendwo etwas über einen tödlichen Verkehrsunfall von einem Ehepaar Kerschenbach kurz nach Hermanns Geburt zu finden sei. Wieso sei Hermanns Geburtsurkunde gefälscht worden? Frieda habe jetzt alle Zeit der Welt, ihr zu erklären, was hinter dem Trauma stecke, das Hermanns Gegenwart und ihre gemeinsame Zukunft vergälle. Raus mit der Wahrheit!

Frieda wies darauf hin, dass ich jederzeit hereinspazieren könne. Nein, sagte Regine, Katja übernachtet in Cochem. Niemand wird herkommen. Wir sind ungestört. Bis morgen Mittag, wenn es denn sein muss.

Sie standen vor dem Loch in der Wand.

Ich brauche Antworten!, schrie Regine.

Und da packte Frieda sie am Kragen. Riss ihr dabei die Bluse auf und sah das Medaillon. Jenes Schmuckstück, das sie, wie alle anderen Wertsachen auch, der Tasche des Briefträgers entnommen hatte und das sie, die nie in ihrem Leben etwas aus Gold besessen hatte, unbedingt hatte behalten wollen.

»Und da holt es der Hermann einfach so aus meinem Schmuckkästchen und schenkt es der Frau«, sagte sie uns. »Das war doch meins!«

»Ja«, meldete sich plötzlich Petronella Schröder und drückte der Frau neben sich das Medaillon in die Hand. »Es gehört Ihnen. Bitte, holen Sie es. Ich brauche es nicht mehr.«

Was für eine Größe, dachte ich.

»Ich auch nicht!«, rief Frieda und schmetterte das Gold zu Boden.

Niemand hob es auf.

Doch an jenem Mittag sah Frieda nur noch das Medaillon. Sie versuchte es Regine vom Hals zu reißen, was gar nicht so einfach war. Die jüngere und stärkere Frau wollte Hermanns Verlobungsgeschenk nicht preisgeben. Sie wehrte sich. Beide Frauen gingen zu Boden. Wo, wie vor über einem halben Jahrhundert, ein Waffeleisen lag.

Ich selbst hatte es dort deponiert. Weil es den antiken Holztisch, auf dem es Marcel vor ein paar Tagen abgelegt hatte, nicht hatte zerkratzen sollen.

»Was ist nur in mich gefahren!«, rief Frieda. »Ich war wie von Sinnen. Ging alles so schnell. Ich wollte sie nicht töten. Das müsst ihr mir glauben. Es war nur ein einziger Schlag.«

Der aber war tödlich.

Sie rief sofort Konrad Meissner an, den Ausputzer vom Dienst. Der einzige Mensch auf der Welt, der sie noch nie im Stich gelassen und ihr immer beigestanden hatte. Der einzige Mensch, der wusste, wer sie wirklich war und weshalb dies ein Geheimnis bleiben sollte. Meissner behielt die Nerven. Frieda solle alles flott und gründlich säubern, Regine in irgendetwas so einpacken, dass er die Leiche bei Dunkelheit abtransportieren könne. Dann solle sie sich zum kleinen Parkplatz am Straßenrand auf der Kehr begeben, wo er sie eine halbe Stunde später aufgabeln würde. Aber erst müsse sie sofort Hermann in Meerfeld anrufen und ihm sagen, sie sei beim Vorhangabnehmen von der Leiter gestürzt und könne sich nicht rühren.

»Wer wäscht schon Vorhänge im Winter«, hatte sie ins Telefon gejammert, was Meissner angesichts der Lage für einen sehr unsinnigen Einwand hielt.

Auf dem Parkplatz sei sie sogar gesehen worden, sagte sie uns. Eine Gruppe von Leuten, die sich für Flora und Fauna des Westwalls interessierten, hatte sich dort zu dieser Stunde versammelt, froh, dass der angekündigte Schneefall noch ausgeblieben war und der Ausflug stattfinden konnte. Unauffällig hatte sie sich den Leuten angeschlossen und sogar an der ausgestreckten Hand eines Mannes geschnuppert, der auf ihr entzückt die Ausscheidungen eines Dachses präsentierte.

Als sie Meissners Auto sah, löste sie sich unbemerkt von der Gruppe und stieg ein. In Buchet riss Meissner sofort einen Vorhang vom Fenster, stellte die Leiter auf und forderte Frieda auf, sich augenblicklich ordentlich hinabzustürzen.

»Ich hatte Todesangst«, sagte sie. »Aber ich musste es tun. Konrad hatte die Ambulanz schon angerufen. Und ich wollte nicht ins Gefängnis.«

Da ist sie inzwischen wohl angekommen.

»Das riecht aber gut!« Marcel kommt in die Küche. »Wo ich doch so viel Hunger habe.«

»Arme Ritter«, erklärt Daniel, der sein Omelett inzwischen verzehrt hat und immer noch sehr hungrig aussieht. »Nach Katjas Art.«

»Nein, nach Grenzgansart«, sage ich. »Überreste von Nicolinas Speiseplan. Du hast deinen Posten verlassen?«

»Passiert nichts mehr«, sagt er. »Alle weg.«

»Auch die Kaffeefahrer?«

»Die Prümer Polizei hat sie mitgeholt. Meine Herren, was waren die Leute fröhlich. Als hätten sie selber den Kampf um die Wahrheit gewonnen.«

»Haben sie vielleicht auch. Im Wein liegt die Wahrheit.« Bitte nichts Schlechtes über gute Gäste!

»Ich war gerade drüben«, fährt Marcel fort. »Deine Leute

räumen auf. 'ne Menge zu tun. Vielleicht zu viel für Gudrun in ihrem Zustand. Du solltest mal über Mutterschaftsurlaub nachdenken. Sie wollen wissen, wie es dir und Daniel geht. Einigermaßen, habe ich gesagt. Und dass ihr eure Ruhe haben wollt. Ist das in Ordnung?«

»Unbedingt.« Ich verabreiche beiden eine Portion arme Ritter.

»Nein«, sagt Daniel. »Ich muss noch was wissen. In Belgien verjährt Mord. In Deutschland nicht. Wieso?«

Marcel und ich sehen einander an.

»Bei Kriegsverbrechen«, sagt Marcel, »verjährt Mord auch in Belgien nicht.«

»Genau«, stimme ich zu. »Deshalb wurde in den Siebzigerjahren in Deutschland das Gesetz erlassen. Damit man die übrig gebliebenen verbrecherischen alten Nazis noch zur Rechenschaft ziehen kann.«

»Und die neuen«, sagt Daniel. »Das ist gut so. Meine Großmutter sagt, so was wie Hitler werden die Deutschen nie wieder zulassen.«

»Da hat sie recht«, erkläre ich.

Die Höckerlinie auf der anderen Straßenseite ist Vergangenheit. Wie der Rechtsradikalismus in Deutschland. So hatte ich bisher geglaubt. Aber ich habe mich schon oft geirrt.

Und Hermanns Alibi auch für Makulatur gehalten.

Ich wende mich Marcel zu.

»Ich muss dich noch was fragen. Allein.«

Wir gehen in den Flur.

»Was ist mit Hermanns Alibi?«, frage ich. »Weshalb hast du nie daran gezweifelt?«

Er lächelt mich traurig an, nimmt mich in den Arm und drückt mich an sich.

»Weil die Frau sehr glaubwürdig war und es auch noch andere Zeugen gab.«

»Welche Frau?«

»Die Frau, mit der sich Hermann vor der Fahrt nach Meerfeld verabredet hat. Eine Professionelle aus Echternach. Er wollte Regine nicht enttäuschen, weil er doch noch nie ...«

»... noch nie mit einer Frau zusammen gewesen ist?«, vollende ich ungläubig seinen Satz.

»Jedenfalls nicht so.« Marcel räuspert sich. »Vor der Hochzeit wollte er noch schnell ein bisschen üben. Die Frau hat ihn mit ihrem Sportauto am Urknall in Meerfeld abgeholt; da sind die beiden von mehreren Spaziergängern gesehen worden.«

»Und warum macht er da so ein Geheimnis drum?«

»Warum wohl? Weil er sich vor dir geschämt hat. Immerhin ist er Mitte fünfzig. Und hatte noch nie was mit einer Frau gehabt. Kein Wunder, wenn man bedenkt, was er damals in der Küche erlebt hat, was immer das gewesen sein mag. Egal, ob es die Kinder waren. Oder Frieda. Das werden die Kollegen hoffentlich auch nicht herausfinden. Ab in die Küche, Katja, jetzt muss ich dringend was essen.«

An der Küchentür blickt er in den Flur zurück, als suche er etwas.

»Was ist los?«, frage ich beunruhigt.

»Hier fehlt was«, sagt er. »Wo sind die Koffer?«

»Welche Koffer?«

»Die du packen wolltest. Für von hier abzuhauen. Das wolltest du doch.«

»Katja wird auf der Kehr bleiben«, behauptet Daniel kühn. Er verzieht das Gesicht, als er sich an einem Bissen armer Ritter nach Grenzgansart den Mund verbrennt. »Du solltest bei ihr einziehen, Marcel. Mit der Polizei im Haus passiert hier bestimmt nie wieder was Schlimmes.«

Über den Kopf des Jungen blicken wir einander erstaunt an. Zusammenleben ist für uns nie ein Thema gewesen.

Nur nichts überstürzen, denke ich. Vor allem nicht meinen Wegzug von der Kehr. Nächste Woche ist Weihnachten. Will ich mich da allein in irgendeiner Fremde herumtreiben? Nein. Ich werde mit meinen Freunden bei Petronella Schröder Rehkeule verspeisen. Danach kann ich immer noch meine Zelte abbrechen.

Lautes Gepolter an meiner Haustür. Marcel springt auf. Daniel und ich rennen ihm hinterher in den Flur.

Da steht Gudrun. Neben ihr ein seltsamer Plastikbehälter.

»Was machst du denn hier?«, frage ich.

»Was wohl!«, fährt sie mich an. »Ich putze Hermanns Bus. Irgendjemand muss es ja tun.«

»Natürlich«, sage ich.

»Geh mir bitte aus dem Weg!« Sie drängt mich zur Seite und wuchtet den Plastikbehälter hoch. »Das Campingklo muss geleert werden.«

Marcel kneift mich in den Oberarm.

Eine Menge Dinge verjähren nicht. Ganz gleich, ob in Deutschland oder Belgien. Gudrun putzt. Alles ist wieder beim Alten.

Ich danke

zuallererst meiner früheren Nachbarin von der Kehr, *Anneliese Quetsch,* die mir mit einer Anekdote die Grundlage für diesen Krimi geliefert hat. In ihrem Elternhaus an der deutsch-belgischen Grenze hatte sich in den Fünfzigerjahren eine Kaffeeschmugglerin in der Küche nützlich gemacht, als plötzlich die Tür aufging. Die junge Frau ließ alles fallen und rannte wie von der Tarantel gestochen davon. Es war nur der Briefträger, aber sie hatte dessen Uniform mit der eines Zöllners verwechselt. Die Schmugglerin hätte auch aggressiver reagieren können, fand ich, und so kam eines zum anderen und schließlich dieser Krimi heraus;

Klaus Quetsch, der mit bewundernswerter Unermüdlichkeit die Eifel gegen jedes Klischee verteidigt, seinem eigenen jedoch zuwiderhandelt, wenn er bei jeder fundierten Kritik an meinem Text entschuldigend anmerkt, er sei doch nur »ein dummer Eifelbauer«. Das will ich nicht mehr hören!

Erwin Hannen, dem meinen Lesern inzwischen vertrauten belgischen Polizeiinspektor, der auch in diesem Krimi seinem fiktiven Kollegen Marcel Langer mit den Worten »Bei diesem Kerl ist alles möglich« Unkonventionelles durchgehen ließ und bereit war, höchstpersönlich wieder mitzuspielen;

Christine Neumann, meiner Freundin und Lektorin, deren Berliner Humor sich trefflich mit dem der Eifeler kombinieren lässt;

Fritz-Peter Linden, der sich trotz oder wegen seiner literarischen Begabung als Journalist und Buchautor (»Et jit net jerannt«, kbv Verlag) der Eifeler Mundart verschrieben hat, beim Blick in mein Manuskript aber vor allem auf anständiges Schriftdeutsch achtete und mir mehr als nur einen nützlichen Rat gab;

Pastor Siegfried May dafür, dass ich seinen guten Namen verwenden durfte;

Anja Schneider, deren unverwüstlich gute Laune auch langes Anstehen in der Cafeteria des Grenzmarktes erträglicher macht, weswegen ich fand, dass sie diesmal auch Katja behilflich sein durfte;

Karl-Heinz Jenniges, von dem ich jederzeit wieder ein Auto kaufen würde, weshalb Katja dies auch tut;

Nathalie Kesseler-Heinen, die sich, wie bei allen meinen Kehr-Krimis, von Anfang an mit Einfühlungsvermögen und Akkuratesse der Sprache meiner erfundenen deutschsprachigen Belgier angenommen hat. Sie hat außerdem nicht nur eine erstaunliche Liste über gängige Vor- und Nachnamen in den jeweiligen Ortschaften zusammengestellt, sondern bestätigt, dass in diesem Teil der Eifel jeder mit jedem irgendwie verwandt oder verschwägert ist. Zudem hat sie mir die Melkküche, das Pänneck und *Nu die schü* geschenkt und mir geraten, das Takenschaaf als Neutrum zu betrachten, wie es in Manderfeld nahe der Kehr üblich ist, anstatt *der* Takenschaaf zu schreiben, wie ein paar Kilometer weiter in Reuland gebräuchlich. Dank ihr haben meine des Französischen nicht immer mächtigen »alten« Belgier entgegen der ersten Fassung meines Manuskripts deutsche Vornamen erhalten;

Werner Kesseler, der mir gezeigt hat, wie er sein Elternhaus restauriert, das uralte belgische Bruchsteinhaus seiner Vorfahren in einem anderen winzigen Eifeler Grenzort. Aus den Hohlräumen der Zwischenwände hat er unter anderem auch Knochen zutage gefördert.

Stephan Pesch, der als Reporter des BRF auch im echten Leben schon über die Kehr berichtet hat; kürzlich hatten dort belgische Windkraftbefürworter einen Grenzpfahl aufgestellt, um symbolisch ihren Claim für die Nutzung der Windkraft abzustecken;

Susanne Laurent für ihre Orangentorte, der Chefköchin *Nada Kotheimer* vom *Burghaus Kronenburg* für den Käse-Wurst-Salat mit Schokoladenjus und andere kulinarischen Anregungen, *Herbert Budweg* vom Hotel *Germania* in Cochem für Menschliches und Tierisches, *Irina Weiler* für den Eifelschlamm in Meerfeld, *Werner Kirsch* für Sprachliches;

meinem *Michael*, dem es nicht nur gelungen ist, mich im echten Leben von der Ehe zu überzeugen, sondern im fiktiven auch von Katjas Reifung zu einer selbstkritischeren und etwas weniger poltrigen Person. Ich danke ihm aber vor allem dafür, dass er es fertigbringt, mit mir zwei Welten zu teilen, und sein grimmiges Ich auf die fiktive konzentriert, die er unermüdlich um einige Bösartigkeiten bereichert.

Hubert Jenniges, der den Tag, als Losheim deutsch wurde, vor Ort selbst miterlebt hat und prächtig darüber zu erzählen verstand. Eine Welt des Wissens ging mit ihm unter, als er völlig unerwartet kurz vor Erscheinen dieses Buchs verstarb. Sein Rat, Esprit und belgischer Humor werden mir sehr fehlen. Aus den zahlreichen historischen und politischen Schriften dieses Grandseigneurs unter den Journalisten der

Deutschsprachigen Gemeinschaft Belgiens werde ich aber auch in Zukunft noch manchen Schatz heben können.

Juliane Weidener und *Gisela Leuer*, zwei inzwischen leider ebenfalls verstorbenen Freundinnen, denen ich an dieser Stelle ein kleines Denkmal setzen möchte. Beide haben mich beim Schreiben meiner letzten drei Kehr-Krimis und meiner historischen Romane (jeder habe ich einen gewidmet) mit Sachverstand und Liebe begleitet, mich angefeuert und konstruktiv kritisiert. Als ich begann, an diesem Buch zu arbeiten, haben sie manches Telefongespräch abgebrochen: Ich solle mich gefälligst wieder an den Krimi begeben; sie wollten noch erleben, wie es denn weiterginge.

Ich vermisse euch.

M. K., Sommer 2012